辩护律师手记

A defense lawyer's notes

田建宏 著

辽宁人民出版社

图书在版编目（CIP）数据

辩护律师手记 / 田建宏著. — 沈阳：辽宁人民出
版社，2020.12
ISBN 978-7-205-09973-2

Ⅰ.①辩… Ⅱ.①田… Ⅲ.①短篇小说—小说集—中
国—当代 Ⅳ.①I247.7

中国版本图书馆CIP数据核字（2020）第195753号

出版发行：辽宁人民出版社
　　　　　地址：沈阳市和平区十一纬路25号　邮编：110003
　　　　　电话：024-23284321（邮　购）　024-23284324（发行部）
　　　　　传真：024-23284191（发行部）　024-23284304（办公室）
　　　　　http://www.lnpph.com.cn
印　　　刷：环球东方（北京）印务有限公司
幅面尺寸：158mm×230mm
印　　张：19.5
字　　数：219千字
出版时间：2020年12月第1版
印刷时间：2020年12月第1次印刷
责任编辑：赵维宁
封面设计：荆棘设计
责任校对：郑　佳
书　　号：978-7-205-09973-2
定　　价：42.00元

写在前面

    2019年秋，我因一些原因不得不离开原来执业的律师事务所。在整理私人物品时，在柜子底下发现了一份复印的刑事判决书。判决书印得不清楚，有些模糊。我掸掸上面的灰，像是打开一份尘封已久的往事，一起案件闯入记忆。

    那是2006年底，五个少年抢劫了一辆出租车，绑架了女司机，女司机中途从后备厢逃出，又被他们抓回来活埋了。因大名鼎鼎的老律师突然生病，我鬼使神差地成了这起案件的实际辩护人。案件的审理整整持续了一天，到上午结束时，才完成法庭调查，中午我们在法院的自助餐厅吃饭，我与被害人的丈夫和儿子相遇。那时候我已知道我会救下被告，但当我与他们的目光相撞时，我却感到无限愧疚。

    后来，果然因为我的"成功"辩护，所有的被告都免于死刑。"这帮人渣都活了！"我至今记得法官气急败坏的样子。对于被害人来说，这样的结果当然不公。但这就是法律，而我只是履行了自己的职责，恰恰发现了所谓法律的"空子"。柏拉图说过，法是第二好的。或许世上没有最好，我们只能选择第二好的。

这起案件影响恶劣，传播广泛，作为律师来说，辩护成功。在装订案卷时，我特意给自己保留了一份复印件。

手捧着判决书，往事又浮现在眼前。十年之后，我对法律的理解与那时相比有了很大的不同。我突然产生一种强烈的冲动，想把它写下来，这就是本作品中的案件"死刑"。这一发就不可收，在那不能执业的半年里，我将办理过的典型案件一件件记下来。于是就有受贿千万的大学同学，有剪掉老板女儿耳朵的复仇者，有为给自己治病吃了受害人肝脏的研究生，有令人哭笑不得的离婚当事人，有妻子跳楼而丈夫坐牢的火车司机……这些独立的案件和当事人因我的律师身份而汇集到一起。虽说犯罪是个体反抗社会的行为，但当读完这些案件后审视我们的社会，你可能会猛然明白一些什么。

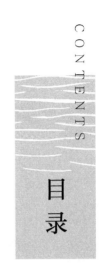

C O N T E N T S

目 录

白色甲壳虫

保安吴某看上了停在路边的僵尸跑车，遂花钱修好据为己有。不久后，真正的车主画家找来。白色甲壳虫究竟该为谁所有？

1

案子是早年办理的，我本来已经忘了。有一天整理资料，在柜子一角发现被遗忘的案卷，字迹模糊，上面落满灰尘。我低头吹掉卷面上的灰，委托人、案号、年月日逐渐清晰，往事好像也跟着渐渐清晰起来。

委托人叫吴晓军，是一个停车场的夜班保安，工作时间是晚上十点至次日凌晨六点。因此，别人休息的时候他工作，他工作的时候别人休息。他的一天从下午三点开始。

2013年8月的一天，他在家里睡觉。先是一辆汽车发出短而急促的喇叭声，接着一个小贩在小区高声叫卖，而蝉鸣像海水，一浪接一浪地逼过来。他觉得自己要淹死了，急需呼吸，就扔开身上的毛巾被坐起来。蝉鸣像停了，而楼上一个女人高跟鞋的声音却清晰传来，当、当、当、当，每个点都踩在他的神经上，他想冲出去掐死那个女人，鞋声由强变弱，渐渐没有了。

吴晓军又躺下，他想睡个回笼觉，却怎么也睡不着。他听见自己谦卑地说：做我女朋友吧！一个声音回答，你有房吗？做我女朋友吧！那声音说，你有车吗？绝望总在此刻来临，像死神。他感觉还在昨夜的停车场上巡逻，走过来，走过去，那些车没有一辆是属于自己的。

望着眼前老式的木窗户，吴晓军发呆。天空被两根电线分割成三块。一只苍蝇不停地碰着窗玻璃，嗡嗡嗡嗡，吴晓军觉得自己和那只苍蝇有相同的命运，就站起来，打开窗户，苍蝇飞走了。

世界暂时安静！吴晓军到卫生间里洗澡，又换上干净的T恤坐到饭桌前吃饭。纱罩下留有菜，两个菜盛在一个盘子里。一半是青椒肉丝，一半是黄瓜炒鸡蛋。白米饭在电饭锅里，饭菜不多也不少，吃完了，人饱了。

吴晓军常去的地方有两个，一个是下午七点去的，一个是晚上十点去的。七点是太平街的洗头房洗脚屋开始营业的时间，十点则是接班的时间。

此刻是四点，距离那两个时间点都还早。吴晓军下楼向院外走去，让他难堪的是必须要经过利民小卖部。那其实是个旧煤房改造的，面积只有可怜的六平方米。冰熊冰柜占去了一半，冰柜塞满啤酒、方便面和榨菜箱子，门口摆着小学生喜欢的棒棒糖、辣条和各式文具。它的实际经营场所侵占了小区的院子。每天早晨，老板准时把它们移到门前的院子里，晚上九点又移进去，像钟表一样准确。刮风下雨则撑一把阳伞。

吴晓军瞧不起小卖部的老板，连个守门人也不是，他从事的商业利润不及百分之五，还涉嫌欺骗孩子。但他得叫那个人父亲，还依赖他，那个人在给自己做饭时，也会给吴晓军留一份。这让吴晓军很尴尬，他曾经想摆脱他，搬出去，但经济能力不允许。夜班让他暂时避开每日的相见，但进出大门时却必须要面对。这时他正在写着"青岛纯生"的阳伞下打盹儿，头垂得很低，胡子和头发都白了。吴晓军放慢脚步走过去，还是被听见了。

"吃了？"

"嗯。"

"要啤酒吗？"

"不。"

多年来父子间的对话大都是这四句，说"不"字时，吴晓军已经出了大门。他漫无目的地走着。时间真混蛋！不能逾越，也不能用金钱贿赂。走着走着，他走到了白色甲壳虫小汽车前。

半年了，他的脚步总在此停下。

右前轮又趴了，吴晓军一阵阵心痛。三个月前左前轮趴了，过不了多久，剩下的两只轮子也会趴下。长此下去会成为一堆废铁。吴晓军觉得自己有义务拯救它。他有驾照，像医生面对病人，有行医的资格。可甲壳虫拒绝了他，他用手拉车把手，车门纹丝不动。

"谁管你！"

他有一种被拒绝了的羞辱，就转身向海边走去。天闷热得出奇，空气里一股臭鱼虾的味道，海边全是穿着泳装的男男女女。新闻说每日到这个浴场的游客有二十万，眼下他们正像一锅被煮的饺子，挤在一起，蠕动着，翻滚着。他不想下海，那海水捞上来直接可以当尿素施肥种庄稼。他在海滩上坐了一会儿，专挑那穿着泳衣的女人看，最后得出一个结论：对于大多数女人而言，穿上衣服远比不穿衣服好看。他起身离开海滩，转一圈后又来到了甲壳虫前。

门把手还是拉不开，这一次，吴晓军觉得自己被锁在车里了。头脑里有刺耳的汽车喇叭、嘶嘶的蝉鸣、有让人窒息的空气和穿着泳装来回走动的女人，他急需呼吸。他捡起路边的一块砖头砸向门把手，"啪！"砖头落到地下裂为两半，拉手上掉了块油漆，车门仍然纹丝不动。

"德国人造的东西！"

2

吴晓军输了。他坐在树下打电话，他知道有人有办法。他曾看见李季三分钟内打开一个防盗门。两人原是职业中专的同学，李季被劳教一年后就学会了开锁的手艺。现在他和一个浙江人合作，浙江人负责广告营销，李季负责业务。浙江人兜里装着三部手机，不停地响起，接到电话，他就指示李季去开锁，两人对半分。开一个锁五十元，换个锁芯一百元，业务忙不完。十分钟后，开着夏利的李季到了，车窗上贴着：公安备案，专业开锁。电话：×××××××××。

"吴萨！"

"李萨！"

李季戴着墨镜，脚上趿着趿拉板儿，黑色短裤，T恤上印着"I can I play"的斜体英文。

两人像外国人那样热情拥抱，他们讲的是日语。毕业前一年，学校和一家日企签订派遣研修生计划，送他们到日本打工，月工资四十万日元。学校请了外教，突击培训日语。要签订协议了，他们才知道是通过一家劳务公司办的，每人收八万元人民币押金，说怕偷渡不回来，三年后退还。班里大部分人签了协议，吴晓军和李季交不起押金，日本没去成。那些日语早忘完了，如今就会这一句。见面总要重温一下。

吴晓军向甲壳虫努努嘴。李季绕着车转了一圈，他拍着汽车引擎盖说："你的？"

吴晓军摇摇头："一个朋友的。"

李季说："我们要看行车证和身份证。"

吴晓军："滚的，你不会是打不开吧？"

李季哈哈大笑，"汽车是比防盗门难开，不过那得看谁开。"他从夏利车后取出工具箱，钳子、钻、铁条、羊角锤，还有一些稀奇古怪的工具塞了满满一箱。李季盯着锁孔观察了一会儿。取出一个饮料瓶，将一些白色的东西挤进去，很快那东西凝固了，他小心地拽出来，观察着，然后把一个金属条插进锁孔，接下来他就听，耳朵贴在车门上，像是要把车门听开。

"好了。"话音落下，车门几乎同时打开了。吴晓军目瞪口呆。

车里一股死老鼠味道，空气流通一会儿，两人一左一右上了车。手套箱里有车辆使用手册、进口汽车完税凭证。保单显示已经过期。后坐上有几张保利罗兰花园的购房广告。李季在司机前的储物盒里翻出两张加油票、一张跨海大桥收费单，时间显示是2012年10月11日。

吴晓军："趴在路边有半年了，我每天来看，我想这车是没人要了，老子就修修开着。"

李季："嗯！有风险，说白了就是偷。盗窃，你明白吗？"

吴晓军："我知道，车主找来，大不了还给他。"

李季："算了吧，到二手车市场弄一辆，万儿八千。看我那夏利，一样开。这东西，扔路边是个垃圾，但你开走，就可能把自己搞进去。"

吴晓军："我知道，我修好了，他找来，还给他，还会怎么样？"

李季："你自己定，这事与我无关，别把老子搭进去。"

吴晓军："知道。先试试，能发动起来吗？"

李季："放了这么长时间，早就没电了，发动个屁。"

吴晓军："那怎么办？"

李季："得配钥匙、换机油、换轮胎，我认识4S店的，三千块钱全搞定，明天下午你就可以开走！"

吴晓军从皮夹里取出两千元扔给李季，那是他一个月的工资。李季卸下甲壳虫的两只轮胎，装上夏利车走了。第二天下午，俩人相约准时来到甲壳虫前。李季指挥吴晓军装轮胎，自己取出两根电线，一头接到夏利车上，一头搭到甲壳虫的电瓶上。李季发动自己的车，又用配好的钥匙发动甲壳虫。甲壳虫颤抖了下，苏醒了。李季从车上取出一条软软的塑料管，一头塞进夏利车油箱，一头拖到甲壳虫前，猛吸一口，快速将管子插入甲壳虫的油箱，汽油从夏利车流入甲壳虫。

像是刚过完冬眠期的蛇，甲壳虫扭动着身子上路了。吴晓军小心地开着它到加油站加油，又到洗车行做保洁，亲自拿抹布擦。折腾一下午后，甲壳虫就焕然一新了。圆圆的车灯，鼓起的车顶，真如一个巨大的甲壳虫趴在地上。那时候刚好是下午七点。吴晓军开着它直奔太平街，铝合金门开了，他像王子那样大驾光临，玻璃门后的女孩纷纷向他招手。

"帅哥，帅哥！"

"喂，这边！"

"来嘛！玩玩！"

吴晓军目不斜视走向"梦巴黎"，小丽穿着红色无袖上装，白色的超短裙，她站在玻璃门后无邪地笑着。吴晓军觉得心痒痒得要跳出来了，他避开门口两个女孩，将爱妃搂在怀里。

"开车来的，那车好漂亮啊！"

吴晓军的手在小丽的胸前移动，又去亲她的脖子，他没法回答小丽的话。

从里面的单间出来后，小丽上了吴晓军的车。两人先去吃了烧烤，吴晓军没有喝啤酒，像个负责任的司机那样说："开车不喝酒。"接下来，甲壳虫在滨海大道上飞驰，高楼上的霓虹灯映在海面上流金溢彩，他们像富二代一样兜风。在海滨公园一个黑暗的路口，两人在车上做了爱。事后，吴晓军给自己点上一支烟，小丽温柔地趴在他的肩上。海风从车窗习习吹进，他觉得自己拥有了整个世界。

"怎么是一辆女式车？"黑暗里小丽问。吴晓军脸红了，但黑夜帮他做了掩饰。"我姐去美国留学，她的车由我开着。"他想起了煤房小卖部老板。

"老爷子本来要给我买辆宝马，可咱不争气，没考上大学啊！"

"嘻嘻！我也讨厌学习。"

距离就这样拉近，两人相视而笑，又搂在一起缠绵。吴晓军看了一眼手机：九点半。还有半小时接班，必须要离开了。他抱歉地说："老头不让我在外面过夜。"二人依依不舍地分手并相约第二天去爬崂山。

吴晓军只睡了四个小时就自然醒了，耳朵里没有烦人的噪声。他洗澡吃饭，然后开车去接小丽，刚坐进甲壳虫，一个长头发男子挡在了车前。

"小伙子，开车前总得征求下主人的意见吧？"

"我，我我——"吴晓军想说什么，却语塞了。

"我信佛——"长发男说。

那声音又窄又长，吴晓军就觉得嗓子被什么卡了一下。他歉意地朝长发男笑笑。男子脖子上挂着牛骨刻的挂件，右手腕缠着绿松石手链，黑色长衬衣上面缀满了兜。

表明完信仰，长发男自我介绍，"我是个画家，我去西藏写生半年，这车是给我的一个学生买的"。

吴晓军想接下来他会说："你怎么能开走呢？"那时他已经恢复了镇定。他想到小丽在阳光下等他，还有崂山的盘山公路上，海风从车窗吹进的美妙感觉。他花了两千块钱，租个车也能跑半个月，此时交出去就太亏了。吴晓军曾想过车主出现时的情形。那人冲上来，一把将他从车里拉出来，端上一脚，然后大吼一声"滚"，吴晓军就灰溜溜地跑。可眼前这个人一口一个，"我信佛"。

吴晓军明白了。他将脸迎向长发男，那长发遮掩下，目光清澈，皮肤光洁，像个女人。

"你不应该做个画家，应该去当个作家。"吴晓军说。

"为什么？"

"可以胡说八道，编故事！"

说完，他猛踩一脚油门，甲壳虫屁股冒出一股青烟，扬长而去。

那一天两人玩得非常开心。小丽穿着长长的蓝色连衣裙，背双肩包，嘴里含着棒棒糖，像个女大学生。而吴晓军着白色的Ｔ恤，戴墨镜，脚蹬白色运动鞋。一路上两人都牵着手走，没人看出他是保安，她是洗头妹。

第二天，吴晓军发动车，画家又出现了。这次他手上拿着车辆登记证和行车证。他重申自己的信仰，"我信佛，看，我有户口——车的，这回信了吧？"

吴晓军接过细细查看，然后他哈哈大笑，又扔回画家，"你是女人吗？你叫张森森吗？"说完了，他转动车钥匙，汽车向前开出去十米，又倒了回来。

吴晓军把头从车窗伸出来："不过你长得挺像女人！"

3

下了一场雨，闷热的天变得清爽了。甲壳虫四周沾满泥浆，吴晓军从家里拎来一桶水，仔细地擦着。画家又来了，和前两次一样，他首先表明自己的信仰，"我信佛。"然后他对着低头擦车的吴晓军说，"你要真喜欢，卖给你，反正我不能再开了，按说我是看破红尘之人。可见一次伤心一次啊！"

"那么你想要多少钱呢？"吴晓军觉得这是个办法，但价格很关键。事实上，他不具备购买力。他每月可怜的两千元工资都扔到太平街上了。画家说那车是进口的，三年前价格是三十多万元。他把一张祖传的名画卖了。森森要什么他买什么，可她还是跟北京的一个画家跑了。他伤心得在西藏待了一年。故事讲完了，画家说："半价吧！十五万。"吴晓军摇摇头，他想好了，既然根本买不起，就把价杀到地板，让画家无法接受，从而使交易失败。那样保住了面子，也没人会说他买不起。而砍价最好的办法是让对方先报价。

"十三万？"

"降！"

"十万？"

"降！"

"八万？"

"降！"

"五万！这是最后价，二手车市场应该比这高。这是最后价，你爱要不要。"

"降！"吴晓军好像只会说这一个字。

"那你总得报个价吧！"画家的声音像是哭。

吴晓军擦完了车，他伸出右手，竖起食指，在画家面前晃了晃。画家明白，那是"1"的意思。他连连摇头，不生气，这倒和他佛教徒的身份颇为相符。

"其实，这个价也可以卖给你，但又不能，知道为什么吗？"

"不知道。"

"这里有个身价问题，就像我的一幅画，我可以送给你，但绝不能低于一万的价卖给你？明白吗？"

"不明白。"

画家摇摇头，"如果低于一万卖给你，传出去，以后谁要我的画？我以后还能在画坛混吗？"

吴晓军笑了，他把擦车的抹布扔进车里。"我和你相反，只要给钱就卖。因为它是个垃圾，趴在路上大半年了，一堆废铁，妨碍了人出行，应该让城管拖走，送到废品收购站。"他说得有些急，缓了一下，继续说，"还应该报交警，罚你的款！"说完开上甲壳虫走了。

第四次，吴晓军和画家在甲壳虫前相遇。"我想过了，一万就一万吧！也没有低于我的底线。"这次画家没有表明他的信仰立场，但强调了他的底线。

吴晓军没有接画家的话，要上车了，画家从后面拉住他，"你不是说一万吗？"

"我说的是一千！"

为了让画家明白，他伸出右手食指，重申了一次。画家悟出了，那个手指可代表一万，也可以代表一千，甚至一百。

"你耍老子啊！"他终于生气了！

4

这天，吴晓军和小丽从海边回来，两人刚下车，画家出现了，和画家同时出现的还有一位警察。

吴晓军在警察的监视下，把甲壳虫开进了派出所大门。他把车钥匙递向警察，"我给，我给。"警察没有接钥匙，却抓住递钥匙的手，并把那手铐在窗户下的暖气片上。

"走不了了，你的行为涉嫌盗窃。"

"怎么是盗窃呢？停在路边半年了。"

警察笑了，笑得眼泪出来了，弯着腰拼命咳嗽，笑够了，他从桌子后面走过来，拉起吴晓军，左手按在他的肩上，右手指着窗外马路上的车说："看见没有？停好久了，没人要，去，开走吧！"

吴晓军明白了，就是那车可以扔那儿趴着，变成废铁，但你开走就是偷、盗窃。

警察拿出笔纸，开始讯问。

"姓名？年龄？工作？家住哪里？"

"吴晓军，二十一岁，金鑫大厦保安。"

"偷车的经过。"

"我不是偷。"

"偷没偷，不是你说，看法律怎么说。嗯，警察手指单位电视机说，看见没有，如果我现在把它抱回家，那就是偷。"

"不一样。"

"一样！我也不给你讲了，你到法庭去说吧。什么时候，车怎么开走的？"

"我捅开车门。"

"捅开？你有这本领？好，就当你有。"

"先用铁丝捅，后来没捅开，就用砖头砸。"

"怎么又是砸呢，后来呢？"

"后来在4S店配了钥匙，换了机油。"

"车主要的时候为什么不给人家？人家还提出卖给你。"

"我本来是要给的，就这两天。"

"哈哈！鬼才信，要是我不出现，你会给？"

"不，我修那车花了两千元，总得玩几天，不然就亏了。"

"嗯，那女孩呢？什么关系？"

"朋友。"

"什么朋友？"

"女朋友。"

"俩人商量干的？"

"不是，我说车是我姐的，我爸给我姐买的，我姐出国了。"

"挺会泡妞的，什么时候教教我。"

问完了吴晓军，警察又去问小丽，讯问小丽的过程，让警察有点费心，因为她的回答没有像吴晓军一样痛快。事实是她进了派出所后，就只会一件事：哭。警察的问话也简单了。

"你真的不知道？"

"是。"

"他没告诉你，甲壳虫是怎么样来的？"

"他说他姐姐的，他姐姐到美国留学了，车他开着。"

警察哈哈大笑，"他是个保安，停车场的保安，晚上值班，白天睡觉。"

"怎么会？他还说他爸要给他买辆宝马，他没考上大学，怎么会，呜——"

警察被小丽的哭声搞得不耐烦了，他就给小丽的老板打电话，半个小时后，一个中年妇女来把小丽带走了。

5

吴晓军因涉嫌盗窃罪被逮捕。

盗窃罪的量刑主要参照被盗物品的价值。甲壳虫被委托进行评估。警察向价格评估所打电话。两个评估师到了，他们对着甲壳虫拍照，又打开引擎盖，看发动机，看行车里程，用复杂的公式计算，车的出厂价、当下价、品牌、来源地都成了参数，最后给出的价是：十二万八千元人民币。

"德系车的保值率高！"评估师过意不去地说。

检察院向法院提起公诉，吴晓军当小卖部老板的父亲找到了我。我按律师收费标准提出报价，等着他还价，律师和当事人之间可以协议收费，但他什么都没说就答应了。

接受委托后，我到看守所会见了吴晓军，管教把他提到时，我有些意外，他看上去身高只有一米六，像个高中生，案卷记录二十一岁，看上去只有十七八岁。当我说是他父亲委托的律师时，吴晓军哭了。

"我没偷那车，我只是想开开，我花了两千元，我想玩差不多了就还给他。"

我稍放心，认定犯罪，除了考察行为，主观动机也非常重要。

我对吴晓军说:"在法庭上就这样说!"

从看守所出来,我做了三方面的工作。首先拜见了画家,希望他能给被告人出具一份《刑事谅解书》,大意是被告人维护了他的车,也没造成什么损失,请求原谅被告的行为,以期法庭在量刑时能酌情减轻。"我信佛。"在把我让进他的画室后,画家又表明自己的信仰。我很感激,说:"看得出您是虔诚之人。"他用手理了一下额头垂下的长发,叹口气说:"唉!我没想着让他下狱,罪过。"听了我的来意后,他痛快地出具了《刑事谅解书》,并用画笔签上名。

拿到《刑事谅解书》后,我又让小卖部的老板去街道办要一份证明,说被告人的父亲六十多岁,吃低保,父子相依为命,家庭困难,需要人照顾,这是打"感情牌",不一定管用,但聊胜于无。我对小卖部老板说:"多去几回,一定要拿回来。要是在汉朝,你年岁这么大,又只有一个儿子,轻罪免除,犯重罪,流放三千里,也会改为一千里。"小卖部老板连连点头,"一定,只要儿子能放出来,做什么都行。"取得证明的过程果然不容易,但在跑了多回后,街道办还是给他出具了证明。我做的最后一件事是拍了些照片,我和同事大街小巷转,专挑小道和单行线,看到占道、趴窝的车就拍,让我们吃惊的是,这样的车还不少,有些里面已长出了草,在拍一辆老式的本田奥德赛时,两只老鼠猛地蹿出来,吓了我一跳。

一个月后,吴晓军涉嫌盗窃一案开庭。案件适用简易程序,主审法官是区法院刑庭的张倩,女的,犯罪学说女人比男人更具同情心,这增加了我辩护的自信。

公诉人宣读了《起诉书》,认为吴晓军违反了《刑法》第二百六十四条，涉嫌盗窃罪。

我提出了无罪辩护观点。"被告人的行为是民法上的无因管理。被告人看那车趴了，主动把它修好。按照法律，他要把车还给主人，车的主人应当给他修理费和保管费。绝对不是犯罪，请求法庭判处被告人无罪。"

公诉人则针锋相对，他像个学者那样剖析被告人的行为，主体、客体，主观方面、客观方面，说这是典型的犯罪。侵犯了公民的财产权益，最后他像自己的物品被盗，委屈地质问法官和旁听的人，"以后谁还敢在外面停车？谁还敢？"

我开始反击，"请问公诉人，犯罪的本质是什么呢？"公诉人耸耸肩，做了个奇怪的表情，他可以不回答，而且他不能回答，因为那是个陷阱。

我自己回答自己提出的问题，"社会危害性！犯罪的本质是对社会的危害，请问，本案中，被告人的行为有什么危害呢？没有，没有危害，无从犯罪。被告人看见失主的车一年多停在外面，主动把它修好，这有什么危害呢？如果被告人不理，那么甲壳虫极有可能四个轮胎都趴了，最后变成一堆废铁。现在车已经完好追回，被害人没有什么损失。因此，被告人的行为不属于犯罪。"最后我说，"被害人的行为不但无罪，反而应当提倡。"

公诉人站起来，"狭隘，惩罚犯罪也是为了预防，防止类似的行为再次发生，从而起到震慑的作用。"他又说，"要是这样的行为提倡，那以后我们谁还敢在外面停车呢？"他好像只会这一句话。

我还想继续发言，被法官制止了，她客气地说："控辩双方的观点本庭已经明白，本案将择期宣判，现在休庭。"

审判好像结束了，吴晓军被带出法庭。法官收拾了案卷往外走，突然，那被告人的父亲、小卖部老板快步跑向前，扑通一下跪在女法官面前，"求求你，法官，晓军不是偷的。"女法官显然没料到，她本能地向后一跳，像是怕弄脏自己的鞋子，惊恐地喊，"你要干什么？干什么啊！"法庭上一阵骚乱，两个法警上来把吴晓军的父亲拖了出去。法官惊魂未定，喘息着坐在椅子上，她认定这是律师的主意，"你们怎么能这样呢？这是要折我的寿啊！"

两个星期后，吴晓军又被带到了法庭，他因涉嫌盗窃罪被判处有期徒刑三年。法官问被告人上不上诉？吴晓军对判决结果没有思想准备。他向我们方向望来，我说，我们考虑下再说吧。法官说就十天的时间。在回执上签字时，我说判决重了，没有造成严重后果，就是有罪，也应该判处缓刑而不是实刑。法官说，按《刑法》及省高院的量刑意见，数额十万元以上，应在三年以上，十年以下判，那车评估了十二万八千元，考虑到被告的情况，按最低的三年判决，已经是照顾被告人了。

6

在上诉期满的前两天，我到看守所去会见被告人，吴晓军摇摇头说不上诉。上诉要掏律师费，他不想给小卖部老板再增加负担。我说："你好好想想，上诉是不加刑的，过了就没机会了。"

吴晓军说："谢谢律师，李季说，监狱也是一所大学，那就让我也上一回大学。"

我长叹一声往外走，我对这个案子不服气，只要上诉，我觉得还有扳回的机会，但被告人拒绝上诉，律师也没办法。即将出门时，吴晓军叫住了我，"能不能再麻烦您一次？"我停下脚步。

"给小丽捎句话，就说我真的没想着要偷那车。"

从看守所出来后，我有种接受了他人遗嘱的庄重感，开着车，直接赶往太平街。看守所在郊区，回来时正是夜市开始的时候，一间间红色发廊花一样开放了。我一家挨一家往前找，里面的工作人员误解了我，以为我在货比三家，就努力把她们的优点展示出来，正面的、侧面的，凸起的或凹下的。有的还冲着我笑，"进来看，进来看嘛！"

终于找到那家叫"梦巴黎"的发廊，我走进去，一个中年妇女迎上来。我说："我找小丽。"中年妇女警惕地看着陌生顾客，"这里没有叫小丽的，就这几个，你看上哪个就是哪个。"为了表示坦诚，她说："女孩们用的都化名。"我只好失望地出来。

判决生效后，吴晓军被送往郊区的监狱改造。我念念不忘办过的案子。我坚持吴晓军不涉嫌犯罪，最多也只是违反治安管理的行为，判三年太重了。我想代其申诉，一天我又去找画家。我敲响了画家的门，画家认识我，这次没有表明信仰，直接把我让了进来。画家的画室里到处都是颜料和纸张，他是画油画的。

"有张淼淼的消息吗？"法庭审理的时候没有认定画家出具的《刑事谅解书》，因为画家不是行车证上登记的车主。

画家摇摇头，他把我带进了另一间屋子。我看见那里挂着已经完成的作品，正面墙上，一幅巨大的女孩裸体像，她背对着门，却回头，像寻找身后的人，身体斜坐成一个不规则的

"S"形，我注视她的面容时，好像她也在对我笑。

画家指着墙边的一个布沙发，"以前她就坐在这里，我给她画。她换了手机，再没有和我联系。"

从里间转出，画家请我喝咖啡，他低头搅动勺子，长发遮住半边脸，无限伤感地说："没想到，没想到。我真不是那个意思——让他入狱。我信佛。"

我安慰画家，"其实，你也没有错。"

沉吟片刻，画家像想起什么，"你是懂法之人，请问，那车该退给失主吧？"

"那当然。"

"我去派出所，还是那个警官，他笑嘻嘻地说，无法证明我是车主，车不能退还给我。我说怎么不是我的呢？我给淼淼买的车，我们分手了，她把车还给我，我有车辆登记证、行车证，怎么就不是车主呢？"

画家忘记自己的身份，生气地说："他说我是群众，是举报人，倒是可以表扬。"忽然，画家降低声音，凑向我，好像门外有人会偷听，"我见那车了，在滨海公园，一个女的开着。"

"真的！你看清了？"

"鲁B3×××——打死我都记着那车牌号！"

死刑

几个混混抢了一辆出租车，并活埋了女司机，五个凶
手中四个未成年，他们究竟会不会被判死刑？

NOTE 2

小　引

金庸的小说《天龙八部》里，无崖子摆了一个棋局，如无人能解，便会有很多人去送死。对棋一窍不通的虚竹稀里糊涂落下一子，死一片，然后棋活了，人活了。想起那个案件，初做律师的我，也自惭，于抢劫罪之外，又领故意杀人一罪，被告人遂活了。我觉得自己像虚竹。

1

话说六年前的一场流感，名律师王国强也未能幸免。他躺在医院的高级病房，后背高高垫起，呼吸仍然艰难。一个年轻的女护士把氧气管插入他的鼻孔，呼吸甫一畅通，他便像个司令官那样向我发号施令：

"下周五中院有个死刑案件。"他吸了一口氧气说，"几个混混抢了一辆出租车，活埋了女司机。怎么辩也是个死，你去吧！"

执业不久，没案可办的我像得了恩赐，连连点头。王国强六十有二，名冠三省，每天找他打官司的人在办公室外排起长队，而我初出茅庐，全然没想到案件的难度，那时距开庭只剩一个星期的时间了。

被告人叫李一峰，是第一被告。我找到办案法官，递上律师证、出庭函和委托书。法官把一沓厚厚的案卷交给我，我便转身走入一个陌生的世界。

2

两个月前，二毛疾病缠身卧床数年的父亲终于走了，他的离去让拥挤的小院豁然开朗。儿子二毛把自己的好友一一引入，从此江山路5号101院成为一群少年的据点。十九岁，年龄最长的李一峰自然成了大哥，十七岁的二毛是老二，后面依次是三蛋、兵兵，最小的二宝只有十五岁三个月。体弱多病的母亲无力管束这些少年，却也免去了抚养他们的义务。于是，他们只能自谋生路。

像很多重大的事件都有一个预演一样，4月26日晚来临时，他们首先来到了距火电厂不远的废品收购站。

一个月前他们曾光顾过一次。双方本来是良好的供应与回收关系，少年们源源不断地为老板运来古力井盖，簇新的电线，工地上的钢管、三角铁，还有电脑显示器。老板照单全收。当意识到自己是唯一的买家后，老板随意给少年们一个价，少年稍有异议，操着河南口音的老板双手一摊："娘哎——就这我还不敢要呢，谁知道它们的来路？"

少年们只好屈辱地接受诸如一个井盖五元，一根钢管十元，一个液晶显示器三十元这样的价格。

愤怒的少年们在一个月黑风高的夜晚洗劫了收购站，他们像影视剧中上演的那样，头戴丝袜，手持利刃，把睡觉时没穿内衣的老板和老板娘拎起，强忍着因电热毯加热散发出的男女气味，从床下搜出三千元钱。这些钱让少年们出了一口恶气，也解决了他们半个月的生活费。

然而此次的运气显然不如第一次。老板像有所准备，也知道少年会再次造访，床底下只留了一百六十六元，还都是零钞。不过已足够少年们一顿丰盛的晚餐了。他们在路边的烧烤摊要了三斤手抓羊肉，十个烤饼，两瓶高原特有的青稞白酒。酒足饭饱之后，少年们便觉得自己无往而不胜了。

他们先后坐了三辆出租车，都觉得不合适。直到一辆崭新的桑塔纳2000停在身旁。天意或该如此，司机是女的，车还没挂牌，司机和乘客间的防护栏也没安装。二毛拉开车门先坐进去，其他的兄弟鱼贯而入，坐在副驾驶位置上的李一峰像领导那样一挥手：

"城北十里铺！"

浓烈的酒气曾引起过女司机的警觉，她说："太远了，不去。"

"给空贴，双倍价！"

和丈夫省吃俭用，刚买了新车的女司机急于收回成本，犹豫间启动了汽车的引擎。桑塔纳驶上一条宁静的大街，也驶上了一条不归路。

3

车过了世纪小区，过了火电厂，过了武家庄，过了十里铺地界，顾客仍然没说要停下的意思。车轮又驶上沙土路，飞起的石子敲响汽车底盘，全身心注视汽车前方的女司机猛然惊醒，一脚踩死刹车，说了生命中最后的一句话：就到此——

二毛的右胳膊像铁钳一样从后面死死地勒住女司机的脖子，三蛋和兵兵及时协助，女司机用尚能活动的手、脚猛打方向盘、踩油门，可车没有挂入挡位，汽车就像护主的巨兽，得到主人的指示，剧烈地吼叫，但脖颈上的铁链没有松开，车声震动黑夜，很快又变得安静。天上的星星闭了眼睛。

大汗淋漓的少年感觉女司机绷紧的身体慢慢松软了。法医学上说，人体的大脑缺氧十分钟即可致昏迷。

酒醒过后，少年们感觉到了夜的寒冷。他们在车上坐了很久不说话。身为大哥的李一峰先下车，他打开后备厢，找出一根包装用的尼龙绳子，还有一截电线。他们把昏迷的女司机手脚绑死，投入后备厢。在合上车后盖之际又把一条擦车毛巾塞入她口中。

李一峰坐上了驾驶位，车行驶在城乡结合部的公路上，他们陷入了两难。女司机死，他们万劫不复；女司机活，他们万劫不复。

少年们像一只只警觉的猎狗，任何轻微的响动都会扯动他们的神经。车驶出柴达木路时，有什么东西"咚！"地响了一下，落到了地上。李一峰及时刹住车，他们看到不知如何从后备厢逃出的女司机，正以一种状如金鸡独立的姿势，急急向黑暗的远方跳去。三蛋和兵兵跑过去，像抓一只鸡那样将逃脱的女司机又拎了回来。这一次他们把她绑得更紧了，毛巾几乎塞进女司机的嗓子，她唔唔地叫着。

两难之外，或许还有一种可能，比如女司机消失了，而他们仍然自由出入江山路5号101院。在他们印象里，警察除了脾气大就是笨，从没听说他们破过什么案件。李一峰又把车开回火电厂后，那里的二期工地正在建设中，新挖的黄土海浪样绵延数公里。一个身高不到一米六〇的女子藏身其中，就像一块石头投入海水之中。

"后人挖出，会以为是古墓，哈哈，可惜没有陪葬品。"

三蛋为这个绝妙的主意叫好，然后五个人都笑了，他们觉得刚刚过去的一个多小时，大家过于紧张了。李一峰摸出一包烟，给每人发了一支，他们点着了，吸着，像什么事都没有发生。

下面的内容在二毛、三蛋和兵兵的口供里。

他们弄来铁锹，在松软的黄土上很快挖出了深宽各一米多的土坑，女司机被从后备厢拖了出来，她显然意识到了等待她的会是什么，双目惊恐地放大，虽手脚被缚，侧躺在地，人却本能地做出一个跪着求饶的动作，头频频点动，嘴里唔唔叫着。黑暗中没人看见她双目涌出的泪水。

李一峰坐在汽车驾驶室里，他打开头顶的阅读灯，仔细检查车上的物品。司机前方的手套箱里有装着一百八十七元钱的皮夹，还有行车证、驾驶证以及一个诺基亚7210型手机。手机里有一条未读短信：

挖耳朵时，是耳勺舒服还是耳朵舒服？

李一峰觉得莫名其妙，他把手机的电池抠下来装进兜里。驾驶证显示，女司机叫李小燕，1976年4月20日出生，刚过完生日不久，黑白照片显示是早年拍的。李一峰注视了几秒钟又合上，几乎在同时，汽车后面的深坑边，黄土从天而降，女司机头顶的幕拉上了。

李一峰从手套盒中抬起头，蓦然发现汽车中控台前的一尊金佛，正满眼慈爱地望着他。他看了几秒，将目光移开。

其他人重新坐回后，汽车又启动了。李一峰觉得那金佛一路都在盯着他看，很多次他将目光移开，又不由自主地被牵回来，几乎干扰到他开车，经过北川河时，他停下车，抓起佛像，连同行车证和驾驶证一起扔下去。

"假的，工艺品！"

黎明到来之前，桑塔纳开进江山路 5 号 101 院。车上面堆上了油毡、纸壳和杂物，没有人注意杂乱的院子新增加了什么。神经衰弱的母亲听到与往日不一样的声音，她懒得起身过问，因为自己也去日不多。

4

太阳升起，又是新的一天。这一天与往日没有什么不同。孩子们背着书包急急地往学校赶，老人们在马路边晨练走步。陡然间寂静的街道就变得拥挤了。公交车小汽车出租车电动车自行车涌到了路中央，又放慢速度，慢慢移动。打不通电话，又不知去何处寻找妻子的丈夫漫无边际地走了半夜。他好像意识到了什么，虽不太情愿，但上午十点钟，他还是选择了报警。

警察调取了四条出城公路上的监控视频，没有发现未挂牌的新桑塔纳驶离，他们就派出几个便衣小组，分头去全市的二手车市场。他们给车头儿看局长会议通过的文件：赏金十万元。车头儿们热血沸腾了，一支遍布全市及州县，比警察队伍更庞大、更专业的队伍投入到搜寻新桑塔纳的行列。

时间平静地过去了三天，没消息，精明的车头儿改变策略，于是那些修车行、洗车店也加入搜索队伍。又过了四天，七天是一个期限，仍然没有消息，车头儿开始排查城郊的废品收购站。

"五一"小长假第四天，黄昏时分，两个着装时尚的年轻人出现在海湖路二手车交易市场。车头儿说他们只要德系车，保值高，那些日系车再新也不要。

年轻人说，车是桑塔纳。

车头儿的眼睛突然变亮，他省却了其他问题，直奔主题："多少公里？"

答："不到一千公里。"

车头儿："报价？"

答："两万。"

车头儿几乎要答应了，这车他能净赚十万，他还想进一步确认，转身拉开身后的保险柜，把一摞摞的现金让客户看：现金交易，再报？

红红绿绿的钞票把少年的眼睛看花了，他们太想得到它们了，他们已经啃了三天的馒头咸菜，他们急于促成这次交易，于是就说：五千元。

车头儿心里有了底，他数出一千元的现金作为定金交给少年，双方约好晚上十二点在市北的十里铺交货。

这一次少年们等来了他们认为是笨蛋的警察，五个人全部落网。警察的审讯很顺利，少年们没有一丝隐瞒和反抗，全做了交代。

在少年的指引下，警察找到了黄土中的女司机，令人难以置信的是，僵硬的尸体在黄土里呈站立的姿势，头顶的黄土上出现一道道拱起的裂痕，像有一个雨后的蘑菇，正要破土而出。

案卷的最后一本是证据卷。我看到了被拍成照片的桑塔纳轿车、绳子、手机，还有一些其他物品，很厚，但我看得草草，大部分记录了两年来少年们运到废品站的物品。少年们很配合，交代得事无巨细，于是警察的审讯又持续了几天，他们去一一核实，还传讯了七个与江山路 5 号 101 院关系密切的其他少年。看到与我的被告人关系不大，我便结束了阅卷工作。

合上案卷时，窗户有亮光透进来，天即将大亮。在沙发上躺了两小时，我又出门了。重要的工作只完成了第一步。

5

天空阴沉着，偶尔有沙粒样的东西打在脸上，让人清醒。倒了两次车，坐了一个多小时公交的我在大雪纷飞之时，终于到了市郊的看守所。傲慢的女狱警拒绝我会见被告人，她认为王国强也应该来，"不知道会见需要两名律师的规定？"我发现年轻的自己犯了个低级的错误，不要说王国强已经去海南疗养，就是再拉一个同事来，路上来回也要三小时。

规定从来是要为难你的一个借口。如何才能得到女狱警的获准？那盯着桌子的脸，细看有密密的雀斑，皮肤没弹性，表情却比外面的天气还冷。可我得真诚地冲她笑，指着窗外说："您看，这雪，来回一趟？"女狱警没有抬头，我就甩出大律师王国强的威名，她不可能不知，女狱警鄙弃道："就是他一人来也不行。"我失望且恨，给自己点了支烟，深深吸一口，真的不想在大雪中再跑一次。我突然想起了什么，就理直气壮了，"我会见的是李一峰。"

一直低头看报纸喝茶的老狱警扔下报纸过来了，他抓起扔到窗口的会见手续，向着女狱警惊呼，"真的，要起诉了，春节怕是要判下来！”他把手续又递给女狱警，然后回头上下打量我，“就你辩护？”

我气虚，说：“是我和王国强律师。”他便不再问。

女狱警拍着桌子喊：“这春节咋过啊！”

即将退休的老狱警用手指敲着桌面，无限感慨地说：“李晖一生算是被这个儿子折腾完了。”

“可不是？还有龚爱花。”

两人讨论完了自己做警察的同事夫妇。女狱警把手放在待填写的会见单上说：“那？”

老狱警挥挥手，“见吧见吧，也算自己人。”

我连声说谢谢。

犯罪人类学家意大利人龙勃罗梭说有些人天生犯罪，这些人从一出生就应当控制。他考察了监狱里三千多位犯人，得出犯罪分子的一般长相，如颧骨突起，鼻梁塌陷，眼睛暴突，眉毛与发际间的距离较短等。在等待管教提被告人的间隙，我在想那残忍的凶手应该长得什么样？龙氏的观点受到后人的嘲笑，但三百年来人们总在引用。

正在思索着，只听见脚镣敲击地面响动，被告人李一峰被押了进来。狱警把他铐在会见室中央的铁椅上出去了。我们隔着铁栏杆，长久地望着，十九岁的少年皮肤白皙，相貌俊秀，实在看不出他是犯罪分子。

“我是你妈妈给你请的律师！”我边打开公文包，边向他介绍。

李一峰向我点点头。他可能理解律师和警察、检察官、法官同为法律工作者，职责也一样，于是毫无保留地把 4 月 26 日晚发生的经过又复述了一遍，和我从案卷上所读的一样。我告诉他律师是为他提供帮助的人，有什么想法可直说。他摇摇头，然后就盯着地面不看我。我有些失望，无法走进年轻人的心。我告诉他涉嫌抢劫罪可能判处的结果。他像是早已想到了，把所有的事往自己身上揽，表现出一个大哥应有的品质。抽完了一支烟，我就做会见笔录。

"是不是早有抢劫出租车的预谋？"

"也不是。"

"可你们先后乘了四辆出租车。"

"想法是在喝完酒后才有的。"

"是你提出的？"

"不是，也想不起是谁提的。"

"他们叫你大哥，都听你的？"

"是。"

"后来，女司机跑了又被抓回来，你提出来'要做掉'的？"

"不是。"

"为什么？"

"说这些时，我开着车，没时间人他们商量。"

"怎么证明？"

"因为只有我会开车，有驾照。"

"参与埋人了吗？"

"没有。"

"为什么？"

"不用我动手。"

"你在做什么？"

"我在车上，清理车上的东西。"

"出生年月确定是 1988 年 7 月 23 日？"

"是。"

"农历还是阳历？"

"阳历。"

数着指头在那里仔细算了数遍，十九岁零三个月，我便绝望了。根据刑法，未满十八周岁的人不适用死刑。狗小子早来了人世一年三个月。我头脑闪过一个念头。李一峰的父母是第二监狱的干警，户籍登记也属于警察管理，同一个系统……或许，当然这事得他们去做。

我决定约见被告人的父母。

6

我第一次给一个叫李晖的人打电话，"我是李一峰的律师，想约见一下您。"

电话的那头停顿了一会儿，接着传来一个低沉的声音，"该怎么办就怎么办吧！"一副公事公办的口气，然后就挂了电话。

我独自纳闷着，不知道自己做错了什么，想着想着，我有些生气。谁给谁办事？警察有什么了不起？养不教父之过！

生了一会儿气，慢慢变得平静，我给龚爱花打电话，终究是做母亲的，她表示愿意马上见我。

雪后的天很冷，在"七度咖啡"，我见到了平生最为和蔼客气的女警察。她戴着墨镜，没有穿警服，而是穿了一件很长的黑色厚羽绒服，衣领高高竖起，像是怕人认识，刻意要将自己包裹起来。服务员把她带到我点的三号包厢，她坐下后摘下大墨镜，客气地说："麻烦您了。"一张白皙但有些浮肿的脸露了出来。

我给她汇报了几天来阅卷和会见的工作。犯罪事实清楚，情节恶劣，后果严重，案件又在市中级人民法院审理（根据刑法，死刑案件由中级人民法院以上的法院审理）。然后，我暗示说，这孩子要是晚生一年三个月……话没有说完，龚爱花凄惨地笑了，她摇摇头。

"你们总觉得我们警察无所不能，这难度太大了，从出生地到后来上过的学校，驾校，都是一系列的。还有，不要说我们没那么大本领，就是受害人的家属那边也太不公正。我没想到这帮孩子那么残忍，到现在我都不相信。"

我沉默，或许是职责使然，律师的眼中只有自己的被告人。

"之所以给他请了最有名的律师，只是尽父母之心，剩下的就看天意了，什么样的结果我们都能接受。"龚爱花讲这些时，语言平静，但难掩悲伤，她低头喝了一口咖啡，眼泪滚滚而下。

窗外的雪又下了起来，外面的世界一片白。咖啡馆里的热气落在玻璃上就模糊了，我用手去擦，那时我看到一个孩子正清晰地向我走来。

李一峰的降生曾让同为警察的李晖龚爱花夫妇激动不已。一家三口手牵手出现在"警苑小区"时，同事们投来羡慕的眼光。但慢慢地，随着年龄增长，他突出地表现出与其他孩子的不同。

"胆子大！"

龚爱花去幼儿园接孩子，总发现李一峰一个人在楼道里独自玩着自己的小汽车。其他孩子则在老师的带领下懵懂地背着"白日依山尽，黄河入海流"。老师不好为难警察的孩子，孩子想干什么就干什么。五岁时这孩子失踪了，那一天姥爷带他到家属院门口玩，当老人把注意力集中在一盘棋上时，他就独自去玩。老人在不断悔棋和别人的指导下赢下另一个老人后，发现外孙不见了。获胜后的喜悦表情瞬间变得惊恐懊恼——他想不起那盘棋下了多长时间。他哆嗦着双手，给自己嘴里扔了几粒丹参滴丸，稳定了一会儿后，他开始给女儿女婿打电话。李晖和龚爱花接到电话后，首先安慰老人，"你别急！"然后，他们又给认识的亲戚和朋友打电话，很多接到电话的人加入到寻找李一峰的行列。李一峰户籍所在的公安分局向下属派出所发出了协查通知。时间过去了四个小时，下午两点时，李一峰找到了。他在一个汽车维修部前，饶有兴趣地看着别人摆弄着比他的玩具汽车大数倍的汽车。

"这个孩子似乎对汽车着迷。"

那时候他就能背出七十多个汽车的品牌。他的玩具汽车占满了半间屋子。后来他不满足于记汽车品牌，他喜欢把那些玩具车拆了，又一件一件地组装上。有一次他还把学校的活动桌椅拆了，换来老师叫家长，挨了一顿打。

一天，上司找李晖谈话，说有人在一百多公里外的格尔木发现了一辆警用吉普车，司机是一个八九岁的男孩。李晖想起前一天上街巡逻回来后把车停在了家属楼的前面。午睡后，他以为车停在队里，就步行去上班，单位和家属院只一墙之隔。

李晖和龚爱花乘火车去了格尔木，在当地同事的配合下，在一家加油站找到了司机李一峰。李晖少有的没批评儿子，而是把车钥匙给了李一峰，他想检验下司机的车技。九岁的孩子是怎样学会开车的？又是如何将车开到一百公里以外的？只见李一峰熟练地坐到了驾驶员位置上，调好座椅，系上安全带，打火、挂挡、轻踩油门，吉普车平稳地前进了。李晖的嘴张大了，当年他学车，油门离合配合不好，总是死火，没少挨教练批。后来夫妇两人什么也没有说，一家人在肯德基吃了顿快餐，一天没吃饭的李一峰要了四个汉堡。

"当然学习成绩不好。"龚爱花说。

李一峰后来上了技校，专业是他喜欢的汽车修理。毕业后在一家车行当学徒。那时，汽车的电路系统、油路系统、机械系统等在他眼里就像人体在医院照 X 光片，脾、胃、心脏，还有血液的循环，怎么工作，从哪里开始，到哪里结束，又是哪里出了问题，李一峰一目了然。一辆待修的车送进来后，他只要看看，或趴到引擎上听听，就知道问题在哪儿。可有一天，他突然不见了，走的时候还带走了宝马车中的一个关键配件。修车行的老板悔恨得要死，他后悔没有发给店里最优秀的工程师八百元的工资。现在工程师不但走了，还报复了他。那辆宝马车价值一百多万。老板选择了报警，十六岁的少年被劳教一年。

警察的儿子犯罪，这让李晖龚爱花夫妇感觉无脸见人。他们选择不认这个儿子。出劳教所后，李一峰很快在其他修车行找到工作，他还认识了二毛、三蛋、兵兵等很多和他一样的学徒。他们去过西安、太原，但是遭遇和第一次基本一样。那些老板们总想让少年们干活儿，却不给他们哪怕最低的工资。

那时候我家果儿三岁，我觉得他让我这个刚做父亲的人很累，却也带给我们无限的快乐，我问道，"难道没有让你们觉得温暖的事？"

让龚爱花最自豪的事发生在李一峰上小学四年级时，香港的一个西部教育基金组织来讲学，龚爱花作为家长旁听。那个年轻的女老师很漂亮，她没有让孩子们上课时把手背到后面，端端坐着，讲课前她还唱了一首歌。后来她提问孩子们，"人们学更多的知识是为了什么？"同学们争相回答，"为了报效祖国。""为了服务人民。"而只有李一峰的回答是，"为了挣更多的钱。"旁听的家长和学生都笑了，龚爱花的脸瞬间变得通红。后来老师让同学们写一篇《二十年后的我》的作文。有的同学说二十年后他成了科学家，坐着祖国的神20飞船上了太空；有的说培养了一种超级水稻，亩产一万公斤，世界上再也没有挨饿的人了。李一峰的作文是这样的，说他挣了不少钱，买了一栋别墅，有一辆豪车，生了两个孩子，一个叫李某强，一个叫李某花。老师读一句下面就会笑一句。龚爱花想找个地缝钻进去。但老师最后说，李一峰的作文最优秀，并且奖励了他一个车模：一辆福特公司三十年代出的T形车，一比七十的比例。李一峰开心得要死，以后走到哪里就带到哪里。

7

距开庭还有两天的时间，我在书房里走来走去，怎么辩呢？从哪里辩？罪名、事实、法律？哪一点能减轻对被告的处罚？正如行业所言，对于有些案件，律师的作用实在有限。既然他们犯下滔天罪行，等待他们的就是法律无情的惩罚，我大可不必与自己过不去。大律师王国强去海南后就再没有一个电话，他可能正坐在椰子树下纳凉，但愿折磨他的呼吸道早日畅通起来，可对眼下的辩护又有什么用？在医院里他已经表明了自己对案件的态度，"怎么辩护也是死！"我也就放弃了给他打电话。我又躺回到沙发上，心中不服，想在绝境中再生。4月26日晚上的过程一遍又一遍在我眼前回放，如同电影一样。突然间，天空有光泻下，亮如白昼。"对，分开，可是有法律上的支持吗？"我跳起来，疯狂地检索、查找法律、法规。找到了！法释字〔2001〕16号，一百字不到，然而它们在我的眼里却是字字珠玑！我又读了一遍检察院的《起诉书》，他们果然犯了过于自信的错误。一个方案在大脑里形成，我激动地在地上跳，连夜撰写起辩护词。我有救了，被告有救了。

开庭的那天刚好是农历小年，审判在中院最大的审判庭进行。每个法院都有一个这样的审判庭。很大，如礼堂剧院，前面是个高高的舞台，下面容纳数百人上千人，用来开公审大会，有时也兼做它用，在节假日表演节目或放电影，而现在，一个精彩的剧目即将上演。

九点钟，公诉人、辩护律师到了。被告人在市郊二十里外的看守所，还没有押解回来。大家凑在大门旁边的传达室，围着一个电炉取暖。因被告众多，辩护律师也一大群。他们对坐在椅子上的检察院公诉人很客气。我是新人，躲在前辈们后面不敢说话。公诉科长像想起了什么，"王国强王大律师呢？他是第一辩护？"我举起手说："他病了，我们两个人辩护。"科长看了一眼菜鸟的我便不理。他接受着律师们的恭维，自我陶醉，全然忘记了法庭上的危险，后来我听见他们在讨论春节和度假的事。每个人都觉得案件只是走个程序而已。

十点钟时，被告人押解到了，他们在法警的押送下，从法庭的一侧进入。十一个人由李一峰带着，很有气势地走来。少年们满不在乎，好像不是来接受审判，而是受勋。我看见紧随李一峰之后的二毛嘴角上扬还笑了。法庭在核实了被告人的身份后，进入了冗长的法庭调查。没有人翻供，他们自豪地讲述自己的壮举。而法庭必须将每个细节落到实处，于是法庭调查琐碎详细得让人窒息，到中午时才问到第五个被告人。无奈的法官只好宣布休庭，下午继续审理。

书记员给律师们发餐券，我们乐呵呵地到法院的食堂就餐。法院的伙食不错，而下午的庭审一点半才开始。律师们慢慢地享用着美食，一遍遍地在自助的柜台前去添菜，好像要把平时对法院的种种不满在饭桌上吃回来。菜鸟的我无资格与这些名律们平等谈话，在餐厅的一隅，品着一杯咖啡。

"你多吃点！否则妈妈会不高兴的。"

"爸爸，我实在吃不下去了。"身后传来的父子对话让我震惊，我回头时看见了不远处被害人的丈夫与儿子。突然，我觉得不但是被告人，我们律师，每个人他都是有罪的。我差一点儿改变自己的辩护思路。

法庭重新审理的时候，明显加快了速度，我们也有意识地对查明的事实不发表辩护意见。下午五点钟时，终于进入法庭辩论阶段。公诉科长例行公事地发表了他千篇一律的控诉词。如罪大恶极、必须严惩、不杀不足以平民愤等。宝剑在匣中鸣叫，作为第一辩护的我已经有些等不及了。受年轻的理想主义和港台影视剧的影响，我整理了一下律师袍，站起来，把早已准备好的辩词抛出去，仿佛轻描淡写，又见血封喉。

"公诉机关指控罪名完全错误，起诉书漏掉了最重要的罪名——故意杀人罪。"我略微停顿了一下，"本律师实感震惊，本案应该以抢劫罪、故意杀人罪和盗窃罪数罪并罚。"

重磅的炸弹引起了法庭的震惊，检察官、法官、律师及那些在旁听席上昏昏欲睡的人都将目光投向年轻的律师。

罪名的准确与否，除关乎对被告人正确定罪量刑外，也与这些法律工作者的学识素养有关。异讶声外，我听见身后的老律师愤怒地说："你要干什么？"

我清清嗓子："法官、检察官、各位辩护律师，我们每个人都阅读了案卷，对犯罪事实没任何异议。本案中犯罪人的行为有两个明显的阶段。在抢劫出租车将女司机投入后备厢时，抢劫罪的犯罪行为已经完成。在女司机逃跑后又抓回来活埋，这就又涉嫌构成第二个罪——故意杀人罪。"

法庭上传来议论声。

"我们知道，抢劫罪的最高量刑是死刑，在普通的抢劫罪中，致被害人死亡，只是一个加重的情节。《中华人民共和国刑法》第二百六十三条及《最高人民法院关于审理抢劫案件具体应用法律若干问题的解释》也明确规定，只按抢劫罪一罪处罚。抢劫杀人、杀人抢劫基本上都是按抢劫罪一罪论处，对罪大恶极的犯罪分子也能判处死刑。可是本案不一样，被告人的行为有两个完全独立的实施阶段，应当按抢劫罪、故意杀人罪两罪并罚。"

法庭上的人似乎松了一口气，公诉人及时地反驳道："辩护人的观点仅仅是个人理解与见解，抢劫杀人与杀人抢劫本来是一回事，而抢劫罪的最高量刑是死刑，因此完全可以按抢劫罪对被告人量刑，没必要分为两罪并罚。"

我早预料到他们会有这样的辩论，继续发言："是，这是本律师的理解，也是法律的本意。你们可以查一下2001年5月22日，最高人民法院审判委员会第1176次会议通过，对上海市高级人民法院的复函。对于抢劫后，又杀害被害人的，按抢劫罪、故意杀人罪两罪并罚，这是本律师辩护意见的法律根据。"

法庭上一下静得怕人。许久，法官说话了："辩护人，你所说的最高院解释编号是？"

我高声回答："法释〔2001〕16号【注】。"

法官："请书记员记录在案。"

我继续自己的观点，这才是真正的目的。"大家知道，在五名被告人中，只有我的被告人李一峰会开车，因其开车，对第二个杀人罪没有参与，所有的案卷和被告人也承认这一点，李一峰没有参与掩埋被害人，不涉嫌故意杀人罪。那么，对我的被告人应当按抢劫罪定罪量刑。"

法庭上的人那时才明白律师的良苦用心，自领一罪后，第一被告反而因没有参加故意杀人，对其量刑也就轻于他人了。

后面律师们的辩护显然被突如其来的变化打乱了，他们草草读了自己的辩护词后，法庭审理结束。对于附带民事诉讼，法官说回头调解，因为那时已经是晚上十点了。他特意走到律师们面前，收集辩护词。公诉科长走过来，客气地和我握手，还要和我讨论，可我觉得目的已经达到。

第二天上午十点，我突然接到法官的电话，他找我要辩护词的电子版。接受辩护后，我第二次来到他的办公室。

法官瞪着眼盯着我不说话，我心中有些不安。

"全乱了。一命换一命，把已经满十八岁可以适用死刑的第一被告判死刑，其他人或判无期徒刑，或判有期徒刑，平了。现在，那伤心的丈夫那边让我们如何做工作？审委会本来决定要赶在春节前当庭宣判，以贯彻全省政法会议关于严厉打击刑事犯罪的决议。可你小子，你知道吗？一百多份判决书从印刷厂运回后又销毁了。"

我感觉自己像做了一件非常错误的事。

法官声音缓和下来，示意我在对面的沙发上坐下来。

"昨天晚上的会开到凌晨三点，相当多的人同意按原来的意见判决，但被我否定了。上诉到省高院，或进入最高法死刑核准程序，那时再纠正过来，我们这些法官、检察官将如何收场？最后决定按故意杀人罪、抢劫罪定罪，数罪并罚。被告人李一峰因没有参与实施故意杀人行为，免了死刑，由第一被告降为第二被告，判处无期徒刑。其他人因不满十八岁，不能适用死刑，这帮人渣全活了。你胜了，律师。"

我说："其实，我们是职责所在，大家都是法律人，只是立场不同。"

"好啦！我当了二十年的法官，还要你来讲这些，那个王国强呢？他怎么没来，按司法部的意见，死刑案件要执业十年以上的律师辩护，你刚拿到律师执业证。"

"本来是要来的，可突然病了，病得非常厉害。"

"那么所有的辩护意见，阅卷、会见和撰写辩护词都是由你完成的？"

"是。"

"我就知道，王国强这个大骗子，徒有虚名，忽悠委托人，还号称名冠三省，狗屁！"

法官突然间笑了，笑得灿烂。他过来拍拍我的肩，"我查了，咱们一个学校，我比你高八届。"

后来我抽了法官的烟，我们谈起在那个学校的四年，只是时间并没有重合。

已经是农历的腊月二十八，年前再不会有案件开庭了。我坐在事务所里快乐地上网，有人进来就跪下了。我把龚爱花从地上拉起，她泪流满面连声说谢谢，并将一个红包放在桌子上说："春节快乐！"

我说声春节快乐，她已经出了律师事务所的门。

我站在十二层的写字楼往下看，大街上一派热闹，立交桥上挂满彩旗，商店的门口写着欢度春节的横幅，到处是热情洋溢准备过节的人。

我给在海南度假的王国强律师打了个电话，告诉他案件的审理经过及判决结果，还有委托人送来的红包。他听着非常高兴，嗓子也比先前畅通许多，说那个红包由我收了，就当我的新年礼物。

我很开心，经过商场时，用那红包给儿子买了份春节礼物——车模，意大利名车，兰博基尼。

【注】

法释〔2001〕16号《最高人民法院关于抢劫过程中故意杀人案件如何定罪问题的批复》已于2001年5月22日由最高人民法院审判委员会第1176次会议通过，自2001年5月26日起施行。

法释〔2001〕16号

上海市高级人民法院：

你院沪高法2000117号《关于抢劫过程中故意杀人案件定性问题的请示》收悉。经研究，答复如下：

行为人为劫取财物而预谋故意杀人，或者在劫取财物过程中，为制服被害人反抗而故意杀人的，以抢劫罪定罪处罚。

行为人实施抢劫后，为灭口而故意杀人的，以抢劫罪和故意杀人罪定罪，实行数罪并罚。

此复

村民张有志宁愿亏钱也要帮村里修好水泵房，为的是换取水泵房边的土地的租种权。结果工厂征地，村长变卦，他投诉无果，竟杀害了村长夫妇。

NOTE 3

1

一粒，又一粒，村民把花生点进土里，然后像裁布一样，裁一片塑料地膜覆盖在上面。地膜一片挨一片，亮晶晶，几天后，村子就变成了白色的海洋。

有志的花生比别人早种完一天。早春三月，太阳暖暖的，他在阳光下收拾工具。这时候，印有"法院"字样的警车出现了。警车随着山路高低转弯，穿行在地膜拼接的白色海洋里，像一叶浪里前行的扁舟。没有种完花生的村民停下手中的活儿，伸长脖子看着警车开向哪家，以便把脖子也伸向哪家的隐私。警车开过了村头的大树，开过石马桩，开过村委会大门，最后"嘎"的一声，停在了有志的家门前。

从车上下来的法官让有志签收诉状、举证通知书和开庭传票。有志用沾满泥土的手在回执栏颤巍巍地写下："张有志。"

有志被人告了。

有志到律师所来找我，手里拿着诉状。村里起诉他，让他归还占有的水泵房，承担诉讼费。诉状中还写着，"保留向被告追究因占有水泵房造成的损失"。

"吃官司！"有志很气愤，又一脸愧意。他眯着细细的眼睛看着我说，"律师，怎么办？"

我把目光从诉状移到委托人身上。这是一位典型的海边农民，眼睛细小，脸庞因常年吹海风变得红紫，头发灰白，留着青年人一样的板寸，但不整齐，没精神，倒像是某种颓败的象征。诉状上说他五十有七，但看上去怎么也像七十有五。柳林街道办事处夼村人。

那是个生僻字，我不太有把握，说："这个字？"

有志用浓重的胶东方言说："夼，念kuǎng。"

2

2011年村里整治村南的水泵房，这两年水位不断下降，村北的水泵房不足以满足全村的灌溉需要，村委决定把村南的水泵房整理出来。清淤、维修水泵，村里给出的招标价是两万元。

竞标人有三个，除了有志还有韩平和蒋有。竞价在村委公开进行。村长喊两万元，三人同时举牌；喊一万九千元，三人都举牌；喊一万八千元，韩平退出；喊一万七千元，蒋有退出。有志成了最后的中标人。他和村里签订了整治村南水泵房的合同。开工当日付一万元，完工验收合格后付七千元，工期二十天。合同签订后，有志从会计那里接过钥匙去了水泵房。他穿着水鞋，站在干涸了的蓄水池中，察看淤泥深度。蒋有出现在上面，说，有志，一万七千元有钱赚。有志不回答，抬起头，冲着蒋有嘿嘿笑。

蒋有带村民从工地上包零活儿干，以他的经验，清淤，给电机换机油，外加水池前三百米水渠疏通，至少得三个人完成，一万七千元最多够本，说不定就赔了。

　　有志知道不挣钱，但有志有自己的想法。合同签订后，他提出把水泵房旁的那块三角边地承包给自己，村里答应了，但这个条件没有写进合同。水泵房边的三角地有三分，承包过来后就和自己家的地连一起，水泵房投入使用后，浇水方便，三分地种的菜每年能卖不少钱。

　　有志的计划落空了。他清完水泵房的淤泥，正在给发电机换机油，身穿绿景农业服装的人开始在水泵房旁搭活动板房，村里把有志看上的三角边地承包给了别他人。

　　有志很生气，但他还是按工期完成了水泵房的整治。他给了两位帮工的村民各五千元。村里组织验收，有志的活儿扎实，没什么可说的。村长让会计结剩下的钱，有志说还有呢？村长还有什么？有志说，那块地——村里答应让他承包水泵房边的三分地。村长说，地不能包给他了，村南的山地全承包给了绿景农业科技公司，包括原来答应包给有志的水泵房边的地。为了连片开发，村南的私人承包地也要流转。绿景农业将在夼村搞花生芋头养殖综合开发，带动全村致富。有志说不行，村里答应了的，不能变卦。村长说，你要顾全大局，土地二次流转也是上级的意思。他的那亩地也要流转，统一规划，公司给承包费，以后不用种地就能领钱。

　　有志不但没有包到水泵房边的地，自己的那亩地也要流转出去。

　　"这不欺负人吗？"有志对我说。有志不流转自己的地，整治好的水泵房也不交。他带着自己的狗——阿黑住在水泵房。夜晚，遥远的村南坡地，一盏孤灯，影影绰绰。有志进出，像个鬼影，偶尔一声狗叫传来，村民想起有志住在那里。

　　村里派人和有志谈，有志态度强硬，就要说好的那块地，不答应甭谈。他把水泵的电机卸下来，放在床头。整治好的水泵房无法启用，全村还在用村北的水泵房浇地，花生的种植面积扩大后，全村浇完水比往年晚了三天。有些人家的花生叶子发黄了，村民很有意见。浇二遍水时，有志还不交水泵房，谁也没办法，村里的人说"有志是头驴"。

有一天，阿黑死了，它被人药死在水泵房外。有志很伤心，也很愤怒。他把阿黑埋在半坡上的一棵桑树下，村民看见有志在坡上坐了一整天。村民以为狗死了，有志会把水泵房交出来，但没有，他依然住在水泵房里。

"是他们说话不算数，地不让我承包了。"有志对我说。我说这个没有写进合同，不是附加的条件，也就那么一说，不过你可以反诉，向村里要剩余的七千元钱，还可以主张这一年多的利息。

"那一年多的误工呢？住水泵房里，我什么都没干。"

"这个法庭不会支持，你倒是可以提出来，作为调解的条件。"

"那你看我应该要多少呢？"

"按本市上年度职工平均工资，一年是三万七千两百元。"

"太少了，律师。我至少得要个十万。他们答应的事不认了，欺负人，村里的土地大部分被流转了，必须得答应，我们是有承包合同的，按土地法，三十年不变，凭什么？"

"没有根据要十万，按上年度平均工资都不支持。你和村里诉讼的是合同纠纷，按双方约定，要劳务费没有根据。只能调解，这个事你是有过错的，占着水泵房，给全村造成了损失。"

"你就按 10 万要，要来要不来，我都不怪你，律师费照样付你。现在不是钱的事，我的阿黑也死了。"

这倒不错，我想既然委托人说按十万主张，那我就按十万的标的收律师费，官司败了，他也不会说我什么——但我拒绝了他。执业经验，有些钱不能挣。那天上午我和有志谈了很长时间。后来我就骂他了，我也是个脾气不好的人。我说你这是讹诈，一个人和全村作对。他的眉头拧成一根，然后舒展，最后不好意思地笑了，说："我不怕。你不知道，李律师，村长是个贪污犯，沙场被他承包着。我讨厌他的宝马车，停在巷口后，我们就得绕到后面的巷子进家，有一次我扎破了他一个轮胎。"我说："你狠，这和当下的案子没有关系。"我们两个聊了很长的时间，他说他以前也当过兵，我们两个顿时有了更多的话题。他说他是七一年的炮兵。我说天啊，比我当兵早二十年！我得向他敬礼。有志呵呵笑了，说转业后什么都不是了。年轻时还当过四年村长。老伴去世早，他有两个女儿，都成家了，大女儿是二中的语文老师，小女儿在一家公司上班。我劝他要来剩下的七千元钱，把水泵房交出去算了。村民也有意见，不光是和村委之间的事。有些事情没法说，这个年龄了，退一步吧！有志好像同意了，他说想想，拿了我一张名片走了。

我们做律师，常常和陌生人打交道，有志只是一个非常普通的客户，我没有接受他的委托，很快就忘记了他。

3

2012 年 7 月 18 日，我清楚地记得那一天，我去长沙开庭，为一个客户讨要拖欠三年的货款。我的肚子对美味的湘菜不领情，到长沙的第二天就开始拉肚子，连续四天。回来那天，在流亭机场，同事接机时，我连说话的力气都没有了。他开着车说:"李律,柳林街道办事处发生血案,村长一家三口被杀,犯罪嫌疑人叫张有志,他好像找你办过案!"我想不起自己给一个叫张有志的人办过案件,说想不起来了。回到家休息了下,吃过午饭,人也有了些力气,我随便翻开桌子上的一张晚报。年初,我老婆买了一台新冰箱,附赠半年的晚报——这种报纸以后只能送着看了,翻着翻着,我就惊呆了。我看见了一个字:夼。

报纸上说,本市某街道办夼村发生血案,有村民因个人恩怨杀死村长一家三口,案件正在侦查之中。我急忙上网去查,在我们当地的新闻网和论坛里找相关的信息,看是不是那个找过我的张有志,他因何而杀人?我在电脑前操作,没有找到相关结果,但已经有种不祥之兆,我预感凶犯就是曾经找过我的那个人。

终于在百度柳林贴吧里找到案件的信息,没有犯罪嫌疑人的姓名,帖子说的案情基本属实,起因却是征地。跟帖贴的网民观点一边倒,说凶手是个英雄,他是为民除害,被杀的村长是个大贪官。村长和他老婆,还有孩子,三人被杀。

在家休息了两天,身体恢复后去上班,有人来办公室找我。是一个三十多岁的中年女人,她说她是张有志的女儿,她希望我能为她父亲辩护。我问她如何找到我的?她说她父亲通过看守所警察传出的信息,由我担任他的辩护人。她也打听过本区的刑辩律师,由我担任其父的辩护律师是最佳选择。我说这样的案子,有时候律师的作用有限。案件事实摆在那儿,两死一重伤。我暗示她,他父亲行凶后果严重,无论怎么样辩护,结果已定,谁也救不了他。另外,死刑案件,如果不聘请律师,法庭会为被告人指定辩护人。

她执着地求我为她父亲辩护。我问她，她父亲精神方面是否正常？家族有无精神病史？我想起有志在我办公室的那种执拗劲。她摇摇头说没有。案件发生前的一个星期天，她还和父亲见过一面，一切正常。

思考一番后，我决定答应她的请求，担任有志的辩护人。

办理完委托手续后，我去找永进，他是区刑警队的副队长，转业前我俩在同一个部队。这个案子应该在他们队里，我想知道一些更加详细的信息。外部传言甚至是犯罪嫌疑人家属提供的信息也不一定可靠。这时候律师还无法介入。虽然律师法修改后，律师的会见权大有保障，可以覆盖案件的整个过程，自然包括侦查阶段。但同时设了一个前提：需侦查机关批准。我约他中午时一起吃饭。那儿有个小饭馆不错，很干净，小海鲜做得很地道。我提前打电话订了个座，到的时候，另外几张桌子上坐满了人。老板给我的桌子空着，上面放一牌子：已订。几分钟后，永进来了，他穿着便装，眼眶有些发黑。同样是法律人，警察这个活儿我认为自己干不了。当他听到我做了有志的辩护人后，立即反对。

"那家伙昨天晚上自杀，折腾了我们一宿！"

"哦？现在怎么样了？"

"抢救过来了，在人民医院的 ICU 病室，不如死了算了。"他给自己点上一支烟说。旁边的一张小方桌上四个人在喝啤酒，他们也在议论案件，其中一人手里握着酒瓶说："村长把人家的地占了，不赔偿，到法院起诉，官司输了，这不把人逼急了？当然要杀人，村长、老婆，还有孩子，一个未能幸免。"

永进看了我一眼，我们都知道，他们关于案情的叙述与事实不符，死了的是村长和他老婆，他母亲抢救后脱离了生命危险。西海是个不大的区，没几天，沸沸扬扬，一个杀人案件人人都知道了。

我决定去夼村。

4

血案发生前，有人发现有志的异常，几个在巷口打保皇的人看见有志在巷子里走来走去，边走边思考，嘴里还念念有词。一个村民边抓牌边说，"他的样子像个哲学家。"有志深刻思考的样子让见到他的村民难忘。一位村民从他身边经过，"有志，弄啥呢？"他看了那位村民一眼说："哦！我吃过了。"村民们听了哈哈大笑。

村民回忆说，那天有志穿着件旧黄色军大衣，紧抱着双臂，在巷子走来走去。他皮肤灰暗，胡子很长时间未剃了。有志一个人生活，不太会照顾自己，看上去很邋遢。黄昏时分，天暗下来，最后一抹夕阳拉长了他的身影，头影射到墙上，身子则在地上，人像从肩膀处被斩了一刀，折下去。巷口打牌的村民陆续回了家。有志还走在冬天的寒风里。那时，村长的黑色宝马车开进了巷子。他把车停在家门口，锁好，拉了下车门把手，然后去推自家的门，前脚已经进了院门，有志出现在他身后，喊了一声"有仁"，村长回过头说："做甚？"有志掏出怀中的刀以最快的速度刺向村长胸口，连刺了几刀，血像高压水泵，喷了出来。村长牛样的喘叫惊动了屋里的人，他的母亲和妻子冲出来一左一右抓住有志拿刀的手，有志又挣脱，向两个女人各捅了一刀，三个人就倒在了血泊中。有志杀红了眼，拎着刀子又向正屋走，在台阶上他看见两个孩子正在看动画片《喜洋洋与灰太狼》，十一岁的姐姐看见了有志，她隔着窗喊了声，"二大爷——"有志像被子弹打中，停住脚步，刀掉到了地上。他摇晃着转身出了院子，蹲在巷口，紧裹大衣，浑身瑟瑟发抖。孩子看见倒在血泊中的父亲、母亲和奶奶，放声大哭。有村民报案，有志被带到派出所，又移送到刑警队。

两个星期后，经申请同意，我们第一次会见犯罪嫌疑人。有志被铐在会见室中央的铁椅上，戴着脚镣，他的头发剃得精光，脑壳发亮，额头上还有一个包，那是他自杀留下的。现在看守所每天派专人二十四小时盯着他。有志比一年多前我见到时老多了，人很瘦，身后站着陪同的警察。他见到我后呲了下嘴说："你来了？"

有志对案情的陈述与他在刑警队的交代完全一致，他对自己的罪行供认不讳。他只是把那个过程又对我复述了一遍，最后他平静地说："是我干的，都是我干的。"

我听后似乎没有特别要问的，但还是想到了几个问题。

"是针对村长一人，还是全家去的？"

"只对村长，后来她们两个拽住我，就……"有志抬了下戴着手铐的手说。

"为什么放过了那两个孩子？"

"那孩子叫了一声二大爷，我就明白过来了，她和我大外孙女一样大。"我让同事记下这一细节，对于辩护律师来说，这点很重要。

"那案子后来呢？被起诉的那个民事案件？"我说。

"输了！"

有志说，我拒绝代理后，经人介绍，他又请了一名律师。

开庭时他们提出了反诉，请求给付剩余的七千元钱，外加十万元的误工费，但是法官没有受理。法官说是他们的反诉过了期限，按最高人民法院《关于民事证据的若干规定》第七条，反诉应当在举证期间提出，他们开庭时提出，已经过了举证期限。另外，他们的误工费没有根据，七千元也不能要利息，因为双方间没有约定。法庭审理的是合同违约之诉而非侵权之诉。法官的理由似乎是正确的，但按照最高人民法院关于适用《中华人民共和国民事诉讼法》若干问题的意见第156条，在法庭辩论前反诉都是可以提出的。我认为应参照后一个法律，前者解决证据问题，后者才是有关程序的规定。两个法律打架。我曾经和一名同事讨论过这个问题，应当适用哪个？我想起同事以无比揶揄的口气说："哈！都行。法官可以根据自己的需要选择适用。受理反诉，有依据；不想受理，也有依据。"

当然，有志也可以另案起诉，还可能合并审理，并不影响他要回剩余的七千元钱。其实，这不能算是输。

我想告诉他这些，又觉得一两句话说不清，何况与我眼前代理的刑事辩护关系不大，会见就结束了。有志在笔录的末端签字按手印，他看也没看一眼笔录的内容。最后说："谢谢，律师。"

后来我了解到的信息是，村里召开了有关土地二次流转的村民大会，几乎全票通过。村里将那块边地承包给了绿景公司，包括有志的那亩地。村南的地全部二次流转，地还是农民的。由绿景公司开发，期限十年，第一年的承包费每亩三千元，以后每年六百元。绿景公司聘请村民干农活儿，按临时雇佣关系发工资，以天计算，有志是少数几个反对流转的人。

由于是可能被判处死刑的案件，一审在市中级人民法院进行。开庭的那天，法院前面的那条路禁止通行，旁听票要提前一个星期申请，到处是穿着黑色服装执勤的法警，一副如临大敌的样子。

庭审进行得出奇顺利：事实清楚，证据确实充分，被告人认罪。很快到了辩护人发表辩护意见的时候，坦率地讲，我不知道从何辩起。接受委托后，我反复思考过。我深知，对于有些案件，律师的作用实在有限。我们不是陪审制度的国家，律师很难自由发挥。这个案件影响重大，后果严重，有志故意杀人，造成两死一重伤，他会面临一个怎样的结果，其实早有定论，审判只是一个程序。我只能从理论上谈对案件的看法。德沃金说："法理学核心问题是道德原则，而不是法律事实。"选择了道德，就有说不完的话。我讲了有志放过孩子的那个细节，我说他有犯罪中止的行为，也提了有志之前的那个民事案件，村里答应包给他的地后来又违反承诺，土地的流转与少数人的利益等。我说万事皆有原因，犯罪嫌疑人的罪行严重，情节恶劣，手段残忍。他为什么会犯罪？我们的社会、我们每个人都应当思考。辩护就那样结束了。让我欣慰的是，二十分钟的发言，法官、公诉人、被害人的代理人都认真倾听，旁听席上也鸦雀无声。没有二次辩论，公诉人客气地说我主张的犯罪中止意见不成立，并简单说明了理由，庭审就结束了，法庭择期宣判。

两星期后在看守所的临时法庭，有志被判处死刑，立即执行，剥夺政治权利终身。他反应平静，表情上反而有一种解脱了的轻松。法官问他是否上诉，他摇摇头否定了。

有志的女儿对我的辩护非常感谢，她请我吃饭，问我她父亲是不是很快会被"处决"？我说早呢。案件要经过省高级人民法院复核，最后报最高人民法院核准。她对父亲被判这样的结果，可能想到了。她谈起了父亲和家庭，说母亲去世后父亲一个人生活在村里，还有他的阿黑，是父亲最亲密的伴儿。父亲也和她在一起生活过几个月，但他不喜欢城里的生活，死活要到农村去，到他的地里去。每个周末她和妹妹都会带孩子去看他，那是父亲最开心的时候，而回来时她们的小车后备厢里会装满各种时蔬、花生和土豆。孩子非常喜欢和姥爷到地里去玩，他们光着脚走在泥土上，也是从那里她们认识了什么是粮食、土地。对于他父亲拒绝流转，她的解释是，父亲可能在理解上有错误，他还是承包人，土地的所有人。

死刑复核没有开庭进行，省高院刑庭的法官在电话里说，如果我有新的证据或辩护观点，可以提交书面意见。

2013 年 5 月的一天，省高院刑庭法官通知我，说最高人民法院负责核准有志死刑的陈法官去夼村，要见辩护人。第二天，有人陪同，我见到了陈法官，一个矮矮的老头，很和善。见到我后，他就撇开了那些人，单独和我谈。我们在一名村委的带领下去了有志的家，铁门紧锁着，门环上落满灰，显然很长时间没人住了。门框左面春节时贴的对联还在，时光褪走了鲜艳的红色，而字迹清楚："和顺人家万事兴。"一株丝瓜从院内爬出来，沿着院墙跑了很远，蔓上刚结出一个拇指大的新瓜。往前走过两家就是被害人村长张有仁家，没有什么特别不同，门楼比其他人家的略高，院内的房子翻建过，装着铝合金门窗。陈法官说，这个案件影响很大，他们知道的消息可用四个字概括：官民对立，网上有各种的声音。这也是他为什么要亲自来的原因。群众说被杀的是个贪官，他占领着村里的沙场，霸占村民的土地，没有补偿。他问我被告人的家属那边的情况，"情绪是否稳定？”他说检察院也调查了，被杀的村长张有仁和被告人是叔伯兄弟，在村里任职有十六年，虽然承包了沙场，但承包费每年按时上缴，累计交了一百五十四万元。这几年村里的一些基础设施比如修路还有给六十岁以上老人每月五十元的补助等，都是那些钱里出的。调查没有发现有什么违法之处，土地的流转也是经过了村民大会，同意的人占到百分之九十二。

他问我对有志杀人的看法，我给他讲了之前的那个民事案件。有志最初找我办案的情景，还有我们两人的聊天，有志当兵的经历，以及他的亲人——两个女儿的情况。陈法官仔细听我说这些。他说看了我的辩护词，写得非常好。我给他说了两个法律解释打架的事。他说："哦，有这样的事？"他是负责刑事案件的法官，这两个法律，民事上的，他并不知道。说话间我们两个走出了村口，我们爬上半山坡，在村民的指引下，看见那个被有志一直"占领"着的水泵房，现在已经投入使用。一股清水从地下抽出，注入前面的水池，水积满后又沿着一条细细弯弯的水渠逐户流进村民的地里。从山坡上望去，整个夼村尽收眼底，其状像一口很大的锅。那是些 20 世纪 70 年代统一建设的村舍，排列整齐，如一个个连在一起的火柴盒。这种村居在别的地方是看不到的。陈法官问我从事律师多长时间？我说十一年。他说明年他就退休了，老家在贵州，他年轻时最大的愿望是做名律师，后来却当了法官。他说希望我能成为一名优秀律师。那情形让我无限感动，我看见他头发已经白了。

从半山坡下来，我俩一路无话，我知道用不了多久，就是我身边的这个人将签发核准有志死刑的裁定书。他是真正决定有志生死的人。我想到一个问题，学理上争辩的关于死刑废除问题。根据特赦国际组织的数字，到目前为止，全球一百二十五个国家已经在法律上废除了死刑，或实际上停止死刑执行。

"对于有些犯罪嫌疑人，活着的惩罚胜过剥夺他们的生命。"我想起有志在看守所的自杀。

"死刑的惩罚作用有限。正如法谚所云，刑罚的威慑在于不可避免性，而非严酷性。八世纪，在英国犯盗窃罪会被判死刑，当时为了教育和惩罚，对罪犯的死刑执行是公开的。绞刑架竖起时，万人空巷，人们争相看热闹，这时候也是小偷大行其道的时候，他们悄悄把手伸进市民的口袋——没有因为绞刑架而住手。"

"那我们有没有废除死刑的可能？"我问。

"唐朝有一年只处决了二十多个罪犯，那还是保留谋逆这样罪名的时代。"

"那您的意思是？"

"犯罪率折射的是统治者的文明而不是公民的素质！"

陈法官看着我良久不语，我们再没有说话，默默地往山下走，到了村口，我和他分手，他突然问我，"夼是什么意思？"

我说："夼，读 kuǎng，地名，低凹之地，没实际意义，多在山东沿海地区。"

一个官司的胜诉经过

建筑民工李洋受伤了，要求赔偿未果，王凤陪着李洋
走上了漫长的上诉之路……

NOTE 4

迟来的正义非正义。

——题记

事故

李洋和王凤走在黎明前的曙色里，像两只蓄谋窃食的耗子。

李洋手里拎着桶，走在前，王凤抱着滚刷跟在后。王凤脚下绊了一下。她嘟囔道，疯子，刚五点，你不睡，别人还要睡。这样，两个人高一脚低一脚摸到施工的楼前。地下室的灯黑着，李洋打开手机，用屏幕微弱的光照着脚下，慢慢往楼梯底下走，王凤抓着扶手跟在后面。

"生前不必久睡，死后自会长眠——"

李洋话刚说完，就"唉哟！"喊一声，手机的光在空中一晃不见了，铁桶在黑暗里叮咚咚滚出很远。

王凤大声喊："李洋，李洋。"

负二层是个在建的停车场，有一千多平方米，王凤什么都看不见，她拼命地喊，"死鬼，你在哪儿？你别吓我啊——"王凤的声音很大，她以为李洋和她开玩笑，李洋经常这样。可连喊几声，听不见李洋回应，她哭了，喊声也变细，她的声音被黑暗吞没了。

无人应答的王凤开始变得冷静，她没有往前走去找李洋，而是扶着楼梯退上来。来到地面，她放开嗓子喊开："来人啊——救命啊——有人掉坑里了！"小区没有交工入住，远处工棚里的工友还在梦里，无人应她。

110，120，119，王凤蹲在地上打电话，把她知道的电话都打了。

打完电话后，王凤扶着楼梯又到地下室，到负二层后，她不敢往前走了。她大声喊："李洋！李洋！"

"哎，我在这儿——"地下传来一个微弱的声音。

王凤听见李洋的声音后哭了，她对着眼前的黑暗说："死鬼，你活着啊，我以为你死了！你挺住，救援的很快就到，我给110、120都打了电话，他们问在哪里，说很快到。"

等待是漫长的。

王凤他们承包粉刷的这座楼，负二层下面有五十多个积水坑，每个有五六米深。海边施工，地下会不停地渗上水。施工前先在地下室挖上积水坑，水满后抽走，等所有的工程竣工，防水处理完，水坑会封死。黑暗里好像有无数的深坑，每一个都深不见底，只要她往前走一步，它们都会把她吸进去。王凤感到恐怖，恐怖在于不知道危险在哪里。她不知道李洋掉下去的这个坑有没有水？水有多深？李洋会不会被淹死？隔一会儿，王凤会叫声李洋，李洋哼一声，于是她知道他还活着。

二十分钟后，鸣着警报的消防车和120救护车先后到了。电闸合上，负二层的灯亮了，工友和项目部经理也出现在工地。李洋掉进了楼梯口附近的一个集水坑。平时大家都坐电梯，没人走楼梯，楼梯口的那个集水坑没有任何安全措施。没人想到有人会在清晨五点走过，李洋掉下去，没人想到。

经理趴在地上，用手电筒照下去，集水坑很深，有五六米的样子，李洋在坑底，下半身泡在水里。集水坑的口小，给救援带来麻烦。那个负责救援的武警少校观察着周围说：

"负二层下面还有坑，这算是地狱的第三层吧！"

水坑上面挂了个一千瓦的强光灯，一个消防战士在腰里绑上安全绳，从上面下到坑里。他像包粽子那样在李洋的身上拴了好几道绳子，上面的人七手八脚把李洋拉上去。

李洋的脸上有擦伤，手脚不能动。少校给李洋，还有他掉下去的水坑拍照。最后他说，没事，可能骨折，两只脚，两只手，外加额头的擦伤，共五处有伤，"五体投地！"少校用一个词，形象地说。

李洋被送进人民医院。X光片显示他的双手双脚都骨折，腰部还有挫伤。他躺在病床上，四肢打着厚厚的石膏，吃饭喝水要人喂。最难受的是上厕所，王凤会把一个特制的塑料便盆塞到他身下。一个老爷们在被子下干这事，他羞愧难当，想死的心都有。他不吃饭，把王凤炖的排骨汤推到地上喊，"老天啊！你怎么没把我摔死"。

一个星期后，李洋适应了病床上的生活，日子从此变得简单，吃了睡，睡了吃。以前打工，早起晚睡，天天盼望着有一天能好好睡一觉，现在终于有时间睡了，但李洋睡得不踏实，经常做梦，不分白天黑夜。他总梦见自己在一个黑洞里下沉，耳边风声嗖嗖，深不见底，他会被吓得喊醒。有时他也梦见在粉刷房子，四周全是白色，醒来后，他看见白色的病房、白色的床单和穿着白大褂进出的护士医生。

伤筋动骨一百天。李洋在医院里躺了四个半月，终于迎来出院的日子。王凤扶着他在医院门口等出租车，李洋的脸白得像医生身上穿的白大褂。路边的杨树挂满白色的绒条，花絮满街飞舞。他想起自己掉进坑里是深秋，路上落满黄叶，出院的时候，春天已经来临，一切就像做了一个梦。

"要动，走，不停地走，明白吗？断了的腿会走好，否则就废了，手也要活动，抓东西。"医生说。

李洋不想动，动一下脚踝处疼得钻心，他觉得自己的骨头刚长上，走多了会断，医生说："没事，走，大胆走，里面有钢板。"

李洋咬着牙，扶着床沿往前走，慢慢地，他走出了屋子，又走出了租住的院子，越走越稳，越走越远。有一天，他走进了我们律师事务所。

咨询

我还记得第一次见李洋的样子，他脖子上绑着绷带，右臂吊在前胸，光着头，要不是额头上那块纽扣大的疤痕，像极了《乌龙山剿匪记》里的钻山豹，而一旁的王凤又黑又小，就像个高中生。她手中抱着个白色的大方便袋，里面满满装着 X 光片、票据和病历。

"那么，律师，我们怎么办？仅医药费就花了八九万。"王凤问我。

"打官司呗！否则，您找律师干什么？"

"可告谁呢？我们粉刷的锦秀山庄 2 号楼由金地置业开发，省三建盖，天问公司装修，告哪个？"

"哦，那么说金地是建设单位、省三建是施工单位。按照法律，因建筑物及附属设施造成伤亡的，由建筑物的所有人、管理人承担责任。告金地置业和省三建！"

"可我们是从天问装修王老板那里承包的活儿。他们不承担责任？有人说这是工伤。"

"不是。你如果受雇于天问，是他们的工人，受伤后由他们负责赔偿，这就是工伤。而你从他们那包活儿，在法律上叫承揽关系，所以他们不负责。"

"不明白。"

又是工伤又是雇佣又是承揽，我自己觉得有些烧脑子，就从椅子上站起来，在地上走来走去，想找一下恰当的词，"这么说吧，你掉进谁的坑里、谁管那个坑？谁就承担责任。"

"哦，明白了，那能赔偿多少钱呢？"

"这就要看法医鉴定了，几级伤残？依我以前做的经验，你的手脚可能是九级左右，另外医药费、住院费、护理费、误工费这些都赔。"

"大约——，我说大约能赔偿多少呢？"李洋歪着头问我。

"假设是九级，按人均可支配收入乘以伤残级别系数……哎！你是农村户口还是城镇户口？"

"农村的啊！城里人谁还干那活儿？"

"唉！那就比较麻烦，农村户口的赔偿还不及城镇户口的一半，打个比方吧，如果你这个鉴定是九级，光残疾赔偿金这项，城镇户口十四万多，按农村户口六万多，还不到一半。"

"差别这么大？农村人的命就不值钱？哪里的道理！"王凤急了。

"法律就这么定的。我也没办法啊！意思是在城里生活消费高，不容易，多赔，农村生活消费低，少赔。"

"鬼话，农村才生活不容易，要不能往城里跑？现在都不种地了。"

"律师，你给我解释下，我们能赢吗？"李洋还是犹豫。

我说："应该能，法律上把这种伤害叫特殊侵权，因为建筑是高危险行业，金地没把自己的坑管好，省三建明知有人可能从那里经过而没设安全设施。"

李洋说："我有些糊涂，有人说工伤，有人说我有错，不该走那个地方，听着好像都有道理。另外，金地和省三建有责任，为什么天问没责任？"

我没法给他们讲清楚，法律上的术语太专业。我说："法律有法律的考虑，要保护普通人的利益，加重这些大公司的责任，让他们管理好自己的坑，哪怕一个陌生人、一个与工地无关的人经过掉下去，也要承担责任。安全，人的生命无价，对不对？你掉下去，主要是因为那个坑上没护栏，也没有照明，对不对？所以只告他们两家。天问只是包了装修的活儿，那个坑与他们无关，所以不告。"

看他还不明白，我有些急了，"比如，你请人给家里垒个猪圈，找了村里的张三，你们说好了连工带料一万块钱，让张三干。张又叫了李四帮忙，李四从墙上掉下来摔伤，由张三负责，你不用管。因为你和张三是承揽关系，李四是张三请的人。你在这里就相当于天问，明白吗？"

"那不行，都是一个村里的，给我垒猪圈伤了，我也得管管。"李洋看着我。

我自己有些糊涂了，垒猪圈和建高楼不一样。二十世纪四五十年代，经济与科技高速发展，却忽视了人的安全和健康，工伤事故不断，旧有的法律对工人的保护又不利。于是各国立法，强制规定某些高危行业如没尽到谨慎注意义务，就要承担责任。如建筑、电力等，且举证责任倒置，如果不能证明自己没过错，就要承担责任，旨在保护弱势群体。我想告诉他们这些，但他们未必听得懂。我急了，翻书，给他们读《民法通则》，读《侵权责任法》关于建筑物侵权的责任规定，看见书上这么写，他们这才信了。

"那打官司的话得多长时间呢？"李洋说。

"简易程序三个月，普通程序六个月，你这个还要鉴定，鉴定时间不算入审限，如果有二审，可能更长，快也得一年吧！"

"这么长啊——"

两人同时张大了嘴巴。王凤说，住院的一部分钱是借的，官司打那么长时间，什么时候才能还？接下来两个人沉默了，好久不说话。我说法律就是这么规定的，我律师也没办法。

李洋说去年有个单位欠他们工资，他们去找政府，后来政府出面，过年的时候都拿到了工资，他的这个伤，能不能去找政府？

我说行，由政府组织调解，说不定很快就能拿到钱。两人仿佛看到了希望，"有困难找政府。"王凤收起她的方便袋，挽着李洋出了事务所的门。

调解

一大早，王凤和李洋来到"人民信访中心"大楼旁的农民工工资清欠办公室，高高的楼门，台阶上聚集了不少讨要工资的人，有的还穿着工作服。马主任从人群中一眼认出了光头李洋，他招招手，"那个李洋，你又来了，谁又欠你工资了？给你说了要找有实力的单位，哟，头怎么了？"

李洋心里一阵温暖，想不到马主任还记得他。他分开人群，走进大厅，两手握着马主任的手，眼泪下来了。

马主任把两人带到接待室，王凤一五一十讲了李洋受伤的经过。

"那么深的坑，也没个安全措施？太不负责了！"马主任听完，抓起电话给几个涉事企业打电话，"下午上班必须到我办公室！"

金地置业、省三建、天问装修和李洋四方坐在一张桌子前。金地置业的法律顾问说，他们的职工有保险，让李洋在一份起草好的《劳动合同》上签名，李洋变成了一个叫"王辉耀"的人——这没关系，工作由他们去做，赔偿的钱到时会给李洋，按十级工伤计，差不多能赔偿四万多元。他们还让李洋签一份保密协议，材料有好几份。李洋不认识字，他只会写自己的名。王凤读了材料后说不签，签了就是造假。李洋不是金地公司的人，也没投过社保。她还觉得四万元太少，不够药费的一半。

"那你们可能一分钱得不到。"金地的法律顾问说。

如此僵住了，四方在清欠办的会议室谈了一下午，没有任何实质进展。双方争论更多的是谁的责任。"你跑那儿去干什么？有电梯为什么不乘？"李洋觉得自己错了。他恨自己那天早晨为何没睡懒觉。眼看下班了，一直坐在角落抽烟的天问装修的王老板不耐烦了，他从椅子上站起来，"你就说句话，多少钱吧？算老子倒霉。金地把装修包给我，我把粉刷给你，赔多赔少最后还不得我拿？"李洋惭愧万分，觉得对不起王老板，那活儿他是托一个熟人承包到的。他赔着不是，小心地说："王老板，我不是有意的。"

"有意的！那还了得喽？你说天不亮你两口子不睡困觉干什

么？完了，这活儿又得亏本。"

王凤不高兴了，"谁愿意往坑里跳，出事总得有人负责！我们的人胳膊还伸不直呢！"

"说吧，说多少钱吧！"

一切的一切，最后还是一个字：钱。虽然健康无价、生命无价，但最后还是用金钱体现。

李洋和王凤没了主意，要多了，人家不答应，要少了又怕自己吃亏，两个人犹豫着，而五点半，下班时间一到，没等他们说，三家谈判代表出了会议室，一溜烟走了。

第二天我刚到办公室坐下，两人进来了，"律师，我们要多少合适？"

"赔偿多少关键是看伤残级别，"我说，"这得找法医鉴定啊！鉴定几级，就按几级赔偿。"

两人同声说："好！就按法律，法律给多少我们就要多少。"

我把他们带到了自己熟悉的陈法医那里，由于不是法院的正式委托，比较随便。律师办这样的案件前，有时会提前带伤者到法医处看看，好心里有个数。陈法医是我们区资历最老的法医，他们的"仁正"司法鉴定所还是法院备案的伤残鉴定机构，有时他还出庭作证，就专业的问题回答法官的问话。只见陈法医戴上他的老花镜，认真读病历，看片子，又让助理把李洋的脚和手腕抬起量尺寸照相。一股浓浓的酒味从陈法医身上传来。这种人身伤害，还有交通事故赔偿案关键看伤者的鉴定级别，法医有很大的话语权，连保险公司的人都求他。难道他中午还喝酒了？再看李洋和王凤，两个人紧张地盯着陈法医。陈法医皱着眉，把一张 X 光片举起在荧光灯光下看：

"这个嘛，这个骨折有些看不清，九级，八级也像靠得上，唔……"他摘下眼镜，把目光移向我，右手拇指在食指和中指上搓摸说。伤残鉴定是从低到高，十级最低，一级最高，一个级别相差七万元。

我来到楼道，王凤跟出来。我说陈法医的意思你看出来了？王凤说她明白，我说要不你们表示一下？鉴定级别高，赔偿高。"不过——"我转回话题，"这种鉴定只能调解时参考，如果对方否认，将来在法院诉讼时要重新鉴定。"

"不贪那个钱，按法律鉴定，几级就几级，咱不做假。"王凤回绝了我，果断地让我有些意外。那些我接触的委托人，都想方设法让法医往高级别评，以获取更多赔偿。她却拒绝了，但仔细一想，王凤说得也对，无论金地置业还是省三建，都有自己的律师，审查极严，做高了他们也不会赔偿。

李洋身上有三处构成伤残，两个脚九级，一个右臂十级。不过也只能按最高的一个参考赔偿，其余的两处会乘以 0.02 的系数。我给他按城镇户口标准计算，又给他算了医药费护理费误工费住院伙食补助费等，总计三十四万多元。这一次，他们知道该要多少了，两个人拿着计算的标准又去清欠办。

这一天四家又坐在了一起。

"这是法医鉴定报告，这是赔偿数额，三十四万，多了我们不要，少了一分也不行。"王凤把鉴定报告和赔偿明细往桌子上一放说。

金地和省三建的律师把头凑在一起研究起报告，天问的王老板坐在桌子一头抽烟。李洋和王凤等着对方的报价。金地的律师把报告一合笑了，"你们这个不算，没有通过法院委托。"

"怎么不算？腿还是这个腿，胳膊还是这个胳膊，委托法院做，还是这个级别。"

"你也不是城镇户口啊！不能按这个标准赔偿。"省三建的代表说。

"我问过律师了，只要在城里一年以上，就可以参照城镇户口赔偿，我们在城里打工五六年了，这个马主任知道，去年工资还是他帮忙要的。"

调解还有一个名字，叫让步。"你们好好谈谈，要有诚意。"马主任说完就出去了。一上午，两个律师都在研究李洋提供的报告，谈计算基数，谈农村和城镇户口的赔偿差别，就是不提钱的事，这一天无果而终。

接下来，在长达近一个月的时间里，马主任先后又组织谈了五次，每次都在两小时以上。李洋和王凤的赔偿主张从三十四万一路降到十五万，两个人都瘦了，他们不想打官司，调解时就得让步，调解达成能很快拿到钱。

"十五万，这是最后的数了。"王凤坚决地说。但三家说他们最多给十万，王凤坚决不答应。李洋则有些动心，十万的话药费基本够了。

"要是有个后遗症呢？你腿断了，谁负责？这以后还能干重活儿？"说完她就哭了。李洋又动摇了。

"打起官司来，要请律师，交诉讼费，一审六个月，加上鉴定，即便是判决下来，我们上诉，也拖两三年，那时这个钱都不一定有。"省三建的代表说。"我们处理这样的事故多了。"

"这倒是！"马主任在一旁也说。

"那好吧！算我倒霉。"李洋终于答应了。他觉得这一个月的谈判比干一个月活儿还累。

"十万，太不公平了。有一天你瘫在床上别找我！"王凤恨李洋的妥协，她哭着冲出会议室，但李洋是事件的当事人，她不同意有什么办法？

"世上没有绝对公平的事，钱嘛，养好伤再挣，你们签订协议吧。"马主任说。

这个几家谈好的协议最后没有签字。原因是金地置业要把赔偿金以借款的形式，由李洋从天问公司那里借出来，两个人糊涂了。"怕你们反悔啊！要是你们反悔，我们就到法院告你们，要借款。"

"这？"王凤气得说不出话。

"这是个制约啊，以前发生过，拿到钱反悔，到处告啊，我们经历过。"这次李洋也生气了，他觉得那个谈好的条件是个陷阱，就像吞噬他的集水坑，充满看不见的危险，坚决不能签。

"豁出去，我们打官司，输了我们认。"两人不顾及众人的面子，站起身，从清欠大厅向外走。他们觉得调解的过程就是夫妇两人受羞辱的过程。马主任手里举着喝完的矿泉水瓶子，无奈地说："打官司，打吧，不关我事了，没见过你们这样的，就是伊朗核谈判也都有结果了！"

立案

我正在办公室起草一份诉状，王凤气呼呼冲进来，后面是一瘸一拐的李洋。

"我们要打官司！律师。"王凤说。

"这么长时间？我以为你们达成了调解。"

"别提了，律师，这次铁了心要打。"

"打官司可以，但诉讼的风险我以前讲过，时间很长，也不敢说保证绝对赢。"

"没事，你给我们打，我们相信法律，输了算我们的。"
王凤说。

听到他们要打官司，我心里高兴，但谈到律师费时，两人
说没钱，这让我感到沮丧。工钱是在粉刷完工验收后支付，还
没干完，李洋就出事了，自然没付。而两人几乎没什么积蓄，
就连住院费都有一半是借的，"能不能打回来付？"

"那叫风险代理，比正常收费高，打回来提百分之十。"我
说，两人点头同意了。

我写好诉状，叫来李洋签字。被告有两个，金地置业和省
三建公司。王凤说："好，不告天问，活儿是从天问承包的，王
老板对咱好，不能把王老板告到法院。"我说："那倒不是，谁
的坑，谁管理，就告谁，法律也是这么定的。"我把诉状打出
来，要签名了，李洋有些顾虑，手里握着笔说："律师，有把握
吗？马主任说我也有错，我五点钟去地下室，还没开灯。要是
官司打输了，十万也拿不到。"

"打，不相信天底下没个说理的地方。"

我还没说话，王凤抢前面说了。

案子立上一个多月没有消息，李洋和王凤开始给我打电话，
我说按诉讼法，答辩期十五天，举证期不少于三十天，急不得。
但我实在架不住他们天天打电话，就主动到法院查询，案子分
在民一庭的刘法官手里。我问开庭的时间，书记员说省三建提
出了管辖异议，一时半会开不了。

开不了庭，两人找到我的办公室，问什么是管辖异议？我
说管辖异议就是说案子不应在我们这里审，应转到省城他们公
司所在地审理。这是法律赋予人家的权利，没办法，不过他们
的理由不成立，案子还是在我们这儿的法院审理，他们只是利

用规则，拖拖时间。

"既然打官司，法律是公平的，那么给被告也要公平的权利，让他们举证答辩。法律就像阳光，照耀好人也照耀坏人。"

两人说明白了，让我催着法官，然后站起来离开。李洋说他的腿已经不碍事，只是不能干重活儿。

冬天到了，工地上的建筑活儿停了，地面上结了一层冰，脚手架孤零零站在寒风里，搅拌车也不再嗡嗡叫，它们像冬眠的动物，只等到来年春天才醒来。工人们放假了，有的早早回了家。没事的李洋和王凤一遍遍往我办公室跑，问我是不是对方在法院找关系了？我说既然诉讼了，就要相信法律，相信法院。王凤说那这个管辖的异议会审查多长时间，我说在举证期内，三十天。

两人天天扳着指头算，三十天一过，一天没晚，又来找我。年底法官都忙着结案，我打电话找不到刘法官，总是说在开庭。一天，好不容易下班时打通了书记员的电话，我问管辖驳回去了吗，什么时候开庭，书记员说案卷退回到立案庭了，现在院里规定，管辖异议由立案庭审查。如果异议不成立，对方不上诉，案件会移送到他们庭里，那时才能确定开庭时间。王凤很焦急，她直接抢过电话，"年底前能不能处理完？我们急着回家。"

书记员说，这个不好说，看立案庭那边。两人不信书记员的话，又去找主审的刘法官，刘法官说案卷没回来，他没东西审。

两人又去立案庭，立案庭负责管辖异议的王法官指着厚厚的一沓案卷说，还没看，下周一吧。

接近年底，每个法官手中一堆案，结不完。他们就让当事人撤诉，然后再去立，案件就成了来年的，法官的考核就通过。这是法官的惯常做法。李洋的案子对方提管辖异议，法官不用当年结案，求之不得呢。我心里这样想着，没有给他俩说，眼看着还有一个月过年了。他们的案子年前就别想了吧。王凤说最好能拿钱过年，我心里说做梦吧，别说年前开不了庭，就算开了，一次能不能开完还不好说，如果对方上诉呢？二审，时间会拖得更久。怕他们失望，我没告诉他们实情。

　　下雪了，天地间一片白，路上滑，汽车小心地在路上开。没有案件的我不去律师楼，律师是自由工作者，不用坐班。周一的时候，我正在睡懒觉，王凤的电话准时打来了，说他们已经到律师楼门口。我无奈只好陪他们去法院，两人穿着厚厚的羽绒服，笨拙的样子像两只狗熊。我说天没那么冷，夸张了吧？王凤说租的房子没暖气，只能多穿衣服。

　　打电话，约法官，过安检，我们好不容易到了法官办公室。办公室的人说审查管辖异议的法官开会去了，不知道什么时候回来。在法庭的走廊里待了一上午，隔一小时，王凤就要进去问下，法官回来没有？中午吃饭的时间到了，我说看来上午够呛，吃饭去吧。两人觉得我陪了一上午，过意不去。饭间特意点了份猪头肉，我兴趣不大，给自己要了份蛋炒饭，两人把盘子吃得干干净净。

　　下午终于见到法官，法官很歉意，说让你们等了一上午。王凤说那你能不能现在就把案卷发回审判庭？审判完，我们拿到钱回家。法官听完就笑了，她说要做文书，就算发到审判庭，还要给对方送达，一时半会也开不了庭——差一点儿没说："你想得容易。"

　　两人失望地从法院出来，雪停了，天却变得更冷。

王凤不给我打电话，绕开，直接给法官打，"我们的卷移过去了吗？"周五的时候，法官主动给我来电话，说卷宗到审判庭了，挂电话前她说："给委托人解释一下，每天打电话，我受不了，打官司不是一天两天的事。"

我说："解释过了，他们更相信法官。"

一审

开庭的时间终于确定下来，刚好是农历腊八。吃了早饭，我拎着包往法院走，边走边在心里盘算，李洋掉入水坑距今八个月，案子从立案到开庭也三个月了，时间过得可真快啊！

我和李洋、王凤在法院门口见面，却发现来早了，距开庭还要半小时。法院的大门紧闭着，上面包着红色的铜皮。左右两个石狮，对我们怒目而视。九点，门准时开了，一个保安笔直地站着。前来法院打官司的人排队过安检。我出示一下律师工作证，保安看了一眼就让我进去，这是我作为律师与周围人唯一的不同。李洋和王凤手中拿着身份证，耐心等待安检。一个女保安手持探测器，对每一个进入法院的人身体上下扫，像是要弹去他们身上的灰尘。扫着扫着，嘀嘀的响声传来，她就让接受安检的人把手机和钥匙拿出，放进一个塑料筐过安全带，然后手一挥，那人遂成了一个安全品，被允许进入了法院的大门。我突然想起卡夫卡的小说《法的门前站着一个守门人》，那个人一生没有进入法院的门，而我们幸运，终于进了法院的门。

因为当事人多，我们的案件被安排在最大的法庭审理。这间审判庭我很熟悉，原是个旧礼堂，以前常审理刑事案件，还开过公审大会，节假日也表演节目。我们沿着法庭前的台阶拾级而上，眼前国徽高悬，上面的齿轮和麦穗清晰可见。两边墙上的汉白玉浮雕是正义女神像，她左手拿着利剑，右手举着天秤。

到法庭门口时，李洋停下了脚步，他对一尊雕像充满兴趣："这狮子长角啊？"

"还只有一只角？"王凤说。

我说这不叫狮子，叫獬，是传说中的一种怪兽，很有灵性。古代法官审案子，有人说假话，独角兽就会去顶他。王凤说但愿法官也能公正审判他们的案件。

进了大门，但见天顶很高，空间辽阔，长着青苔的墙壁渗出阵阵阴气，人进去像是受到提醒，不由自主保持肃静。我和李洋找到原告席坐下，王凤因为不是当事人，只能坐在旁听席上。再看被告席上已经坐了六七个人，是两个公司的代表和他们请的律师。过了一会儿，刘法官从内门进入，他穿着黑色的法袍，怀抱案卷，走到台前桌子的中央坐定。

书记员宣读完法庭纪律后，刘法官敲响法槌，庭审开始。

我代表原告刚宣读完诉状，金地置业的代理律师立即提出鉴定不是法院委托，要重新鉴定。提出鉴定后，意味着庭开不下去了，只能休庭，等鉴定后重新开庭。

王凤急了，她从旁听席站起来，"当初调解时，让你们一起去鉴定，你们不去，我们自己做，又说有问题？"

等了几个月，轰轰烈烈来了十多人，好不容易开庭了，却什么也没干。

"他们提个要求就不开了？我们等了这么长时间！"王凤堵住要出门的法官。

"不是不开，是休庭，这是他们的权利啊！法律是公正的，既要保护原告的权利，也要保证被告的权利，不懂的地方可问你们的律师。"法官绕开王凤出了法庭。

我给王凤解释法律上的规定，王凤不听，她忘记了是在法院，蹲在楼道里旁若无人地哭了。哭了一会儿，她一抹眼泪进了刘法官办公室。她给刘法官讲了李洋怎么样掉进水坑、后来又如何治疗，政府清欠办调解的整个经过。讲到后来，她又哭了。她说："我们相信法律，我们要到钱，我们就回家。"

刘法官说："年前开庭，你们想都不要想了。我相信你说的都是真的，可这是程序，对方有权提出鉴定，鉴定时间又不算入审限。"

王凤说："那怎么办？我们还借了别人的钱。"

刘法官说："这样啊！我看能不能和金地置业或省三建商量一下，让他们先拿一部分钱，或裁定先予执行，你们拿个三万五万回家过年。官司来年清清楚楚打，这也符合法律规定。"王凤和李洋听了很开心，说那样也好，对刘法官千恩万谢。刘法官让他们回去等电话。

从法院出来，两人说遇见了青天大老爷，刘法官就是包青天。从此，不再催我，单等着好消息。

眼看腊月二十三，过小年了，还没有一点消息，又拉着我去法院找刘法官，办公室的同事说，年底法官调整，刘法官调到市中级人民法院去了。李洋的案子转到小张法官手中，两人心里咯噔一下，感觉不妙，急忙找到小张法官，张法官说他刚接手，不熟悉情况，但有一点清楚，年前肯定开不了庭。

"还有几天就过年了，人都找不到。"

从法院出来，两人万般失望。他们问我怎么办，我说只能到年后了。李洋骂王凤："说不打官司，不打官司，你要打！宁死不告官，你能告过人家？"

王凤哭了，说："大不了你先回家，我守着。"

我也没办法，不知道怎么劝他们，说："这是法律的规定。"

"规定，规定，王八的屁股。"李洋冲我发起火，官司无着落，委托人心里急，冲律师发火，我无可奈何。

年前他们就再没找我，整个春节我过得不是滋味，想起他们的案子，心里酸酸的，觉得自己作为一个律师，真无能，却也没有办法。仔细想来，案件的流程都符合法律的规定，无论是提管辖异议还是重新鉴定，都是被告的合法权利，挑不出什么不是，套用一句专家的话说："程序重于实体。"

七天长假一眨眼而过。王凤没有找我，我反而有点失落，依经验，她准会打电话的，但她没打。正月十五之后，小张法官通知原被告双方到一个指定的司法所鉴定。李洋又被拍片量伤口看病历，王凤问结果，法医不告诉她，说等法院通知。

又一个月，鉴定结果出来了，法庭组织第二次开庭。李洋的伤残和上次鉴定结果一样，两个九级，一个十级，两人悬着的心放了下来。金地置业说他们将装修工程承包给了天问公司，李洋的伤残应当由天问公司负责。省三建则出示了与金地置业之间签订的协议，证明李洋受伤时，省三建已经完成主体建设，撤出工地，后续工程是由金地置业自己施工完成，他们不承担李洋的赔偿。法庭决定追加天问公司为第三人，又开不下去了。休庭。

应我们申请，小张法官到消防队调取了李洋掉进坑里抢救的记录和照片，又到区清欠办复制了四家调解的记录。事实总算查清了，法庭恢复开庭，天问公司被追加进来。初步认定，省三建公司撤出工地，不承担责任。争议在李洋掉进集水坑受的伤由金地置业还是天问公司承担，或双方共同承担。法庭的辩论非常激烈，我们主张由金地置业承担，这是特殊的侵权，依据是《民法通则》第126条和《侵权责任法》第85条，因建筑物的附属设施造成人员损伤，由建筑物的所有人或管理人负责。省三建撤出后，集水坑的所有人和管理人都是金地置业一家。金地置业认为，装修承包给天问公司后，天问公司也有管理责任。金地置业翻出合同，"乙方（李洋）承包2号楼的外墙粉刷、防水"。他们说，李洋施工的区域是外墙，不是地下室，掉进地下室应当由自己承担责任。

"那不是你们的施工区域，你去干什么？"金地的律师突然站起来，"摔得有动机，有目的，有人证物证，摔得天衣无缝。可有一点没摔清楚，有电梯为什么走楼梯？"

法庭上的空气好像凝滞了，所有的人把目光集中到李洋身上。

"请原告回答。"法官转向我们。

"我……我……我……"李洋一时不知道如何回答。他想说那是后来临时加进合同的，他想说五点电梯没开，所以他走楼梯，事实是那时连电也没有，他是用手机的屏幕光照着去负二层。可一生气，他涨红了脸，一句话说不出来，好像他有什么不可告人的目的而被人当众揭穿，而金地的律师像是抓住了什么，得意扬扬。

王凤忘了自己在旁听席上，不能发言，她跳起来说："负二层也有外墙，停车场走廊也有外面，要是不相信，我带你们看，那白灰都是我们粉刷上去的。"

金地置业的律师立即向法庭提出，旁听人员不得发言。小张法官敲着法槌对王凤说："安静，安静。"

王凤还要说，她的脸憋得通红，她无法证明自己说的话，突然冲到法庭门口，用手拍着石雕的独角兽说："谁说假话，就让它抵死。"

被告席上，还有小张法官，大家轰然笑了。

在具体赔偿数目上，金地置业提出李洋是农村户口，不应按城镇居民标准赔偿。这个我早有准备，我们向法庭出示了李洋在市里的租房合同、银行卡存折、手机缴费存单等总计八份证据，证明李洋一直在城里生活，应按城镇户口赔偿。被告反驳说李洋应当出示暂住证，只有公安的暂住证，才能证明他在城市生活。李洋进城七八年了，前两年办暂住证，这几年再没办过。暂住证的有效期是一年，被告一致认为应该按农村户口赔偿。从早晨九点到中午十二点，差不多一上午，庭总算是开完了。休庭，择日宣判。

在庭审笔录上签完字，小张法官抱着案卷回办公室，王凤追在他身后问，什么时候出判决？张法官说，他们要合议，要向庭里汇报，让王凤回去等。我们三人从法院出来，天气有点热，我脱下外套，发现春天已经来了。一年前的这时，李洋刚出院，第一次到律师所来找我。

开完庭没几天，王凤就打电话问我什么时候下判决。我快成了神经质，一看到她的号码就紧张。

我说："应该快了。"

"应该，你总是说应该应该，究竟什么时候？你这律师怎么当的？"

我也急了，"下判决是法官的事，不是律师的事啊！"

她不吭声了，后来真的不给我打，她直接打到小张法官那儿。

4月过了，距开完庭一个多月，判决仍迟迟不下。王凤说张法官告诉她，判决已经写好，等领导审查完就发。但是领导就是没审完，有时候说出差了，有时候说是学习去了。王凤问多了，小张法官就说："我也没办法啊！"

一天，我去法院送一份答辩状，碰到小张法官，其实，我和他很熟悉，他是那个法庭唯一一个研究生，业务不错。我问他："领导还没审完？"

他没有接我的话，手翻着桌子上的案卷说："你也不打听下，你们和谁打官司？"

我说："谁？"

他却不吭声了。我好像看见一扇门，它就那么开了一下，看见了里面的东西，但它很快又关上。

从法院回来，我在网上查询金地置业的企业信息，法定代表人是李秀丽，然后去问同事。同事用手指了指律师楼东边的政府大楼，"×××的小姨子！尽人皆知。"李秀丽我不知道，×××我却知道。我们地方台常常播他的新闻。

我便知道了为什么案子迟迟不下判决，就算判决下来，结果也能想得到。

怎么办呢？我得把这个信息告诉李洋和王凤，否则案件败了，他们会怪律师。我打电话让两人来一趟律师楼，然后去法庭。王凤说请不上假，他们刚承包了一个活儿，时间赶得很急，干完了就把李洋住院借的钱还了。"你去，我们请了律师，就由律师去办。"她在电话里不耐烦地说。

我说："有些事，律师没办法，得委托人出面。你辛苦一天就挣个三百五百，官司胜诉了，一下几十万到手，西瓜和芝麻的关系不懂？"

好说歹说，两人总算来了，身上还穿着工作服，白灰点点。我把从小张法官那里，还有自己了解到的信息告诉他们。

"形势严峻！"我说。

"一年多，官司岂不白打了？"王凤说。

我说："也不是，至少判决还没下。"

王凤说："那怎么办？"

我说："找庭长。"

我开上车，带着两人直奔法院。预约，过安检，找到四楼的庭长办公室，还好，庭长在。王凤敲开庭长门就哭了。我站在楼道里，没有进去。我听见王凤的哭声很大，"庭长啊，你得为我们做主啊——农民工，血汗钱不容易啊！"门关上，声音暗下去。

不一会儿，我看见小张法官拎着案卷，快速从三楼上来，进了庭长办公室。门一开，我听见王凤说："我们相信法律。"

我悄悄地躲到走廊的一角。

突然，楼道里人声很大，王凤和李洋被庭长推了出来，那个庭长是刚换的，我不认识。他双手叉腰，站在门口对王凤说："这就是工伤，干活儿时受的伤嘛，不属于法院审理，我们要驳回，你去申请劳动仲裁！"

王凤声音很大"审了一年多了，要给我们驳回，是什么道理？"

小张法官在一旁小声劝着："法律就这么定的，法律就这么定的。"

"问你的律师！"庭长指头一戳，我从角落里走出。

我心想，你们胡扯，这哪是劳动关系？签劳动合同了吗？交社保了吗？这明明是个民事关系嘛！属于法院的受理案件，无纠纷不过问，怎么会不是法院受理的案件呢？

突然之间，王凤分开人群，她以最快速度攀上了法庭走廊上的窗台。

"庭长，法官，我们也不懂，一年多，庭都开完了，你说不是法院受理的案件，要驳回，这样说，我们没办法了，我只能一死了。"说着，她把脚往窗户跨去。一个法警扑过去抱住她的腿。庭长、小张法官，还有李洋，我们冲上去，把王凤从窗户拽下来。王凤挣扎着往窗户那边去，几个人连推带搡，把她拉进庭长办公室，门关上了。

我出了法院的大门，坐在车上抽烟，没想到官司会打成这样。

大约半小时后，李洋和王凤出来了，王凤还在抹眼泪。我说庭长怎么说的？王凤说，庭长让他们放心，一定会保护农民工的利益，很快会出判决，让他们回去等。

一路上，我们三人无话。我也释然了，有了这一趟，案件败了，他们也不会怪我这个律师。李洋唉声叹气，我把他们送到通往市里的公交车站，下车时，王凤问我："律师，你说庭长答应了的，案件能胜吧？不会和刘法官一样，说好的又变了。"

我说："既然庭长说给你做主，那应该能胜。"其实，我心里也没主意，我只是说，应该。

然而三天后，等待已久的判决真的下了，小张法官通知我去领判决书。判决书写了十多页，我跳过去，翻到最后一页看结果。法庭认为金地置业作为集水坑的所有人，没有设置安全措施，管理失职，应当承担主要责任，省三建公司提前撤出，不承担责任，李洋作为成年人，明知黑暗中可能危险，预判不足，也有一定责任。综合李洋的所有损失，判决金地置业承担百分之八十，李洋自担百分之二十。法庭也按城镇户口标准支持李洋的诉讼请求，起诉了三十四万多，法庭判了二十六万多元。我把结果告诉李洋和王凤，他们不甚满意，后来又觉得能接受。

两人下班后特地从工地赶来找我，我已经吃过饭了，非说一起坐坐。在离我家不远的一个饭店，李洋点了很多的菜。王凤说："那金地置业什么时候能给钱？"我说："如果不上诉，判决书十五天后生效，到时他们得给，不给就申请法院强制执行。金地置业是大公司，有履行能力，不怕不给。"王凤说："那他们会上诉吗？"我说："这个我不知道，其实判决他们只承担百分之八十，已经不错了，不会上诉吧！"

李洋一个劲给我劝酒，说谢谢我。我感觉自己并没有做什么，这官司能胜诉，主要还是王凤的功劳，与我这个律师、与法律关系不大。心里很难受，只要李洋和我碰，我就干。

我说："要谢，就谢你家王凤，我没做什么。"

李洋喝得有点多，他拉着王凤的手，一个劲儿地说："谢谢凤，谢谢凤啊。"

王凤说："你以后别骂我就行了。"

我想起了一件事，在给他们写诉状，审查被抚养人信息时，我看过户口本，王凤和李洋并不是夫妻。我想问问他们，又觉得这是当事人隐私，不便打听。

二审

然而，这边我们高兴，那边金地置业却上诉了。法院通知我去领上诉状。

我去市里办事，到王凤他们打工的地方去送上诉书，8月，天热得要命，两人非要请我吃饭。我还有事，就说等二审结束，拿到钱再说。王凤趴在我的车窗上问："二审得多长时间？二审后是不是还有三审？"我说："三个月，二审终审，再没有了。"王凤的手扶着我的车窗说："这么长啊！"我心想，不但长，还有可能改判我们败诉呢！从理论上说有这种可能。但我没说，王凤的脸比以前更黑，一绺头发被汗水浸湿了贴在额头。这么热的天，我在车上开着空调，还感觉热，而他们要在太阳底下的工地上干活儿。我不想再说让他们泄气的话。车启动后，我说："二审快，中级人民法院的法官公正。"

"那还得麻烦你啊！"王凤挥着手在后面说。

"十一"假期过后，中院的陈法官打来电话，定下了二审开庭的时间。陈法官我认识，是个女的，以前在她手中办过案，业务很强，四十多岁，人很好，在律师中口碑不错。法院一楼的宣传栏里贴着她的大幅照片。省优秀法官，事迹上过电视，荣立过二等功。我庆幸案子在她手上。

下午两点，开庭的时间到了，我们如约在既定的第20法庭，上诉人和被上诉人都到了，但是天问公司的人却没来。李洋和王凤承包的新活儿很急，没来法院开庭，全权委托我处理。一方当事人没来，陈法官倒不急，她把手中的法袍往桌子上一放，像个知心大姐那样说："反正天问公司的人还没到，咱们先聊聊，最好能调解。"

我说："原告愿意。"调解的话李洋早一天拿到钱，否则就算胜诉，将来还要申请执行。但被告却无人说话。金地置业的上诉理由主要有两条：一、他们认为装修工程承包给了天问公司，他们不应当承担李洋的赔偿。二、合同上写着"外墙粉刷，涂料"，李洋在地下室负二层掉下去，不是属于施工区域。

被告的沉默让法官不高兴，她穿上法袍，以宣示自己不容蔑视的身份，说："人掉下去负伤，总要有承担责任的人。"说完了，她目光威严地扫视法庭。法庭上还是没人说话，被告代表及其律师们低头看着案卷，好像只要他们迎着那目光看过去，就要承担责任，要出钱赔偿。陈法官转向被告席，"你们，几家被告，怎么赔偿？"

被告间互相看了下。

"呵呵，张主任，你们金地是有名的大地产商，你们卖一套房子，不，只用卖一间客厅或一间卧室，甚至一间卫生间就够了。"法官善于把握法庭上的恩威之度，刚才还板着面孔，这会儿突然笑了，她对金地的律师说。

二审时金地更换了律师，一个五十多岁的中年男子，名叫张少侠，看着面熟，但没对过庭，法官称其为"张主任"，我突然想起，此人是我们律师协会的副主任，我实习时他还给我们讲过课，名气很大。

"我们愿意赔偿，就像您刚才说的，对，人伤了总得有人承担责任，可让我们一家担百分之八十太多，我的意思是金地、天问还有李洋三家分担，现在一审判决我们承担百分之八十，李洋百分之二十，而天问一点责任没有，于法于理都不公平啊！"说完了，他侧向法官，一副解决问题的诚恳之态，"这样可以吧？侵权之诉，受害人有一定的过错，应当承担一定的责任，大家分摊吧！"

这是和稀泥，各打五十大板，根本不是依法处理案件。我想站起来反驳。法官却说话了。

"有一定的道理，但天问公司的人没有出庭，缺少一方当事人，也没法协商。"她抬手看了下表，"这过去一小时了，改天开吧。"

一事无成，空跑一趟，这次，在座的原被告意见惊人一致，提出抗议。陈法官当着我们的面给天问公司的王老板打电话，"我告诉你，下次不按期来，我就缺席判你们败诉！拿钱！哼，蔑视法庭。"说完也不容王老板辩解，挂了电话。民事案件就是这样，拖拖拉拉，而听了陈法官的话，我们像得到补偿，没白跑这一回，一个个拎着包出了法庭，开庭结束。

不久，书记员通知二次开庭时间。这次，天问的代理人倒早早来了，一个刚毕业的女大学生，没有授权，对案情一问三不知。

"你来干什么？干什么？"陈法官厉声问着。那女孩脸红了，要哭了，"老板让我来，我不知道。"陈法官长叹一口气说："不开了吧。我生气，但我对一个什么都不懂的人发火有什么意义呢？换时间！"

被告不怕拖，听到不开庭求之不得地高兴。我很生气，临近年底，事儿很多，白跑两回，我说："不能都陪着他们玩吧？签发了书面传票，不来就缺席判决。"陈法官说："虽然诉讼法这样定的，可是如果他们没有参加庭审，判决下来，以程序为由，申请再审，比换个时间开庭拖的时间还长，哪个划算？"她呵呵笑了一下，"你是律师，知道这些程序，我也生气，生气解决问题吗？你们别发牢骚。"我无可奈何，也暗暗佩服法官好脾气。

第三次，天问终于请了律师应诉。法庭审理的重点是两家被告有无责任？谁的责任大谁的责任小？如何分摊？一审时判决天问不承担责任，二审时他们底气很足，因此态度很坚定，不赔偿，"没我们的责任。"一点商量的余地没有。

陈法官苦口婆心地劝说，让我这个原告很是感动。"两家都是公司，公家的钱，原告是个农民工，不容易。"而两家公司都大倒苦水，说公司家大业大、亏损，工程款结不来，像是他们比原告还不容易。

"房价下跌，不好卖啊！工人工资都发不出。"张大律师双手摊在桌子上，模样痛苦。看来这案子调解不下去，案子从下午两点开到五点下班，没有一丝实质进展。陈法官无奈地说："那我就判决！"她觉得原被告不给她面子，不尊重她法官的地位，忽而提高声音，"到时候你们别后悔"。然后她狠狠敲响法槌，开庭结束了。

天渐渐变冷，这官司打了一年多，从李洋受伤也两年了。好在找到新活儿的他们很忙，我们也建立了信任关系，他们不再打电话催我。

这一天，我正在写一份诉状，接到陈法官电话，她说李洋能不能让让步？承担百分之五十责任，她做做金地公司的工作，李洋很快能拿到钱。我说根本不可能，按说他一点责任没有，一审让他承担百分之二十他都不愿意。她说那她就改判，李洋败诉，合同里明确约定那不是他的施工区域，"外墙，他跑到地下负二层干什么？"

"地下室也有外墙，停车场走廊的墙，他们也叫外墙。"

"退一步说是，但合同没约定进去。我没法支持。"

"要什么约定？我们现在审理的是个特殊侵权纠纷，不是合同，约不约定，原告受伤了，被告只要不能证明他没过错，就要承担责任。"说完了我感觉自己说话的口气不对，不能这样对法官说话，就换了语气说："陈法官，您家请了个装修工，装修完了。您临时说，给我墙上打个钉子，我要挂画。你们需要补充进合同？地下室外墙就一点活儿，双方临时协商，没写进合同，但计算面积。"

电话的那头沉默了，我发现自己的声音变了，像是乞求。

"陈法官，您是全市优秀法官，大厅里有你的宣传事迹，凭良心、凭法律，李洋该不该赔？他怎么会败诉呢？他被摔难道活该吗？"

"啊，唉！你不知道，这案子，太复杂，电话里说不清，回头吧！"那边匆匆挂了电话。

我不知道法官的真实意思，是想让我们让步呢，还是如其所说判决我们败诉。我把这个消息告诉了李洋和王凤。我说得去一趟法院。这一次他们很痛快，打工的地方离中院很近，两人请了假，第二天就去找陈法官。

下班的时候，陈法官给我打来电话："你这样做律师太不厚道了吧？那两个委托人又哭又闹，我还怎么办案？"

我说："我是代理人啊，案件的过程随时得汇报他们，他们听说百分之五十就急了，一审时已经减了百分之二十，再减百分之三十连药费都出不来。"

陈法官说，"我尽力想调解，两家公司都不答应，百分之五十也不是我的意思，你明白了吧？我其实很想帮你们。"说完后，又加了一句，"你明白吧？"

"我不太明白。"我实事求是说。

"问庭长去。"她挂了电话。

我原想陈法官只是吓吓，要我们让步，法官一般都这样，吓完原告吓被告，以期双方都让步，达成调解，那是她最愿意做的。没想到是真的。放下电话，我赶紧告诉李洋和王凤，两人又去中院，这次要见庭长，中院的安保严格，没有预约，根本进不了法院大楼。第二天两人又去。冬天又来临，工程停工了，他们有的是时间，两人天天去法院。庭长不在，他们索性就住在了中院的接待室，不见到庭长就不走。打了两年的官司，不能在最后关头输了。

圣诞节那天，我们这个海边城市少有的飘起雪花，陈法官来电话，"看现场！现场察看，那个地方是不是李洋的施工区域，要不是，他为什么去？"

天很冷，海风吹在脸上像刀子。由于中院的法官要来，一审的小张法官也被叫去看现场。我们两个在李洋施工的锦秀花园小区门口相遇。陈法官还没到，她在市里，路上要走很长的时间。我和小张法官在小区门口的一个门洞里避风，我说："张法官，我知道你是研究生，还兼任法院研究室研究员，咱俩现在撇开法官和律师的身份，就事论事，这个案子谁应当承担责任？"

小张法官抽着烟，深深地吐了一口说："这案子有什么复杂的？特殊侵权，过错推定，金地不能证明自己没过错就应当承担责任。"

我说："我们原告就是这个观点，应当由金地全部承担责任，那你还判决我承担百分之二十？"

小张法官把抽完的烟头努力向远处扔去，"就这都不错了，差一点儿给你们驳回。"

后来我俩都不争论了，聊起了家常，小张法官比我晚毕业七年，听说还单身。

下午三点的时候，其他人才到，一行十多人跟在陈法官后面进了小区。金地置业开发的锦秀花园已经有住户入住，李洋把大家带到他施工的2号楼，在物业公司人员的带领下，又来到负二层。李洋掉下去的集水坑已经封死，在电梯不远处，李洋跺着脚说，就在这里，就在这里。金地置业的人说："合同上的外墙，这不是你的施工区域，你来干什么？"李洋急了，"负二层也有外墙，停车场外的走廊外墙。"王凤用手划着墙说："这都是我粉刷的，我们一刷子一刷子刷上去的！你们铲下来看！"

陈法官看着我说："李律师，你说，合同里没约定，他们怎么干活儿呢？"

我在心里说，你们都揣着明白装糊涂，这个问题我在法庭上已经说过好多遍了，你们不能看见个"外"字，就说不包括地下室。我想骂人，但嘴里说："是，不属于他的施工区域，他却干了，李洋在学雷锋。"一行人笑了。

陈法官没想到我一个律师这样说话，脸唰地红了，后来她自己也笑了，"这不是法庭，也不是审判。"

从地下室上来，雪下得更大了，金地公司的人给陈法官打起了伞，让她小心脚下。陈法官嘴里念叨，"这怎么判？这怎么判啊！"令人吃惊地一幕出现了，王凤挤开周围的人群"扑通"一声跪在了陈法官面前。

"法官大人啊，请您给我们做主，给一个农民工做主。"

陈法官显然没想到王凤来这一下，慌了神，后面所有跟着的人都停下脚步，陈法官赶紧去扶王凤，王凤说："你不给我做主我就不起来！"几个人去拽王凤，王凤死活不起来，陈法官说："我给你做主，你起来"，王凤才在几个人的扶持下，哭着站起。

临时发生的一幕让所有人心情变得沉重，天有些冷，再没有过多说话，大家挥手道别。

晚上，我和一帮朋友在一起吃饭，说是过圣诞节。九点，突然接到陈法官打来电话，"你们的案子维持了，还是一审的结果。判决书我明天一早特快专递给你。"

我连说："谢谢，这么晚了你还没休息？"她在电话一头叹了口气。我还想说点什么，却突然冒出一句，"圣诞快乐！"她说了一句"快乐"便挂了电话。

我把这个消息第一时间告诉了李洋和王凤，两人很开心。说什么时候能拿到钱？

我说应该很快，金地置业会付钱的，要是不给，我们就提起强制执行，那时他们还要付执行费的。

又是年底，金地置业没有付款的意思。"法院判决了你还不给？"我主动联系他们的律师，律师说给公司领导汇报一下，付款的事他管不着。过年时，李洋和王凤还是没拿到法院判决的钱。好在这一年两人承包的活儿工钱都付了，也还清了欠工友的钱，李洋的赔偿款没拿到，稍有些遗憾，两人还是很高兴。春节时他们到我家来拜年，手里拎着果篮，很拘谨，进门就要换鞋，我急着阻拦说："不用，不用，水泥地。"两人才小心地跨过去坐在沙发上。我们坐着聊天，我儿子从外面玩耍进来，王凤从怀中掏出一个红包塞进儿子兜里。我老婆连忙说不用，想从儿子的兜里掏出来，王凤压住她的手说："啊呀，过年了，一点意思。"我老婆只好作罢。眼看中午，我想着到外面去吃饭，街道上的馆子已经有开的，但两人推辞着，站起来走了。

执行

这一审二审我们都赢了，但钱还是没拿到。过完年一上班，我们提起强制执行申请，请求法院依法强制金地公司履行义务。

一天，我接到金地置业律师的电话，他说我们能不能商量下？也别说二十六万了，一把付清二十万行不行？我真想骂人，当时态度那样坚决，不愿调解，现在法院判决了，要和我们商量！门都没有。可嘴上说："钱的事我做不了主，你问原告吧。"然后挂了电话。过了一会儿，王凤打来电话："一分钱不让，官司打了三年了，现在不是钱的问题。"

眼看2月过了，3月的时候，李洋还没拿到钱，王凤问我怎么办？我说我们已经提起了强制执行，中国的法院，刑事案件辩护难，行政案件立案难，民事案件执行难——但金地是大公司，有的是能力。他们有那么多房子，只要卖一套房子，不，卖一间房子，李洋的赔偿就够了。王凤说："我知道了。"

给我打完电话的当天下午，王凤从工棚里抱起自己的被褥就去了法院的执行局。她径直来到二楼执行法官门口，解下自己的头巾，把走廊上凳子抹抹，摊开被褥一屁股坐下。

法官从门口斜刺里看到了，冲出来，"喂，你要干什么？你要干什么？"

王凤说："法官，我没办法了。我不哭不闹，我就在这里等着，什么时候拿到钱，我什么时候走。求法官别把我赶走，今晚我住这儿。"法官没办法，打我的电话，

"律师，你的当事人怎么能这样呢？"

我心想，这得问你们自己，案件提起执行两个月了，当事人还没拿到钱，被告人又不是没有履行能力。但我不想得罪法官，李洋和王凤只打这一次官司，而我以后还得和他们打交道。得罪了法官，以后有吃不完的苦，就说："我不代理执行阶段。她自己去的，我没办法啊！"法官悻悻地挂了电话。

执行庭的法官和王凤谈："二十五万行不行？行的话我开单

子，周三你就能领到钱。"原来金地公司已经把赔偿打入法院的账户。

"不行！"王凤坚决摇摇头。

"你听说了，很多官司打胜了，钱拿不到，一纸白条，你得到二十五万，不错了，人要知足！"

"是我的一分不少。"

法官扔下王凤进了办公室。晚上下班，王凤还坐在走廊，法官像是被她的耐心击败，终于妥协，说："那执行费得扣除，法律有规定。"王凤又摇摇头，"不行，我问过律师了，执行费由被告拿，不应该从我们的里面扣。"

法官说："你这女人，软硬不吃，那好吧！"然后转身到办公室开条。

三天后，王凤从法院的财务部门领回李洋的赔偿款，二十六万三千元一分不少。两人到律师楼找我，请我吃饭。满满点了一桌子菜，坐下后，王凤从包里拿出一沓钱拍我面前，"律师费。"她说。

李洋一个劲地给我敬酒，"感谢，律师！没有你，官司赢不了。"我感慨万分，这官司一打三年，今天才拿到钱，的确辛苦，回想案件的办理经过，一审要败诉，逼得王凤跳楼，这一跳，官司才赢；二审时她在雪地里一跪，换来法官的支持；执行时她更是"赖"在法院，才要来赔偿款。我这个律师究竟发挥了多大作用？那样想着，感觉心里无限惭愧，也可能是酒喝得有点多，突然感到很恶心，我站起来跑到卫生间吐了。

邻居

常苹发现丈夫于正明出轨了,常苹因爱生恨,不仅自杀,而且将钉子钉进孩子的脑袋。结果她死了,孩子没死。

NOTE 5

1

工人们把最后一件家具抬上车，写着"蚂蚁搬家"的箱式小货车开动了。天有些暗，像是要来雨的样子。我发动起小POLO跟上，回头发现后座上的儿子小果不见了。

我们在小区里大声喊"小果，小果"，见他正在楼角和自己的朋友道别，指着手上的字条说："我爸爸妈妈的电话。"孩子间纯粹的友谊让人感动。他们张开细细的手臂拥抱道别。

"走啊，走啊！不怕丢了吗？"王丽气咻咻地吼。

十年来我们的生活是在搬家中度过的。在部队，随着职务的变化，隔一两年就要搬一次。先是一厅一室的连职楼，后来是一厅两室营职楼，终于在筒子楼住满了，以为会搬进宽敞明亮的团职楼，没想到年底，一纸命令下来：转业。这一次搬得更远，从遥远的青海来到海边城市青岛。我想我们再也不会搬家了，谁知刚住三年，又搬，只是这次搬是因为给儿子选了更好的学校。我们把自己的房子租出去，又加了些钱，在学校旁边租了房子。

工人们把东西搬进家后就由我们自己收拾了。被褥、衣服、锅碗、孩子的玩具及装满东西的纸箱堆满一地。我像个武林人士，腾挪跳跃，一会儿进入这间房子，一会儿又跳到别的房间，小心地把每样东西归放到该放的地方。

王丽手上戴着黄色的橡胶手套，低头用钢丝球处理厨房水池上的油污。抽油烟机上的废油像尸油样发出恶臭味。"妈呀！"忽然她尖叫一声，我冲进厨房，见她浑身发抖，手指着水池不说话：一只蜈蚣弯动着身子，正大模大样地从池沿边走过。

这也叫事？我捡起一本旧书，啪的一下拍死它，用废纸包了扔进垃圾桶。仿佛被一只虫子深深挫败，王丽把手中的抹布往地上一扔，终于爆发："这辈子就跟着你搬家了！"

连续搬了几样大件，我也是又困又累。我想说，我愿意啊？搬搬搬，还不是为儿子？嫌嫁我亏，当初干什么去了！嘴一张却说："你休息下，我来。"

结婚十二年，我们也像其他夫妻一样争吵，但总以我的认输告终。事实上，我觉得自己不具备和老婆吵架的基本条件：第一，挣钱少，第二，不怎么做家务。果然，在我高悬免战牌后，王丽不吭声了。

我走到阳台上，给自己点了一支烟。那时，我看见楼下，小果拎着自己的滑板车，正跟一个与他年龄相仿的男孩说着什么。那男孩穿一件黑色的李宁T恤，脚下也有一个滑板。两个孩子说了一会儿。那男孩把滑板往地上一丢，侧身跳上去，身子像蛇一样扭动，滑板于是越滑越快，从楼下的水泥斜坡快速滑下，到了坡底，双腿腾起，滑板像沾在了脚上，跟着男孩一起从花坛的墙埂上一跃而过，稳稳落到水泥路上。男孩自如地在前面的广场上拐了个弯，又滑回来。

孩子单纯，在新的环境里，小果已经找到了自己的朋友。

2

第二天下午，我去学校接小果。这是他入新学校的第一天。我到的时候，校门口已挤满了接孩子的家长。我向校门方向张望，见前方一个女的，她背对着我们，穿件藕色连衣裙，头戴一顶白色的遮阳帽，偶尔转过身和认识的人打招呼，在人群中特别显眼。几乎第一时间，我想起卡夫卡笔下的《小女人》："有一个小女人，天生一副苗条的身材，可她还是把自己的胸束得很紧。"

四点半，校门打开。孩子们像鸟一样叽叽喳喳地涌出来，先是一、二年级，接下来是三、四年级。小果在人群里远远看见了我，冲过来，"老师选我当组长。"他兴奋地说，又转过身，指着身后一个男孩说："鹏祖，咱家楼下的，我俩一个班。"我看正是昨晚和小果一起滑滑板的男孩，个头和小果差不多，却比小果敦实多了，黑黑的，长得虎头虎脑。而孩子旁边站着的，正是那个穿藕色连衣裙的女人。

"叔叔好！"男孩礼貌地向我打招呼，我摸摸他的头，冲那女的点点头，她朝我笑笑，露出一个尖尖的虎牙。

两个孩子风一样向前面跑去，女的在后面喊，"慢点，鹏祖！"

"没事，妈妈！"

原来是孩子的母亲。

这样我们算是认识了。她们也是租的学区房，在这个小区已经生活两年。

一周后，我们不再接送小果。他和鹏祖相约，每天早晨两人一起去上学，放学后又一起回来。鹏祖总是上楼来找小果玩，手中抱着他的电动火车、滑板或足球。

一天晚饭后，我正在家看电视，听见有人敲门，王丽去开门，原是楼下的鹏祖妈妈，"大哥在家吗？"

"在。"

"听说他是律师，我有个问题想问下。"

"快进来，进来说。"王丽热情招呼。

她提出换鞋，王丽说不用，但她执意要换，王丽把自己先前的一双拖鞋给她。她换了，才小心地走到沙发边坐下。

"是这样，我们鹏祖爸爸几年前给人装修了房子，还差五万装修款，那个人现在联系不上。有一次我们上门去找，一个女的开的门，她说不认识我们，房主把房子卖给了她。我想问下，我们的装修款还能要来吗？"

"这个嘛……有无证据，你们当年签订装修合同了吗？"

她说有，然后转身下楼。不一会儿，手中拿着两张发黄的纸上来。我看让他们装修房子的是一个叫"张华"的人，房子是官厅小区 5 栋 2 单元 301 室。

我说："得到房产局去查查，看房子是不是还在张华名下，如果在他名下，联系不上没关系，起诉后我们申请法院保全，有房子，不怕不给钱。"

"哦，已经四年多了，还能要回来吗？有人说过两年法律就不保护了。"

"这个不用担心，这几年你们一直要钱，法律上时效有中断、延长规定。"

"那我们就放心了。"她笑了，指着桌子上我们还没来得及收拾的烤鲅鱼问王丽，"你烤的？真能干！"

王丽拿起一块，"你尝尝，很好做，把鲅鱼切成段，撒上盐和花椒，放电饼铛上烤就好了。"

"真不错，我总是不会做鱼。"

"哈，你要是喜欢，鹏祖妈，哪天我教你。"

"好，我叫常苹，叫我小常吧！"

我们于是认识了这位叫常苹的邻居。

第二天下午，我去了房产局，出示了律师证和介绍信，调出官厅小区5栋2单元301室的房屋档案。房主果然不是张华，而是在一个叫吴咏仪的女人名下。但同时，我在档案里发现一份判决书。张华和吴咏仪曾是夫妻，离婚后房子过户到了吴咏仪名下。

我写了一封律师函，去了官厅小区5栋2单元301室。按下门铃，一个女人声音传来"谁啊？"我把律师证伸到猫眼前，"我是律师，我有话和你说。"一阵窸窣响声后，一个女的从门后探出头来，她面色有些浮肿，对律师的来访她显然不满意，不耐烦地问："干什么？我又不欠人钱。"

"您还说对了，你这房子就是欠别人装修款。"

女人看了我一眼，什么话没说，转身进屋，出来时手拿出一本红色的房产证，伸到我面前，"看，房子现卖给我了，要装修款找张华吧。"然后，不由分说"嘭"的一声关上了防盗门。

我隔着门喊，"我查过房子档案，你们虽然离了婚，但对婚姻关系存续期间共同债务仍然要承担连事责任。"屋里没有声音，我把律师函往门下一塞，转身走人。心想不给钱就去法院起诉，查封你们的房子，懒得和她再说。

一个周末，我下班回来，发现家里有好几个人，很是热闹。小果和鹏祖在一旁玩《大富豪》。见我进来，一个男的手指夹着烟站起来，"真正的功臣回来了。"说着他把烟叼在嘴里，伸出手和我握手，自我介绍道："老于！鹏祖爸爸。"我晃动着手说欢迎欢迎。他咧开嘴笑了，露出被烟熏黄的牙齿，嘴唇上面还留着一道鲁迅式的胡须。

"律师牛啊！"老于坐下后，竖起右手拇指，"张华主动联系把钱给了。他在外地，通过网银付的，我要了四年，天天催，后来电话都不接，没想到您一出面就解决了。"

"那好！"听见要回来了装修款，我也很高兴。

说话间，老于掏出一个信封放茶几上。他手刚一松开，王丽抓起来又往他手中塞，"刚才已经说过了，这钱不能收，收了以后怎么当邻居啊。"

"你们不嫌少就不错了。"

常苹从后面过来，按住王丽的手，她的脸通红，好像王丽不收那钱她就过意不去。

"停！"老于说话了。他从常苹手中接过钱，转身交到我手上说。"这个钱你一定要拿，为什么呢？我还要请您做我的法律顾问啊！常言说，人要有两个朋友，一个是医生，一个是律师。哈哈，你这个朋友我交定了。"如是，我觉得不能再推，就把钱收起来说了声谢谢。

见我收了钱，老于把桌上的包往左臂下一夹，手一挥，"好了，好了，现在吃饭！今晚得好好喝两杯。"说完，也不容大家说话，先向屋外走去。两个孩子扔下玩具，嗷地叫了一声，冲出门外。

老于在如意海鲜已经订好了座，点了不少的菜。服务员送来一箱子的青岛啤酒，我喝了两瓶后就有些头晕，老于喝起来就像喝水，过一会儿去趟厕所。渐渐地，桌上的两家人就分成了三组：男人、女人、孩子。两个女人低头说着什么，孩子们比着手中的饮料，而我和老于则喝酒聊天。老于全名于正明，老家是临沂的，只比我大一岁，现在带着十几个老乡做装修。聊过后我才知道，我俩同一年参加高考，他的分数还比我高。但山东招收分数高，当年考了五百零一分的他竟然无大学可上。我们还共同想起当年的高考作文题目。

"都是命啊！"于正明把一杯酒干下去，无限感慨地说。"你看你上了大学，如今是律师，而我呢？装修房子卖苦力。"

"哪里哪里，你是大老板，而我只不过是个打工的。"

3

因讨回拖欠数年的装修款，从此，我们成了非常好的朋友。两家本来楼上楼下，串门方便，自此，出入就像一家人一样。一家做了什么好吃的，定要喊另一家。有时干脆搭伙在一起做饭吃。常苹的菜烧得非常不错。"十一"小长假的时候，我们相约去江苏玩，去了扬州的瘦西湖，爬了苏州的虎丘，逛了何园拙政园，费用 AA 制，宾馆都是网上提前订的，两家人结伴玩得非常开心。

这一天，我从外面办完案提前回家，见常苹也在家，两个女人亲密地说着什么，突然间哈哈笑了，见我又猛然打住，相互看着。我觉得莫名其妙，打了个招呼，就躲进书房去修改一份合同，而两个女人的谈话像风从门缝进入。

"内衣一定要好啊，你想想，是给谁看呢？"是王丽。

"别给他们惯毛病。"

"唉，男人啊，就好那一口。"

"一定让他们听话。"

　　那声音就小了，有些听不见。过了一会儿，声音又传来，这会是常苹。"男人就那点出息。"

　　"……"

　　"你别给他，别让他碰你的身子。"

　　"嘻嘻，那你就不想？"王丽吃吃笑。

　　"我们本来就不多，都这年纪了。我就是不给他。"

　　我心想，原以为男人背地谈论女人，这女人背地里也会议论男人。

　　一个周末，我们又在一起吃饭，那天于正明很高兴，喝了七瓶啤酒，我也喝了不少。十一点钟，我反而兴奋，睡不着，就半躺在床上看电视，楼下传来剧烈的一声响动，像是什么东西打碎了。

　　"你给我滚——"

　　我吃惊地支起耳朵听，是常苹的声音。西海小区的房子是旧楼，隔音很差。楼下卧室的声音清晰地传来。

　　"干什么啊？"沉闷无奈，是于正明的声音。

　　"这里不是你的家！"高而尖锐的是常苹的。

　　两句过后，又寂静了。我们再侧耳去听，却什么也听不见了。王丽从床上坐起，茫然地看着我，"他们俩？晚上见还很好的，鹏祖的爸爸每周末才回来一次，常苹不高兴。"

　　"有什么办法，他包的活儿在外地，每周跑也不容易。"

　　"常苹怀疑他外面有人。"

　　"瞎说，你们女人就是疑神疑鬼。"

　　"吵那么厉害？要不要去劝劝？"

　　"两口子，谁不吵个架，睡你的觉吧！"

　　我熄了灯，听见楼下的吵架仍在继续，断断续续，常苹激烈，老于温和，后来就不知道了。

第二天早起，我带小果去上钢琴课，回来时已经十一点了。看见于正明只穿一件衬衣，在楼下的院子抽烟，大声地吐着痰，显然刚起床。我想问他昨天晚上是怎么回事，又觉得那是人家的私事，不便开口，而于正明主动开口，"昨天晚上喝多了。"我笑笑，于正明有些尴尬，我说："有空上来聊天啊！"就带着小果上了楼。

4

又一个周末，我下班回家，见鹏祖一人孤独地坐在楼梯上，手中兀自拿着一个悠悠球玩。球在他手里像魔术，跳起、落下，跳起、落下。

"怎么不回家？"

鹏祖向门努努嘴，于正明家的防盗门紧闭，我靠近了去听：

"有你和没有你有什么区别？"

"你这样的话，我以后就真不回来了。"

原来两人又吵架了。

"走，跟叔叔走。"我拉起鹏祖的手，他低着头，像个孤儿跟在我身后进了家。王丽赶紧给他盛了一碗米饭。我到卫生间洗手，王丽跟进来，低声说："我从超市回来，听见他们吵，敲门，不开，吵了一下午。"

吃完饭，两个孩子在写作业，我叫上王丽下楼，我决定好好劝劝两人。我敲了敲门，说："老于，开门。"没有声音，我又叫，"老于。"这时门开了，原来是常苹，她一见我们就哭了。

　　我进门来，看见地上，沙发上堆满杂物，饭桌上还有没洗的锅碗，水泥地黑乎乎的，好久没拖了。一个碎啤酒瓶，玻璃碴儿撒满客厅。我们两家关系好，但我还是第一次到于正明家，一般都是他们到我家来。在外面的常苹，花枝招展，想不到家里如此脏乱。

　　"坐、坐，老娘们儿没完没了。"于正明站起来招呼。

　　"什么事啊？至于嘛，孩子都那么大了。"

　　"你问他！问他！"常苹转过身，头发散乱，手指戳着于正明，一声声质问，于正明的脖子上有一道抓痕，看来两人还动手了。

　　"没有的事嘛。"

　　"没有？她都找上门来了。"

　　"工作，我有什么办法？她是甲方经理。"

　　于正明说，中午甲方的女经理开车送他到小区，恰巧被常苹看见。"这不小题大做吗？"

　　"就送了一下吗？就送一下吗？"有了我们撑腰，常苹胆气顿增，手指着于正明，一声声质问着，"看你们俩的样子，在车上拉拉拽拽着，没想到吧，被我看见了，狗男女。"

　　"破×，看我撕你。"说着，两个人又冲到一起。我急忙把他们分开。

　　"离，老娘不和你过了。"常苹趴在王丽的肩头哭了。于正明脑袋吊在两腿间不说话，场面极是尴尬。我清下嗓子说："我办过不下十起离婚案件，你们两个过不下去了，离，这是你们的权利，但孩子是无辜的，最后受到伤害的都是孩子，还是谨慎为好！"我想起在楼梯上鹏祖孤独的样子。

　　我接着说："我不知道老于和那个女的究竟有没有系关。但婚姻出问题，两个人都要反省下，自己做得怎么样。如果一个男人在家里能得到温暖，他不会在外面乱来。"

"他在外面胡来，我还有心思收拾家吗？"

"你看看这个家，猪窝似的，我愿意回吗？"

这如同鸡生蛋，蛋生鸡，永远说不清。我伸伸手，像法官在法庭上的样子，对他们二人说："以前的事不说了，今后，你们两个人都保证不吵架，一心一意过日子，为了孩子。"

"听律师的，这个我能做到，向毛主席保证。"于正明首先表态。常苹把脸转向一边，"我有个条件。"

"什么条件？"我转向常苹，心想女人就是不痛快。

"登记，先把结婚证领了，我等了十年了。"

我大吃一惊，原来这两个人没有登记，从法律上说她们不是合法夫妻。

十多年前，高考失利的于正明从老家来到青岛，有点木匠手艺的他跟着别人干装修，和来自烟台的小工常燕好上了。两人在东小区租房住，几年后，随着于正明手艺的不断提高，他也独立包活儿了，装修的房子越来越多，收入也不断增加。不知何时，人们开始称他为"于老板"，老家的人都来投奔他，其中就有常燕的妹妹常苹，但她年纪太小，十八岁，工地上的活儿干不了，于正明介绍她在一家饭店当服务员。来年，儿子鹏祖出生，于正明意气风发，除了承包装修，还做楼房的外墙保温、涂料，正准备大干一场，不幸的事发生了。

有一天，常燕在高高的脚手架刷墙，突然像鸟儿失去翅膀，一个跟头从七楼坠下。于正明抱着她冲向附近的人民医院。还没有到医院门口，她在于正明的怀里说了"鹏祖"两个字就永远离开人世。于正明痛哭失声，爱妻走了，给他留下一个五个月的儿子。在饭店当服务员的常苹辞职，担当起照顾鹏祖的任务。就这样，鹏祖一天天长大。他叫常苹妈妈，从不知常苹其实是他的小姨。

于正明每天忙在工地，一到家就喝酒，不是把自己累死就是醉死，这样他才能忘记常燕。有一天，他酒后想起常燕，说着醉话，常苹看着姐夫很痛苦，就去安慰他，就这样，两个人住在一起。常苹替代了姐姐的角色。笑容又回到于正明的脸上，他又成了"于老板"。一晃十年过去了，所有的人都认为他们是真正的夫妻。前几年常苹不够年龄，没有登记，后来就觉得无所谓，转眼鹏祖十岁上三年级了。

常苹讲完他们的经历，趴在王丽的怀里，哭成泪人。

于正明一脸歉意地说："这不没时间嘛，两个人在一起十年了，登记不登记有什么区别呢？"

我说："那不一样，婚姻首先是一种法律关系，登记和不登记完全不一样。"

"那好吧，今年春节回老家就去登记，顺便请大家吃饭，喝喜酒，就行了吧，还有，你不是要照婚纱照嘛，到时候一起办，圆你新娘的梦。"

常苹破涕为笑，"你说话算数，当着律师大哥的面，你要是不办，就去法院告你"。

经我调解，夫妻二人和好如初。

5

一个周五下午，我收拾东西，准备回家，这时于正明来了电话，"大律师，干什么呢？"我说准备回家啊。

"晚上一起吃饭吧？我在长新海鲜订了桌。"

我问："有什么喜事？"

于正明在那头哈哈大笑说："没事就不能请大律师吃个便饭？"我问他们怎么过来，我想要不要开车去接王丽、常苹及两个孩子。于正明的声音降低了，"她们就不用参加了，我给你介绍个客户。"原来是业务饭。我说好。于正明又叮咛："别给她们说啊！"我知道她们指谁，我给王丽打了个电话，说晚上有应酬，不回家吃饭了。

我赶到长新海鲜时，于正明在楼下接我，手指夹着烟，远远地就开始调整面部肌肉，咧开嘴笑了，"大律师，最近又在办什么惊天大案啊？"

"只要天下太平，本律师没案可办也行！"

于正明哈哈笑了。上得楼来，进了包厢，却发现里面只有一个女客人，她有三十岁出头，浓妆艳抹，穿着极是新潮。

于正明："介绍下，张娜，张总。这位，大律师，我兄弟。"

那个叫张娜的总裁伸过手来，娇滴滴笑了，"就叫小娜好啦，于总真会开玩笑。"她向我递来一张名片，上面写着宏正装饰工程有限公司董事长。我双手接了，又把自己的递过去说："张总年轻有为，而人又长得漂亮。"我的赞美既包括了外表，又涵盖了能力，张娜的脸笑得像花一样。

吃饭期间，张娜向我咨询了一个工程合同上的法律问题。在她去卫生间时，我趁机问于正明，"她就是常苹说的那个张总？你不是说和她断了吗？"

"我是没办法啊，兄弟，说断容易，断了谁给我活儿啊，我招投标都是借她公司的手续啊。"

原来如此。

吃完饭于正明拉我们去唱歌。歌厅里，他手握话筒，双目紧闭，如刘德华般深情，又如张学友样感动，后来他又和张娜对唱，如恋人一样手牵着手，唱了一首接一首，直到十二点，才依依不舍从歌厅出来。

"打车回吧！"我试了下锁上的车，三个人都喝了不少的酒。

于正明朝我神秘地笑笑，"兄弟，那个，今晚你先回，我明天一早回济南，这么晚了，就住酒店。"说完，他和张娜挽着手走了。张娜回过头向我招手，"律师，再见！"

我一个人打车回家，进家门时，灯亮着，王丽还没睡，她把换的衣服给我拿过来说："喝了多少，和谁喝啊？"

"于正明，他说要给我介绍一个客户。"

我觉得有些头晕，洗洗就睡了。第二天，还没有起床，听见王丽在客厅里喊，"快起来，常苹来了，问昨晚是不是和鹏祖爸爸喝酒。"

我来到客厅，见常苹气呼呼地站在客厅，"我就知道他在骗人，说工程要交工，忙着加班，不回了。撒谎！狗改不了吃屎，他是不是和那个女的在一起？你说？"

"我……我……"我不知道该说是，还是不是。常苹步步紧逼，"你说啊，你说，你是律师，不能讲假话。"她把火发向我，"男人没一个好东西。"然后招呼也不打，蹬蹬蹬下楼了。

原来我忘记了于正明的交代，王丽早上买早餐，和常苹在楼下碰面，谈起我们一起吃饭的事。我心想完了，给于正明打电话解释，发现他的手机关机。

下午，我辅导小果写作业，突然楼下一声尖叫，"你滚啊——啪！"

　　楼下又吵架了，还有东西摔到地上。我急急冲向阳台，把头伸出去看，又觉得不妥，收回来，想下去劝劝他们，这事也与我有关，但想起常苹早晨怒气冲冲的样子，又犹豫了，又是一声尖叫：

　　"滚！你和那个狐狸精去过吧！"

　　听不见于正明的声音，楼下暂时变得安静。我给自己点上一支烟，在阳台上默默抽着。不知道这事怎么结束，如何向他们二人解释。一辆黑色的帕萨特轿车开过来停在楼下，车窗摇下来，我看是张娜，几乎同时，于正明逃跑似地从楼道里出来，只穿着件衬衣，嗖的一下，钻进车里。车启动了，常苹从后面追出来，她不顾周围的邻居，一只手叉腰，一只手指着远去的车喊，"最好是死了，有种别回来——"然后转身上了楼。

　　自此，常苹好像对我也有意见，见面更是不打招呼，她只和王丽说话，来我们家的次数越来越少，要么是问下事，要么是借样东西，很少进门。我的生活被无端地搅乱，很是烦，又不知烦在哪里。

　　有一天，我从外面回来，见常苹少有的在。她面色蜡黄，双目紧闭，靠在王丽身上不说话，头上包着个白色的网兜，像古代武士那样，高高耸起。我还没来得及问怎么回事，王丽下巴指了指，"老于打的。"

　　"怎么能这样呢？严重吗？"

　　"不碍事，医生已经处理过了。"

　　"我十八岁给他带孩子，做牛做马，现在老了，不要我了，还打我。"常苹眼睛不睁，啜泣着呻吟道。

　　这时候放学了，小果和鹏祖一起进来。鹏祖看见妈妈头上的包，哭了，他关切地走到常苹跟前，"妈妈，你怎么了？"

"滚！离我远点，谁是你妈妈？"一直恹恹的常苹尖叫一声，鹏祖像是被什么蜇了下，猛地向后一跳。无辜地望着大家，王丽过去一把将他搂到怀里，"干什么啊，别吓着孩子。"

常苹突然坐了起来，一连问了我几个问题，"律师大哥，我请你打官司，我要和他离婚，他有外遇，应该受到惩罚，还有那个女人，第三者，插足别人家庭。"

这些年来我有一个原则，从不代理自己亲戚朋友的离婚案件。不要说我不代理，就算代理，他俩之间没有登记，鹏祖也不是常苹所生，要是离的话，她什么也没有。

"你和他无婚可离啊，你们没有登记，不是夫妻。"我说。

"不是还有个事实婚姻吗？我们一起都十年了。"

"1993 年《婚姻法》修改后，不再承认事实婚姻一说。有关孩子的抚养和财产分割，可参照《婚姻法》解决。"

鹏祖和小果到一旁写作业去了。我朝他孤单的背影看一眼，我想知道，他是否知道常苹不是他的亲妈妈。

"你不会向着于正明吧？你们男人，你是律师，要公正。"

"你可以亲自到法院去问问。"

"真的？"

"基本是。"

"这样啊……"常苹突然面如死灰，独自喃喃地说。

当晚，母子二人就在我家吃的饭，王丽炒了几个菜，我们五个人围着饭桌，默默地吃饭。常苹端着碗，用筷子指着菜，对鹏祖说："看，你爸爸打的，你将来要给妈妈报仇，他外面有了野女人，把妈妈打成这样，听见了吗？"

鹏祖似懂非懂地点点头。

我决定和于正明谈谈，就是过不下去分手都行，打人终究是不对的，也想给他解释下，那天不是有意说出去的，但我见不到他的面，打电话给他总说："工地忙啊，回去请你喝酒。"

6

一个晚上，饭后，常苹突然造访，她像变了一个人，穿着件时髦大衣让王丽看。那时天还不怎么冷，她在客厅里像模特样转了一圈，把双臂撑开，又转过身，对王丽说："怎么样？下午刚买的，一万元。女人不能对自己太亏了。"

"挺好看的，你身材本来就好。"王丽说。

"我跟于正明说了，你可以不回家，但每个月必须给老娘打一万块钱过来，让我花，我要养你儿子，养活家。"她得意地说，"明天有时间吗？我请你做护理。"

卖弄一番后，像是得到无限满足，常苹穿着名贵的大衣走了。听着她下了楼，王丽说："怎么这样？我有点不喜欢她了，纵然老于有错，但她不应该这样，对不对？"

我不置可否。

小果的班主任建了个QQ群，定期公布上课说话、捣乱、没完成作业的孩子，每次通报，必有鹏祖。考试成绩出来，鹏祖总是最后几名。四年级的孩子，高中文凭的常苹已经无法辅导，她给鹏祖报了个辅导班，语、数、外全包，一到放学，辅导班的车就到校门口来接。每月的补课费高达两千。我们见鹏祖的次数少了，偶尔在周末才见到一次。他比以前话少得多，叫声叔叔，就低下头走开，也很少找小果玩。那个站在滑板上，扭动着身子，从花坛的墙垠上一跃而过的孩子不见了。

那个月底，我有个朋友开了家公司，缺少一名会计。他不知从哪里打听到王丽以前做过会计，执意要请她。试用了几天后，就正式录用了。从此，她也和我一样，早出晚归，过起上班的日子。虽然辛苦，但重新回归社会的王丽非常开心。没有了一起说话的人，常苹来我们家的次数更少了，也很少听见有吵架的声音从楼下传来。我几个月不见于正明，两家人的关系渐走渐淡。

一天，我们正在吃晚饭。小果低着头，一边扒饭一边说："鹏祖中午放学后就没回来，书包也没拿。"

王丽说："你上课时少和他玩，你看群里，老师总点名批评他。"

第二天中午吃饭时，小果又说："鹏祖还没回来。"我们没在意，吃完饭，匆匆去上班。

下午五点，我正在上班，突然接到于正明的电话，他很焦急，说："你在哪里？在不在家？常苹的手机关机，鹏祖两天没上学，老师把电话打到我这里了，麻烦你看看。"

我急忙收拾东西往回赶，到楼下时碰到于正明的弟弟全明，以前见过几次。他手中拿着装修用的电钻。我敲门没人应，一股浓烈的药味从门缝溢出。我们把防盗门擂得山响，仍然没有应答。全明二话不说，操起电钻钻起，很快门开了。家里却安静得像座孤城，客厅的饭桌摆着吃剩的鸡、鸭、鱼和肘子肉，看得出很丰盛，一瓶没有喝完的饮料打开了放在一旁。我们推开卧室的门，见常苹和鹏祖穿着整齐的衣服，平静地躺在一起，像睡着一样。

我喊，"鹏祖，常苹。"两人一点反应没有。

全明上前去推，两人一动不动。我伸手摸摸两人，常苹身上冰凉，鹏祖还有一丝温暖。我抱起鹏祖说："快，你背常苹，去医院。"全明的力气很大，他搂起常苹，往背上一扛，跟着我出了门。

一路上，我们边喊边跑，向小区前的人民医院跑，鹏祖的嘴里溢出吃过的东西，一股刺鼻的农药味。冲进医院的急诊大厅时，我再也跑不动了，无力地挥着手喊："医生，快！"几个穿白大褂的人冲过来，把鹏祖连同身后的常苹，一起推进了手术室。我和全明同时瘫坐在门口的长椅上。

我的头脑一片空白，不知过了多久，一个戴着眼镜的中年医生出来，他解下口罩问我们："谁是家属？"

"我。"我和全明同时站起来。

"女的喝了乐果，估计十小时前就不行了，那个男孩还有呼吸，正在抢救，洗胃，像是服了安眠药，脖子上有掐痕。报警了吗？"

晚上八点时，于正明从济南赶回来了，他已经知道了消息，像丢了魂，蹲在医院的地上，浑身发抖。鹏祖还没有抢救过来，连医生也不解。他们又推着他做CT，我们和医生一起紧张地守在拍片室的门口。很快，片子拍出来了。医生来不及到办公室，站在走廊的灯光下，举着片子看。

"这里，"他指着孩子的头部说，"头顶上有个什么东西，一直进到颅脑。"我们一起凑过去看。

"钉子！木工钉。"于正明撕心裂肺地喊道。

瞬间，像是掉入冰窖，我们所有的人僵硬了。

第二天，一辆警车停在我们楼下。物业和房东都出现，警察查看了门窗，对房子进行了勘察，收集了吃剩下的饭菜进行化验，在厨房地上发现了一个乐果农药瓶。并传唤我和全明去做笔录。

在派出所，我试着问他们，怎么看待这个案件？一个胖胖的警察抽着烟说："怎么看？那女的自杀呗！死前做了一大桌好吃的，给孩子的饮料里下了安眠药。只是不解为什么还要在头上钉枚钉子。我们还要传唤孩子的父亲，到学校走访。人已经死了，极可能不立案。"

三天后，鹏祖醒了，但是无法动，在 ICU 监护室，医生说他的神经受到严重伤害，后续恢复怎么样还不好说。两个星期后，转到普通病房。我们去医院看他，小果还给他带了大嘴鸭玩具。鹏祖躺在病床上，不能动，看到我们，他眨眨眼，张开嘴笑了。我感到无比难过，眼泪在泪眶打转，但强忍着没让流出。

小果班上为鹏祖举行了一次募捐，家长们都掏了钱，有些同学把自己的零花钱也捐了出来。

在医院里治疗了三个月后，鹏祖的上肢能坐起来，医生说以后主要是康复治疗。因无人照料他被送往烟台老家，由姥姥姥爷抚养。

7

山东学生的寒假要比其他省的短两周，这样一来暑假就长。我们总选择暑假回青海探亲，而春节期间太冷，火车票又非常难买，就很少回去。2012 年的春节，我们决定到烟台去玩。这几年山东地方基本都跑遍了，只有烟台威海一带没有去，总觉得在海边，应该和青岛差不多。

大年初二的高速公路，空空荡荡，即便出台新的免费政策，路上也很难见到一辆车。我慢慢地开着车，今年的春节来得晚，天已经很热。我把外套脱了，只穿着毛衣。在老家这时应该是串门走亲戚，一家接一家，然后就是凑在一起吃饭喝酒。像我们这样旅行过节，应该很少。不知不觉间，就到了烟台。出发之前，在网上订了酒店。住下后，我们出去转了一圈，风很大，街上冷冷清清，商店的门口都挂着红灯笼、贴着对联，但店门紧闭，人们还在家里过年。

三个人回到酒店里玩扑克。这里没有我们的亲人，有时候我们出去，只在酒店里住一宿就回家。其实，去什么地方不重要，重要的是这种轻松的生活方式。

晚饭的时候我从车上取下从家里出来时带的火腿、啤酒和水果。小果突然说："鹏祖家是烟台的？"

"那我们去看看他吧，看他恢复得怎么样？"王丽嘴里嚼着一根香肠说。我说："好，反正没什么事。"

第二天早晨，我给于正明打电话。我说"于总，过年好"，他说过年好。我说我们在烟台，想看看鹏祖。他说谢谢，言语里充满伤感，他说他在外地，过两天回去，给我发来一条地址信息。我在导航上找到了于正明说的那个村，开了半小时的车就到了。到达鹏祖所在的村时，村民正在舞龙，十几个胶东汉子，把一条十多米长的龙舞活了，灵活地转来转去，锣鼓震天，像是要把人的心震出来。

家家门前挂着红灯笼。我们很快打听到了鹏祖家。到门口时，见前一天炸过的炮仗碎屑落满一地，一个穿着红色唐装的老太太正有弯腰扫地。这应该是鹏祖的姥姥了。我说："大娘，过年好。"她一脸愕然地望着我们一家三口。

我说我们是从青岛来的，我们来看看鹏祖。她说"难为你们，难为你们"，边说着边把我们带到西边的一间房子。在门口的台阶上，透过窗玻璃，我看见坐在轮椅上的鹏祖。他兴奋地向我们招手，进了屋子，一把抓住小果的手不放。他努力想站起，身体只是晃动了两下仍然在轮椅上。

我心里非常难受，我想起两年前，我们刚搬到东小区，鹏祖踩着滑板从小区门口的水泥坡上滑下，那个美丽的腾空曲线。治疗神经的药大都含有激素，又坐着不动，正是长身体的时候，鹏祖比以前胖多了。我和王丽一左一右，把手按在鹏祖的肩膀上。我说："鹏祖，我们看你来了！"鹏祖动了下嘴，却发不出声音。

我们把给他买的礼物一样一样拿出来放在床上。小果把他的游戏机拿出来，玩给鹏祖看，鹏祖脸上出现笑容。鹏祖的姥姥端来花生、糖果给我们吃。不知道家里还有什么人，院子里很冷清，与我们村口见到的热闹格格不入。

"老头出去了！我去找他。"老人说。

我说："不用麻烦，我们坐坐就走。"老人指着玩游戏的小果说："真可爱。"眼泪却扑簌簌下来，看得我无比难受。我对她说，我们和鹏祖家原来是楼上楼下，两个孩子玩得很好。老人从衣服里掏出一百元钱要给小果。

"我也没准备红包。"

我和王丽一起抓住老人的手说不用了，她手中握着一百元不知伸出还是收回。小果说："奶奶，我能不能推着鹏祖到院子里走走？"

"好啊！"

小果转动轮椅，推着鹏祖到院子里，我们从窗户里看见，鹏祖回头冲着小果笑，两个小伙伴又一起开心地玩了。鹏祖的姥姥拉着王丽的手说："你和常苹谁大？"

王丽说："我比她大一岁。"

老人说："那你和常燕同岁。"

她说的是她的两个女儿，常苹我们很熟，常燕没见过。她问了我们很多话，方言很重，有些我们听不懂，只能猜。很快时间到了下午三点，我们觉得该走了。老人张罗着要给我们做饭，说："死老头出去就不回来了。"

我们站起身，小果把嘴巴凑到鹏祖的耳朵上，大声地说，"我们走了，以后再来看你！"鹏祖点着头，却是一副难舍难分的样子。王丽把身上带的现金全掏出来，放在床上，老人坚决推辞。我说："我们来得急，也不知道买什么，一点心意，您就收下吧。"

老人眼泪落下来，我心里很难受，和鹏祖握握手，从他家的院子出来。

晚上我们又得住烟台。车子在乡间公路上拐来拐去，一路上全家人都不说话。不知何时走错了路，绕了一大圈，好不容易上了高速。

过了收费站，眼前豁然开朗，八车道的高速路无限伸向远方，路上没有一辆车，在这神州同庆的时刻，空旷得让人心慌。

我把车停在路边对导航，一直坐在副驾驶上，一言不发的王丽突然说话了，"你们两个下去！"

我莫名其妙，但见一脸愠怒的她，还是熄了火，打开车门。

我们脚刚一着地，王丽趴在车前失声痛哭。我给自己点了一支烟，默默地吸着。小果抬起头问我："爸爸，常阿姨为什么要把钉子钉进鹏祖的头里？"

我吃了一惊，手中的烟差点儿掉到地上，说真的，我也不知道。

　　他望望远处，又回头看看车内哭泣的妈妈说："女人，不可思议！"

债

已婚男人叶志辉和一个女人偷偷好上了，当他想分手时，女方向他索要一万五千四百元的"分手费"，叶志辉没钱，只得写下欠条。半年后，女方将叶志辉告上法庭，被告却因此选择了自杀。

NOTE 6

1

　　死神来敲门时，是上午的九点半。叶志辉正在家中看一张碟，他模仿着舞蹈老师的动作，一条腿直立，另一条腿屈起，两臂无限地伸直，伸直，这时门铃响了，是快递员。

　　文书来自法院。叶志辉拆开时手有些哆嗦，"一定是弄错了！"当看见"原告王红霞"三个字时，他的头嗡地响了一下，再看诉讼请求，两条：一、请求依法判令被告返还原告欠款本息一万六千四百元；二、本案诉讼费由被告承担。

　　叶志辉一屁股坐在沙发上起不来，他想起来半年前的一桩债。

　　男人每来一次，女人就用眉笔在床头的白墙上画一条线。开始，男人不在意，画多了，就问。女人笑而不答，问多了就说，证明我和你好过啊！男人便不再问。心中想，画就画吧，有的人，一生平凡，老年了还要为自己立个传呢！只是这爱的传记，没落在纸上，写在了墙上。有一段时间，男人每天都来，一见面，两人就急不可待地脱衣上床，想到是为一段难忘的感情立传，他们就激动难抑。点、提、撇、捺、横、折、竖、弯，然后两人精疲力竭了，嬉笑着共同在白墙上画下一条线，像是完成一件壮举。有一天他们从床上爬起，蓦然看见墙上密密麻麻的线条，感觉岁月易逝，那里面的故事只有他们自己知道。

可突然一天，这传记就写到了结尾。

女人说："要分手可以，一次一百元，找小姐基本也是这个价。"男人爬起来光着身子去数那些长长短短的线条，总共一百四十五条！

"有那么多吗？"他问女人。

"两年了，你以为呢？"

男人在心里算一道数学题，他先用一百四十五除以二年再除以十二个月，又抬头思量平时的往来，就觉得那数字可靠，没有水分。

男人重新躺在床上后说："可以，但我没钱。"

"没钱你还睡女人？"女人仿佛知道会有这一天。她把笔纸扔到男人面前，"给老娘打欠条！"男人趴在床头写：今欠王红霞现金人民币一万五千四百元。欠款人：叶志辉。时间：2010年7月8日。

男人扔下欠条，穿衣服走人。要出门时，女人一把抓住男人的手。叶志辉看见她失去光泽的眼神，下垂的乳房和冒着黄油的肚腩，他吃惊自己以前怎么没发现。他急于从女人手中抽出自己的手。女人眼里冒着火，她把男人的食指按在自己的嘴唇上摸啊摸，男人犹疑间，女人就拽着指头在欠条署名"叶志辉"三个字上按下去，口红像血印，在白色的纸上绽放，这传记算是圆满了。

望着男人离去的背影，女人眼泪下来了，其实她并不想要男人的钱。她只是想用债务拴住男人，让他欠着她的，他就走不了——但他还是走了，走得毅然决然。罗马法说，债是法锁。

现代法律解释为特定人之间的权利义务关系。可那写在纸上的债终究没有锁住男人的脚，他扔下欠条的样子像扔一张废纸。他走了，两年的感情甚至没有换回他的一次回眸。

　　人们总是在健康与美食之间挣扎，大快朵颐之后又艰难地去消耗。我选择的是散步，晚饭后，出门两站路就到了那个叫"马壕"的公园。有关这个公园的历史，现浓缩在东南角一个小亭下字迹模糊的石碑上，说是与明朝时抗击倭寇有关。感谢城市的主宰者，给它留了有三个篮球场大小的空地。我们绕场数圈，然后活泛了轻松了，在西北的一角停下，看有人跳舞。城市夜幕的灯光下，一个男人在前面领舞，他有柳枝一样柔软的腰，后面十几个身材曼妙、年龄不等的女子。我们嫉妒恨，悄悄拽下衣服，遮住自己的啤酒肚，跳舞的男人是在花丛里啊！

　　音乐响起，开始，我们感觉有风慢慢掠过水面，升起，辽阔而空旷，而后是在北方广袤的草原，无数的马蹄驰过草尖，既而又是南方的亭台楼榭，细细的流水清脆而过，寂寥了，消失了，忽而铃声乍起，靡音摄魂，原是异域风情。我们神往，以至流连忘返，直到夜的凉意袭来，才不舍离去。

　　我做他们的观众两年，和那些舞者熟悉的要打招呼了，却不知领舞的男子叫叶志辉，而在后面的队伍里有个女的叫王红霞。

2

　　审判定在 10 月 9 日上午进行。法院在长江路上，叶志辉不止一次从那里经过，可从没想有一天自己会以被告的身份走进来。来到法院大门时，他驻足，仰望，那门高大威严，上面包着红色的铜皮，像个巨大的黑洞，一个保安笔直地站着，左右两个石狮，对所有进出的人怒目而视。叶志辉出示身份证后，那黑洞就把他吞了进去。一个女保安上来拿探测器在他的身体上下扫，像是要掸去身上的灰尘。扫着扫着，嘀嘀的响声传来，女保安又让他把手机和钥匙拿出，放进一个塑料筐过安全带，然后她手一挥，叶志辉遂成了一个安全品，被允许进入了法院的大门。

半年后，叶志辉第一次见到了那个和他一起嬉笑着在墙上画线的女人。她在有了一个原告的身份后，就变得非常陌生。她曾经那样谦卑地向他请教一个舞蹈的动作。此刻，她坐在自己的律师身旁，头高傲地抬起，好像对面的叶志辉根本不存在。

叶志辉于是也将头高傲地抬起，转过去，他看见法庭墙上挂着一块写着格言的牌子：

"法庭上只有证据而没有事实。"

半个小时后，穿着黑色法袍，抱着案卷的女法官急急而来。她一年审四百多个案子，她觉得这个标的只有一万六千四百元的欠款纠纷太简单，当庭就能结案。书记员核对完当事人身份后，女法官直入主题："被告，诉状收到了吗？"

"收到了。"

"请答辩。"

这个简单的法律术语，对外行人来说多少有点专业。叶志辉理解其字面意思，但他不知道如何说，从何说起，他觉得把床上的事公开出来，实在有些难以启齿，就有些迟疑。法官见惯了被告们的理穷词尽，鄙弃道："问被告，那欠款你认吗？"

"认。"叶志辉点头。他一直认，说完他看了一眼原告，半年前他也是认的。

法官："请原告举证。"

叶志辉看到了自己亲手书写的催命符，姓名上用口红按的手印有些褪色，它的确记叙了一件神秘隐事，却被自信的法官忽视了。

法官："欠条是你写的？"

叶志辉："是。"

法官："签名、手印也是你的？"

叶志辉："是。"

随着叶志辉一声是，庭上的法官、原告，还有原告的律师都松了一口气。

法官："那你为什么不还呢？"

叶志辉脸红了，"我……没钱。"

法官："看来事实清楚，证据也是确实充分，那么，原被告，调解一下吧。"

法官最喜欢调解结案，双方自愿，不必写判决书逐条分析原被告的理由与证据，当事人自觉履行后，也省却法院强制执行。方便大家，节约了司法资源。法院鼓励法官调解判案，和为贵，还根据调解率考核奖评办案法官。

原告的律师说："原告方同意。"

叶志辉也跟着说："同意。"

法官说："那你什么时间能还钱呢？"

叶志辉张口结舌了，对他来说一万六千四百元是个天文数字。他的工资卡在老婆手上，十年前电子厂破产后，他就退休了，月工资八百元，十年后才顽强地涨到一千六百五十元。他每月零花钱只有五十元，还不如一个小学生的零花钱多。他每提异议，老婆会说："你要钱干什么？家里的什么东西都不用你管，就连电话费也是我给你交，要钱干什么？"叶志辉就泄气了。一分钱憋死英雄汉，不要说那是一万六千四百元。但这样的话他说不出口。

"原告，你们那个利息也就算了，就主张本金一万五千四百元——我知道你的意思，不要说半年没多少，按照法律，民间借贷的利息如果双方没有约定是不支持的。"原告的律师要说什么，法官后面还有一个案件等着开庭，她做出一个不容置疑的手势，律师便把没说出的话又咽进了肚子里。

法官转过头来对叶志辉说："这样吧，给你一个月的时间，还原告的钱，利息免了。好不好？"

"好吧！"

书记员飞速地打出了笔录和调解书，交双方签字。除了原被告的身份情况，核心内容就一句话：原告王红霞诉被告叶志辉欠款纠纷一案，双方自愿达成调解协议。被告于 2011 年 11 月 30 日前还清原告欠款一万五千四百元。

从法庭出来时，叶志辉像一只斗败的公鸡，下巴垂在胸前。王红霞从后面追上来。"你怎么还我钱呢？"一副胜利了的样子。叶志辉看也不看她一眼，"没钱。"王红霞失望了，这个男人从法庭上下来，还不明白自己败在哪里，只要他一句回转的话，这钱女人会一笔勾销。

3

张丽这一天没有去上班，前一天晚上的一场应酬，让她有些头晕。她起床晚了。叶志辉把做好的早餐放在桌子上——他出门去了。电话响了，张丽想，应该是公司的结果对方却说自己是律师。

张丽立即从慵懒中清醒过来，"哦"。

"我想问下，那债务，叶志辉拖欠的债务什么时候归还？要是再不履行，我们就申请法院强制执行。"

那个律师就把法院的审理及欠债经过重述了一遍。最后客气地说："其实，您也是债务人之一，依法律，夫妻关系存续期间，一方的债务也是夫妻共同债务。"

挂了电话后，张丽坐在沙发上发呆，她思考那个和他一起生活了二十多年的男人。十年前单位破产后，他的精气神没了，从此过着一种一成不变的生活，洗衣做饭，送孩子上学，直到去年女儿上了大学。此时他应该在花鸟市场，再过一个小时，他会拎着菜进家门，拖地喂鸟，然后做饭。下午他会到公园和人下棋，而晚饭过后，他会拎着音箱去公园跳舞，除非刮风下雨，从不改变。

"他怎么会欠别人的钱呢，而且这么多？"张丽寻思，这男人欠钱干了什么？打牌喝酒，他不会，只有一种可能，给乡下的亲戚——他的胆子太大！但是看到饭桌上的煎蛋，精心熬的粥，和收拾得干干净净的家，张丽心里忽然一软，这些年对男人管得是不是太严了，要不要把他的工资卡直接还给他，让他自由支配。她现在年薪二十万，家里还有一笔数额不小的存款。但先要问清欠什么款，欠谁的款。这时候叶志辉进家门了，他的两只手各拎着一兜菜。

张丽刚一提欠款的事，叶志辉的脸就猪血似的红了，没几句，这个不会撒谎的男人就把和他人在床上书写传记的事和盘托出。一直居高临下有着神一样姿态的女人自沙发上跳起，那是个豪放的蒙古舞动作。叶志辉就听见天空被撕裂了，"不要脸啊——"，雨倾盆而下。他顺势跪在地上。

4

接到法务部的电话，我匆匆赶往金星电器公司。我做他们的法律顾问三年了，我们一直合作很好。总经理张丽在她宽大的办公室接待了我，亲自给我沏茶。女强人温柔得像个日本艺伎，这让我有些受宠若惊。茶过三遍，她把调解书放到我的面前，"律师，法律保护这样的债务吗？这是卖淫，应当严惩的，却反而到法院起诉要钱。"她看着一脸迷惘的我，就向我讲了债务和调解书产生的经过。最后，她把难题留给我，"把案子扳过来。"

我觉得问题不大，非法的债务不受法律保护，可当实际操作时，便发现了难度——我缺乏一个突破口，使案子重新进入司法程序。首先，这是调解书，系双方自认，一经做出就生效，无法通过二审程序纠正。其次，法庭上重证据轻事实，没查清债产生的事实基础，现在欠条成了法律文书，改变谈何容易。或许审判监督程序是个办法，人民法院发现自己办理案件有错误，可以通过院长启动纠正。我试着与审理案件的女法官联系。我向她讲了债务产生的事实——那些在墙上的画线。电话的那头沉默了一会儿后，传来了这样的声音："不可能，那样的话等于我们办错了一个案件。"说完电话就挂了。

我觉得自己是进入了一个死胡同，左冲右突，出不去，就去和同事讨论，集众人智慧。正是午饭时间，我的同事听到后首先是一阵哈哈大笑，觉得世间不会有这样的案子。直到我把调解书摆到桌子上，他们才相信，进而跃跃欲试，各抒己见，要把案子扳过来。不料同事张律师却泼来一盆凉水：

"没办法，给钱！欠了的就得还，不论是睡觉产生的债还是借款产生的债，都要偿还，何况经过法庭审理了。"

"法律只保护合法之债。莎士比亚的戏剧《威尼斯商人》里，夏洛克和安东尼奥签订了协议，要是还不了借他的三千英镑，便要割安东尼奥身上的一磅肉。后来不是败了吗？财产被罚，差一点儿送了命。"另一同事说。

"错。当时案件送到公爵那里审理，正说明债是合法的。案件赢了是因为有一个聪明的律师——鲍西亚。夏洛克可以割安东尼奥一磅肉，但既不能多一点，也不能少一点，还不能流一点的血。夏洛克败在这里。"说完了，张律师用勺子敲着自己的饭盒说，"欠债还钱，天经地义！现在这是法律文书，不是欠条，不履行就强制执行。"

律师们喜欢争论，这个话题他们会讨论一中午，而我想着如何推翻案件。或许，检察院抗诉是个办法。可是当我找到新修订的民事诉讼法抗诉一节，又失望了。检察院抗诉调解案件必须是违反"社会利益和集体利益"的案件，床上的债算吗？这个笨蛋叶志辉啊！打什么欠条啊！甚至法庭审理时不承认，奈你何？即便法院判了，他还可以上诉，就是生效了，检察院也可以抗诉，偏偏他就认了。自认，调解，这是个死局啊！

我们的办法还没想出，对方已经提前行动了。

这一天张丽刚要出门，有两个穿法院制服的人敲门而入，他们出示了法官证，然后把强制执行的申请书放在客厅的饭桌上。张丽勃然大怒，她指着法官说："你们枉法裁判，卖淫是要被抓起来的，你们倒替她来要钱？"两位法官面面相觑，莫名其妙，"怎么可能呢？"张丽把正在厨房里戴着围裙刷碗的叶志辉一把拽了出来，"你们问当事人。"叶志辉张口结舌，那些他平时不屑的制服看上去气势汹汹。张丽觉得让她把床上的经过再听一次简直是对耳朵的侮辱——她，金星商场的老总，丈夫不但背叛了她，现在法院的人寻上门来了——她还得还钱，她感到无以诉说的屈辱，"嘭"的一声甩上门走了。

法官在椅子上坐下来，指着调解书说："老叶，这是真的吗？"

叶志辉说是不是，说不是也不是。他觉得自己没法回答，走过去，给法官接了两杯水放在面前。

是法官的话解救了他，"我们是执行局的，审判和执行是分开的，我们不管判决的真假。欠人钱就给，何况不多，就一万多块。"

另一法官说："赶紧交过来，或直接给债权人。否则，我们就拘留人，还要查封你的房子。"

法官说完话就走了。叶志辉把法官没有喝的水倒了，继续收拾厨房。然后他像往日一样去了花鸟市场，中午的时候提着菜从市场上回来。下午他把家又收拾一遍，窗台上的花浇了水，地毯重新吸了灰，还给阳台上的鸟儿喂了一次食，他终于满意了，和书架上一家三口的照片告别，像是要出门去远行，他还会回来。

晚霞在楼后燃烧，叶志辉拎着音箱去公园，他步履轻盈，像是赴一场演出。夜来临，那些平时跟着他跳舞的女伴陆续来了，她们嘻嘻哈哈地和叶志辉打招呼。有的端着自己的水杯，喝着，叫叶老师。几年了，叶志辉发现对她们并不熟悉，谁做什么工作，在什么单位，他概不清楚。但他确信这些人和那边跳广场舞的退休大妈不一样，她们都有稳定的工作和收入。

人齐了，音乐响起，她们下舞池了。叶志辉还是在前面领舞，她们从蒙古舞、孔雀舞、印度的肚皮舞一个个跳下去。没有人觉得有什么不同，他们的周围站着不少晚上散步而来的观众，痴迷地欣赏着她们的舞姿。

舞蹈持续了一个半小时结束。这些经过运动，保持了活力和柔软的身体扭动着离开，挥手和叶志辉说"老师，明天见"。

但是第二天晚上她们没见到她们的叶老师。

叶志辉的尸体在凌晨被一个早起练太极的老人发现。老人把自己的包挂在树上，准备先活动活动身体，那时他发现公园的水中像漂浮着一件衣服，但又不像，他试着用手中的剑戳了一下，大吃一惊，原来是一个人，仔细看是跳舞的叶老师。他像一个练习潜水的儿童，趴在浅浅的水中。老人惊叫着奔向陆续走来的几个拳友，然后他们报了警。

警察开始调查，有个流浪汉说，他在长凳上睡下后，就看见一个人在那里跳舞，没有音乐，像个鬼影，他吓了一跳，仔细看原来是个人。那人跳了一曲又一曲，各式各样的舞蹈。

"他跳啊跳啊，不停地跳！"流浪汉用手比画着。

"嗯，后来呢？"

"后来我睡着了。"流浪汉说。

法医的鉴定结论是叶志辉系溺死，推定为自杀。公园里所有的人知道了这件事。他们讲起叶志辉说，他原来在电子厂的工会工作，琴棋书画样样会，舞跳得特别好，就是女人也没他跳得好。叶志辉的尸体告别仪式上，很多跟他跳过舞的人来送他最后一程。她们知道以后再也没人带她们跳舞了。遗体被推进火化室后，张丽向我走来，她的脸有些浮肿，说："律师，我想问一下，那个债务还用还吗？"

我说："分情况，如果债务人有遗产，继承人又不明确表示放弃的，死亡后债务仍然要偿还。"

几天后，张丽到法院执行局交了一万五千四百元。

离婚记

卤肉店的张老板出轨饭店服务员，老板娘愤愤不平，拿了钱和店里的厨子私奔。在法院即将宣判离婚成立的前夕，老板夫妇却摒弃前嫌重归于好。

NOTE 7

　　张勃兴小心地把头探进来，忽然间被我看见了，再要退回时已不可能，索性惶恐地一脚踏进律师事务所的门。我看见一个肉球滚了进来，急忙站起身来招呼。"您好!"那圆圆的脸讨好地笑了。

　　他谦卑地让自己坐下，那架老式的单人沙发不满了，发出吱嘎吱嘎的抗议声。

　　"请问，您有什么事?"我看出他内心的不安，就尽量使自己的语言温和。瞬间，像是有红色的颜料慢慢爬上脖子，又漫过他的脸。

　　"我……我……我要离婚。"

　　"哦! 为什么啊?"

　　那胖子把头低下去不吱声了。我再问，就三缄其口。一股葱花和花椒味飘来，钻进鼻孔，对其职业我已略知一二，但对离婚的原因无法把握。我曾对自己从业十年来办过的离婚案件做过总结，离婚的原因分三类：第一类是家庭暴力，约占七成，丈夫打妻子，教授打爱人，农民打老婆，各行各业都有；第二类是男人出轨，找二奶、小三，约占二成；第三类是双方家长干预或其他原因，占一成。眼前的这个男人是因为什么离婚呢? 可他拒绝回答我，我试着提示他。

　　"打老婆了?"

他摇摇头。

"你外面有人？"

他又摇摇头，有些窘迫。

"那吵架了？"

他还是摇摇头。

"总得有个理由吧？就是到了法院，也要查明为什么要离婚。"他频频点头。我继续开导，"现在离婚已经不是什么大不了的事，专家说了离婚是进步的象征，秦香莲即便是现在也是被瞧不起的，你看天后王菲嫁了好几回。"

他终于开口了，"我们是开饭店的，有一天我去店里，她失踪了。"

"哦，报案了吗？"

"报过了。"

"这就奇怪了，我还第一次遇到。"

"嗯，另外，律师，我家厨师也一起失踪了。"

"哦。"我迅速地把他提供的信息在头脑里联系、加工，"那就是老板娘跟厨师跑了？"

"是，是。"圆脸如释重负，进而汗如雨下，这才与我娓娓道来。

饭店实是两间并排平房，位于镇东南，国道204和G15沈海高速一交会，便生出一处商业胜地来。

左手小间是厨房，能看见锅灶、案几和刀铲等物，右手大的是厅堂，摆了四五张折叠桌。墙上的工商执照和税务登记证显示店主叫张勃兴，自称是"张氏卤肉"第十三代传人。门口灰白的匾牌上写着"王府饭店"四个大字。字是从电脑打印后刻在木板上的，猛然一看真以为是舒同先生亲笔所题。饭店主营秘制卤肉。那肉看上去亮晶晶颤悠悠，白中透黄，黄中泛白，含在嘴里肥而不腻，满嘴留香。关于配方，镇上的人也多次刺探，但都无功而返。只知道饭店每日用去一坛即墨老酒。南来北往的货车司机把大车往饭店外的路边一停，喊一声，"老板，来一盘肘子肉"。张勃兴就挥起蒲扇样的大刀砍肉。饭店每日销售半扇里脊黑猪肉，生意极是红火。一盘肉，两个大馒头，几根大葱下肚，然后在驾驶室里睡个把小时，司机们觉得那消耗在漫漫路途上的力量又回来了，将要离开时还不忘捎上一斤。

这一日，张勃兴骑着他的爱玛牌电动车从集市上回来，发现饭店大门紧闭着，就有些意外，去拍门，拍了两下，他喊，"丽敏，老严?"无人应他。

张勃兴塞窸窣窣着摸出钥匙，开了门，一股冰凉扑面而来。灶间的火熄着，只有昨日下午卤好的肉安静地卧在锅里。

"丽敏，老严?"

张勃兴又喊，仍然没有人回答。他在店里站了几秒钟，突然有一种解脱的快感，急急地把肉扛进店扔进冰柜，上了锁，出门而去。将要跳上电动车时，好像想起了什么，又打开门，从锅里捞起一块卤好的猪头肉，切碎了装进食品袋，这才骑着电动车驶上通往张庄村的小道。

仿佛是一夜之间，镇周围盖起了很多小工厂，造纸的、刻模的、纺纱的，与此同时，有陌生的年轻人在村里转悠。农民疯狂地盖楼，一间间房子鸽子笼样扩展，然后以每间三五百元的价格租出去。年轻的工人成双入对地筑起爱巢，关起门消耗青春。在将钥匙交给租户时，房东总不忘交代一句：不要把安全套和卫生巾扔进下水道里。

二十分钟后，张勃兴拎着肉出现在李苹的出租屋门前。刚刚洗过的粉红内衣上还滴着水。张勃兴用力捏了一把，就抬起手敲门。

"谁啊？"一个含糊而朦胧的声音传来。

"苹苹，开门，是我。"

"滚！老娘昨晚夜班，刚睡下。"

"乖，看我给你带来了什么？"

卤肉的香味透过门缝发生了作用，锁从里面咔塔一声开了。

李苹从张勃兴的手中抢过食品袋，抓起一块塞进嘴里，又跳上床，含糊地说"这也……太早了吧！你那个夜叉婆呢？"张勃兴不说话，搂着女孩的腰。女孩嘴里嚼着肉，她其实不喜欢这个胖得像猪一样的男人，但这个男人有钱，隔三岔五还给她捎来好吃的卤肉，事情就在这种尴尬的场景里结束了。

李苹睡着了，细细的呼吸声传来。张勃兴又爱又恨地看着前王府饭店的服务员，她二十岁，有魔鬼一样的身材，让张勃兴欲罢不能，而论年纪他都快做李苹的父亲了。想到这里，他感到无限的惭愧，又空虚，有种要去死的感觉！那时他又想起了另一个女人：刘丽敏。

一个月前的某个黄昏，王府饭店打烊了，天有些暗，像要来雨的样子，厨师和老板娘先后离店。张勃兴正搂着李苹在厨房缠绵，已经回家的刘丽敏不知为何突然返回，像是从天而降。泼辣的东北女人操起案几上的菜刀，李苹衣衫不齐，仓皇出逃。

张勃兴招引小三的后果是拱手让出了王府饭店的财政权。刘丽敏手上握着一张存款三十万元的卡。那是这几年王府饭店的所有收入。这个数字还在以每日六七百元的数字增加。

李苹被辞退后，到附近的棉纺厂打工，张勃兴以为这事就过去了。刘丽敏手握着卡却还不满足。

"我还是觉得亏了。"有一天，她对张勃兴说。

她发现那卡在自己的手里却无法花，并不是她不知道密码，她是无法说服自己。这个八十年前"闯关东"的后代，祖传三代在东北开豆腐房，家族遗传使她挣一分钱恨不得掰成两半花。

"你看你，事情已经过去了，李苹辞了，卡你拿着，我跪了半个晚上，还要怎样嘛？"

"卡拿着我又没办法花。"刘丽敏惆怅地说，一边低头用计算器加一天的流水。

"那你要怎么办？"

"我也要出去找一个！"

刘丽敏说这话时面无表情，像说着一件无关紧要的事。张勃兴没放在心上，他想老婆只是那样说说而已。现在，他只能利用买肉的机会，偷偷地和李苹约会一次。刘丽敏兑现了自己的诺言，她离开了饭店，她真去找了，那么找的是谁呢？几乎在第一时间，张勃兴想起了厨师老严，严国明。对，就是他，两个人同时失踪，不是他会是谁呢？让张勃兴困惑的是，这是不是也叫后院起火。

王府饭店的生意越来越火，老板夫妇产生了想扩大经营规模的想法。一天，一张招工广告贴了出去。两天之内前来面试的有七八人。四川姑娘李苹玲珑可爱，做服务员不错，两人一眼就相中了。而厨师的选择却颇费周折，不是手艺太差就是嫌工资低。最后刘丽敏推荐了严国明，说是在老家，会几样杀猪菜。一个早晨，张勃兴刘丽敏夫妇在青岛火车站等了三个小时，接到一个人，满嘴东北话，刘丽敏唤那人为"表哥"。张勃兴看见表哥长得高高大大，待人亲切，见面就喊他妹夫，心里也有些喜欢，这厨师就有了。但张勃兴发现表哥的厨艺一般，还说大话，没事喜欢喝两杯。王府饭店的规模扩大后，主打还是秘制卤肉，上门的大车司机很少点其他菜，大厨权当是个帮手，凑合着用吧。从此，张勃兴手握配方，只负责卤肉。那些平时自己干的杂活儿全交给严国明。

人闲出是非，忽然有一天，刘丽敏发现在后厨搂在一起的李苹和张勃兴。

经营学说，盲目的扩张反而会导致企业危机，王府饭店的教训就是如此。老婆和厨师跑了后，张勃兴一人挑起了饭店的经营。他起早贪黑，去集上买猪，在锅前卤肉，既当厨师，又当服务员，跑前跑后累得汗流满面。有顾客像是看出了端倪，嘴里嚼着肉问张勃兴：

"张老板，老板娘呢？"

"回娘家了——她妈死了。"张勃兴挥着手中的刀砍肉，一边气喘吁吁地说。

吃饭的客人哈哈笑了。

"再找一个，您现在是钻石王老五！"

"就是，三条腿的蛤蟆不好找，两条腿的女人多的是。"

张勃兴最快乐的事就是饭店打烊的时候。他把火调好，把早晨买的那半扇猪放入卤锅，给自己点一支烟，一边吸着，一边蘸着唾沫数钱，他吃惊地发现收入和平时差不多，而赢利当是三倍，因这一切是他独自一个人完成的。他得意地想起张氏卤肉第十二代传人——他的父亲在王台镇独自创业的时日，一个人推着小车沿街叫卖卤肉，风里来雨里去，也是一个人，现在王府饭店也由他一个人经营。"手艺和配方"才是真正的宝，人不算什么。

"都给我的滚，老子一个人干得了。"

张勃兴在心里骂着，锁上店门，骑上电动车坦然地去找李苹，再也不用偷偷摸摸了。

滋润的日子持续了一个月。一天，张勃兴从李苹的身上下来，小女孩提出了一个让他不得不认真对待的问题：正式娶她！张勃兴思考了一会儿就坚决拒绝。除了年龄，他觉得结婚很麻烦，女人很麻烦，现在的日子多好。但小女孩死活要嫁，说结婚后她可以帮张勃兴打理生意，她以前本来就是饭店的服务员，业务熟悉，还可以照顾张勃兴。"你一个人生活太辛苦了！"张勃兴听得既感动又紧张，但依然拒绝了。

拒绝归拒绝，李苹有自己的办法。张勃兴不答应，她就不给他开门，卤肉已经无法打动这个小姑娘，她想要更大的筹码。几次之后，张勃兴屈服了，他跑到律师事务所咨询起有关离婚的事。

我对离婚案件兴趣并不大。古人说，宁拆十座庙，不拆一个家。这几年见惯了太多的离婚案件，夫妻双方过不下去，分手，重新组合，这是他们的自由，但孩子是无辜的。另外，张勃兴的案子看着简单，实则难办——被告失踪。

而办不办已经不是我说了算，张勃兴隔几天就到事务所找我，有一次还给我带来了他的卤肉，我是职业人，便没理由不办。但我也告诉他，案子比较难办。时间可能很长，他说："不急，不急，其实是李苹急。"有他这句话，我放心了，案件立上后，就渐渐忘记了。本来就是个小离婚案。

一天，我突然接到办案法官的电话，"你那个离婚案被告的电话无法接通？"我想起张勃兴案件，实话告诉法官被告失踪。

"那我们就驳回！"法官毫不犹豫地说。按说法官不能这样做，但离婚案件特殊，委托人必须亲自出庭。

"他老婆失踪了，没办法才到法院，总不能让原告一辈子不结婚吧！"

"那你们提供被告失踪的证明。"

公民失踪的证明只能由派出所出具，刘丽敏的户口在浮山路派出所，我俩拐弯抹角，好不容易才找到。我出示律师工作证、所里的调查函，并把身边的张勃兴往前一推。

"他报过案，老婆失踪了，我们开报案证明。"半年前，张勃兴也曾报过案，想通过公安施加压力让刘丽敏回家。

警察低头翻看我的律师工作证，抬头看见了张勃兴，"胖子，我记得，你来报过案，但证明不能开。"

"为什么？"

警察把我的工作证丢了过来，"她没有失踪，我们查过了，在济南、苏州、哈尔滨都有住宾馆的记录。"说着他便在电脑上操作，"最后一次是在常熟，哪里失踪了？"然后，他看了张勃兴一眼，眼皮向上一翻，"老婆跟人跑了吧？"

又有红颜料漫上张勃兴的脖子和脸，这次还口吃了，"我……我……我……"我说："您就开一个吧，他要离婚，有了这个证明，法院就可以公告，然后判决离婚。"

"问题是她没有失踪啊。"警察有些不耐烦，而我想争取，没这个东西法院就是不公告。不公告就没法送达，没法送达程序都无法进行，更不要说解决实体问题——离婚。

"就一个证明，写他报过案，法院就要这个，您看？"我继续试探，声音很小。

"你这样说我更不敢开了。你是律师，公民失踪的法律后果你不会不知道吧？"说完了他瞪着眼睛看着我。我知道这个证明是开不到了，两个人悻悻然从派出所出来。

小巷里没有出租车经过，有很长的一段路，我俩只能步行，张勃兴在我后面走得很累，呼哧呼哧地喘着气，走几步我就要停下来等他。

"那怎么办啊？律师。"我给自己点了一支烟，一口一口抽着，张勃兴抬着个圆脸，像个孩子那样看着我。

"把你老婆电话给我。"我把烟头狠狠地在地上踩灭。

"经常打不通。"张勃兴抖索着从手机里翻出刘丽敏的电话，我用自己的手机拨过去，电话通了。

"我是张勃兴的律师。"那头沉默了一下，我还没说理由，语言就激烈了，"律师怎么了？许他在外面找，不许我在外面找？"

"可以，可以。"我笑着说。不能和她在电话里吵，要解决问题，就要沟通，我展开自己律师的游说本领，动之以情晓之以理，"你可以找，都可以找，你俩过不下去了吧，你到法院来，你们俩办个手续，然后各找各的，谁不欠谁的。"

"想得美，离了他去找那个小狐狸精？当我傻啊？门都没有。"

"你冷静点，你听我说，我是律师。"

"律师有什么了不起，我也请得起，想离婚，哼，老娘不会答应的，你告诉他想都别想。"

"你听我说，你听我说……"我还想说，电话的那头已经挂了，耳机里传来嘟嘟的忙音声，再拨过去是占线。

我们两个沮丧地往回走，就像两个战败的逃兵。

我去法庭找法官，告诉她派出所不出证明，案件无法进展。法官笑嘻嘻地说那她只能驳回起诉。我说没有说送达不了就驳回起诉的，还可公告送达啊。她说是，可你们提供不了失踪的证明啊。她看着焦急的我，又安慰道，离婚案件得慎重，你告诉委托人吧！你们撤诉，我省得驳回了。

"那要是这样，法律都没办法，委托人一辈子离不了婚？他又怎么结婚，他还要抚养孩子呢，以后的日子怎么过？"我说。

"没办法，这是规定啊！"我看法官有些心软了，又趁机说，"那女的其实跟别人跑了，我委托人是开饭店的，老板娘跟着厨师跑了。"

"有这样的人？"

"可不！"

"过不下去就分，没必要这样折磨人，这女人心真狠。"

"那怎么办？你是法官，你说了算。"

法官不吭声，沉吟片刻，"其实，还有个办法。"

我好像看到了希望，"那您就帮帮他，您处理过很多这样的案件。"

"女人离家一般是回娘家，你把她娘家的地址给我们，我邮寄送达诉状和传票，一般人不知道寄的是什么东西，只要邮局人送达就会签收，开庭不到，我们就可以公告，也算打个擦边球，但结果会判决不离。"

"那有什么意思？折腾一圈最后还是一个不离？"

"这是程序，六个月之后，你们可以重新起诉，两次公告送达，拖延下就满两年了，那时候她不出现，依《婚姻法》第三十二条，可以判决离。夫妻分居两年，可以判决离婚。"

"就不能直接判离婚？"

法官摇摇头，"谁有这胆？婚姻案件，当事人必须出庭，没见一方出现就能判离婚的。"

我把法官的意思告诉张勃兴，"要等两年啊！"他很失望，这段时间，他又当爹又当娘，一个人看顾店，整个人瘦了一圈，我同情他，但没有更好的办法。

我说："不这样，你离都离不了，更别想结婚，法律就这么定的。谁也没办法，离婚不是件简单的事。"说完了，我想起他找我起诉时说过的话，就说，"反正你也不急，什么也不缺。"

张勃兴笑了，脸又变红，"我无所谓，就是李苹那边急，这么长时间了，说她要个名分，两年就两年吧！"张勃兴呵呵笑了。

法官按我们提供的刘丽敏娘家的地址送达了起诉状和开庭传票，邮件被签收，开庭时刘丽敏果然没出庭。法院在报纸上进行了公告送达，公告期六十天，加上举证和答辩期，虚拟的开庭时间定在了12月5日，差不多是四个月后。向法院交了公告费后，我就把这个案子渐渐忘了。有一天突然接到法官的电话，"后天开庭，没忘了吧？"我心里一急，哪个案件，一点印象没有？"就那个离婚的，公告期满了。"我恍然大悟，想起了张勃兴的案件。挂了电话，我急着给张勃兴打电话，告诉他开庭的事。那天我们俩早早到了法院，如我所料，刘丽敏根本没有来法院。张勃兴说，她换了号，现在他也不知道她去了哪里。法官把一张提前打好的判决书发给我们，核心的话就是最后那句：判决原被告不准离婚！

折腾大半年等于什么没得到，张勃兴有些失望，好在我提前给他讲过，他有心理准备。

我们两个要出门，书记员让交公告费，张勃兴不高兴了，"不是交过了吗？"

书记员解释说："上次交的是送达诉状和传票的，这次是判决书。”

张勃兴一边掏钱，一边嘟嘟囔囔，“没用的东西还要交钱公告，半扇猪又不见了。”

“是，只有公告且期满，你手中的判决书才生效。”

“法律真麻烦。”

张勃兴骂骂咧咧地从法院出来，我把他送到王府饭店，他非要拉我吃饭，让我尝尝张氏卤肉第十三代传人的手艺，跑到厨房切了一盘肉上来，那肉香气扑鼻，肥而不腻，真不错。他开了两瓶啤酒，给我倒上，我们俩慢慢地喝着。过了一会儿，李苹来了，穿着高跟鞋，像鹿一样迈腿走进饭店。她脸只有巴掌那样大，但皮肤特别白，一笑就露出两个尖尖的虎牙。那时候天已经有些冷了，她还穿着丝袜，身上穿一件很长的毛织裙子，腰里系条皮带。张勃兴把判决书递过去。她仔细地翻到最后一页，“判决原被告不准离婚啊！”像是张勃兴不准他们离婚，她怒气冲冲地把判决书扔给他，然后就噘起嘴不说话。

“吃块肉，吃块肉。”张勃兴像自己做错了什么，小心地赔不是，“六个月后，再起诉法院就判决离了，法官说了这是程序。”

李苹的脸色有些缓和，“我听说了，打官司要关系，有好律师的话肯定能离。”然后她觉得话说错了，看着我脸红了。

张勃兴给她倒了一杯啤酒，“再等等，好事多磨嘛！”

李苹把杯子用食指和中指握了，小心地喝一口，瞪着张勃兴说：“我才不急呢，我是关心你，看你过得这么难，不然我才不管呢。”

张勃兴嬉皮笑脸地说，“其实我们早就是一家人了。”

“去你的。”

我感觉该走了，就说六个月后再说吧，实际时间可能还会更长，因为判决书也要公告。

"你记着就行。"张勃兴把我送出来说。

这案子就暂告一段，也算是结案了，很长的一段时间我再也没想起。一天，我办事经过王台镇，猛然想起张勃兴的案子，快一年了，可以重新起诉。根据《中华人民共和国婚姻法》第三十二条，分居满两年可判决离婚，这次法院该判决离了吧。

我找到王府饭店，下午三点，阳光很烈，远远地看见张勃兴坐在门前写有"青岛纯生"的阳伞下打盹，他好像比以前更胖了，我过去拍拍桌子，"喂，醒醒！"两只睡意蒙眬的眼睛睁开了。

"律师，怎么是你？"

"你那个离婚案，现在可以起诉了。"

"哦——"张勃兴清醒过来，拉过一把椅子让我坐下，然后压低声音说，"不上诉啦！"随后用眼神示意店里。我看见一个又白又胖的女人系着白围裙正在给顾客称肉，活脱脱一个女版张勃兴，两人长得太像了，只是性别不同。

"她回来啦！"

"谁？"

"刘丽敏。"

"哦！"

"那你俩还离不离？"

且说这一天王府饭店要打烊了，张勃兴正要关门，看见饭店的门口坐着一女人，头发散乱，怀中抱着一个包。

"喂，您找谁？"张勃兴向她打招呼，突然间嘴张大了，"丽敏，怎么是你？"

"勃兴啊！严国明是个骗子啊，他把钱都骗走了。"

那是张勃兴自结婚以来最理直气壮的一次，他坐在凳子上，跷起腿不说话。刘丽敏的哭声更大了，"勃兴啊，还是你好！"张勃兴不为所动。刘丽敏哭了很久，哭够了，她从跪着的地上站起来，狠狠踹了张勃兴坐着的凳子一脚。

"站起来，这事你错在先，你不找那个小狐狸精，我会找人？我会离家吗？钱会被骗吗？倒是我一个人的错了？"

如此，张勃兴就气虚了，双方决定互不追究，扯平，继续经营王府饭店。

"那李苹呢？"我问他。

"嗨，走啦，和她一个小老乡，还欠了房东两个月房租，我交的。"

这时女人已经称完了肉，张勃兴冲店里喊一声，"丽敏，你来下，律师来了。"女人在围裙上擦擦手向我走来，我站起来和她打招呼，"呀，你就是那个律师？"她用手指点着我，"咱俩通过电话。"

我说："是。"

她从桌上的壶里倒了一杯茶水双手递给我。

"律师，谢谢你没有办我们离婚！"

手记
八

火车

雷振军娶了比他小八岁的小西，结果小西产后抑郁，一言不合就动手，甚至假意跳楼，终有一次，弄假成真。雷振军为此竟然坐了三年牢。

NOTE 8

1

"那姑娘不错！"我还想说她本科，身高一米六，家里有房，街道办事业编，也算在政府上班。李飞却从座位上站起来，歉意地朝我笑笑说："没感觉啊！"便逃也似的出了事务所的门。

我一个人在办公室发呆。

进入3月，我变得心事重重，忙着说媒。我对自己从事律师行当十年来办过的七起离婚案件惴惴不安。我常常安慰自己，是委托人要离婚而找律师，不是律师让委托人离了婚。但我们这个社会，有些事说多了，就会变成真的。他们说办离婚案件损阴德，折寿，弥补的最好办法是说媒，离一对，说合一对，这样就抵了。而几次尝试之后，我失望了，说媒的难度不亚于办离婚案件，我连自己的徒弟都没法搞定。

雷振军就是在那时候进了我的办公室，身上穿着标志性的带道的铁路制服。他在沙发上坐下，半个身子还高出桌面。那架老式的沙发不满意了，吱嘎吱嘎抗议着。一生坐火车无数，第一次和一个火车司机如此近距离面对面，我感觉眼前有火车呼啸而过，耳边传来车轮撞击铁轨发出的哐当声。

"律师，你看，她打的。"

雷振军把帽子摘下来，油光发亮的后脑勺上有个疤，有半个拳头样大，成暗红色，早已痊愈，像是人为打了个补丁。

我一个在省妇联工作了二十年的同学告诉我说，21世纪了，离婚案件中半成以上还是因为家庭暴力，丈夫打妻子。而女人打男人，我还是第一次遇见。再看这火车司机，身材高大，孔武有力，谁又能打得了呢？

雷振军又挽起裤腿、袖子，用手指着说："你看，律师，这儿，还有这儿，这儿。"我探起身，看到伤痕累累的胳膊和腿，还有一颗同样伤痕累累的心。

"真的？这都是她打的？你不会还手？"

火车司机将头低下，后脑的屈辱越发明显，"还手？我怎么能对女人动手呢！"

"也是！"我跌坐回椅上。

"单说后脑勺的这次，除夕夜放炮仗，我说我来，她就抢，我不给，哪有女人玩这个的？她不高兴了。从院子回来，两人一声不响地吃完饺子。我在窗户上看万家灯火，看烟火在黑夜里绚丽绽放，又湮灭，盘子就从脑后飞来。"

雷振军把两只胳膊肘缓缓地升起放在膝盖上，手蒙着脸哭了。一个男人的眼泪让我手足无措。我不知道如何安慰他。我从桌子上抽出几张纸递过去，他强压住声音，大声地喘息，又突然觉得这样的哭有失身份，便硬生生地憋了回去，擦着泪笑了，"失态，失态！"

好律师也是心理咨询师。我和那火车司机聊了一上午，始知他二婚，妻子比他小八岁，还有一个儿子，在铁路小区有一套八十五平方米的公寓。我安慰道："女人嘛，你不要和她计较，让一让，哄一哄，她们想法简单，买几件新衣服，还有……"

"也哄，也买新衣服和礼物，还带她玩，开始管用，可后来，她手中拿着礼物说，大雷，你为什么对我这么好？你肯定做了什么对不起我的事。"雷振军痛苦地说。

"这，她说就让她说，女人都这样，就当没听见，实在不愿意听你就走开，我老婆也爱唠叨，女人的天性。"

"唠叨倒不怎么唠叨。就爱哭，说我不爱她了，然后就摔东西，碟子碗啊什么的，但越来越厉害，有一次把电视机砸了，还威胁说要跳楼。"

"要是这样的话，还真得离了。"我喃喃地说。

话虽这样说，但我还是不愿意办离婚案件。离婚要解决两个基本问题：一是子女抚养，二是共同财产的分割。我突然想起一个问题。

"孩子多大？"

"去年底生的，十个多月吧！"

"那这婚你离不了，根据《婚姻法》，女方在怀孕和哺乳期内，男方不能提出离婚。"

"那就没办法了？"

"基本这样，要说有办法……"

"快说。"

"让女方自己提出来！女方提出是可以的。"

"哦。"雷振军似有所悟，坐了一会儿，从桌上拿了一张我的名片出了律师所的门。

2

离开律师所的雷振军去了省城。雷振军在火车上工作，上二休四。这一天他休息，同事看见他又上了火车。他年轻的妻子小西也同行。她身上穿着厚厚的羽绒服，头戴一顶毛织的粉红色帽子，戴着口罩，没法看见她的脸，两只眼睛惊恐地躲着看她的人。她依偎在雷振军的身边，就像个孩子。

同事说："大雷！去旅游啊！"

"哪里，出去转转。"

小西羞涩地向雷振军的同事挥挥手。

火车到了省城后，他们搭车去了医院。医生是一个曾经求雷振军买过火车票的朋友介绍的，很有名，中西医结合，还不乱开药。他们没有挂号，直接见到了医生。果然是名医风范，白大褂干净整洁，胸前挂着听诊器，戴着一副眼镜，桌子上还放着一副眼镜。他笑眯眯地看着两人，像父亲一样慈祥。

"赵军介绍的您！"雷振军说，医生挥挥手打断，显示在他眼里病人都一视同仁。他看着坐在面前的小西说。

"有什么症状啊！"

"这个，也没有明显的，要说有的话就是爱吵架！"雷振军说。

"让她自己说。"医生又打断雷振军，但小西呵呵笑着就是不说话，问多了就把头低下。雷振军看着着急，医生换上桌子上的另一副眼镜开单子。一上午，夫妇俩像在赶路，坐着电梯上上下下，验血，X光片，CT，一项一项流水样做下来，还看了妇科，是什么病也该知道了。而名医手中握着一沓检验单皱着眉头不说话。雷振军的心里七上八下，他希望医生宣布妻子是有病的，那样他就会原谅她平时的所作所为，因为她有病，谁会和一个病人计较呢？他还会从此爱她更深，患难见真情；但他又希望医生说："嘿！什么病没有，回去吧。"谁不希望自己的亲人健康呢？

　　医生在白大褂下的兜里摸，摸出一张一百元的票子，在小西眼前晃："多少钱？"

　　"一百元。"

　　"很好。"医生又掏出一张十元的，"这个呢？"

　　"十元。"

　　"这两个加起来呢？"医生左手拿着一百元的，右手拿着十元的，一起晃。

　　小西深思一会儿，"说钱数，加起来是一百一十元，说张数，加起来是两张。"

　　医生点点头，遂停止问话，手快速地在纸上飞舞，沙沙作响。雷振军小心地问："正常吗？"医生点点头："一切正常。她都回答了两个问题！吵架是心情不好，你多让着点，男人。吃点中药调理调理。"雷振军长舒一口气。医生把处方交给雷振军，"你们这些家人啊，就希望查出有什么病来。"雷振军感激碰到了好医生，见上面写着：朱砂安神丸逍遥丸各三盒。

3

　　服药后的小西病情果然有所减轻，她开始对孩子变得有耐心，也收拾家了，对老人很客气。雷振军觉得虽然花了一千多块钱，但省城之行还是值得的，他想吃完后，再买几盒，反正中药不贵。

　　然而时间不长，一切如故。这天雷振军在隆隆的火车上连续待了十四个小时，黄昏时刻回到家，虽说中间和副手轮换，休息了四个小时，但当他坐在沙发上时，好像还是在火车上，脚下总在晃动，他想使自己稳定下来，而女主人的号令却一个接一个发来。

"大军，水开了。"

"大军，宝宝哭了。"

"大军，我饿了。"

雷振军像陀螺一样在屋子里不停地转来转去。在他上班的两天里，他的母亲扮演着他的角色。好在自己休息时，母亲可以回去。再看那发号施令者，她嗑着瓜子，两眼紧盯着电视。雷振军觉得胸口有团火在燃烧，他想冲她吼。可想起医生和律师的话，"她是女人，让让，你哄下！"他又忍了，轻叹一声去厨房做饭，但米袋是空的。他看见柜子里还有挂面，就摘了几叶几天前剩下的菠菜，做了两碗鸡蛋挂面。饭盛好后，他端到茶几上。看电视的人两眼还盯着屏幕，她接过雷振军手中的碗，扒拉着吃几下就重重地蹾在茶几上，"难吃死了！"手哆嗦着又伸进零食袋，两眼仍盯着电视。雷振军吃完自己的又把那剩下的半碗吃了。

孩子会爬了。他喝完了牛奶，把奶瓶滑向枕头一边，自如地翻过身来，他看见床边的塑料玩具，像第一次发现俯视与仰视的截然不同，小眼睛亮了。没有人逗，他咯咯笑了下，开始往前爬啊爬，他把手伸出去，想够到那玩具，够啊够，够着了，人生最初的行走却以失败告终，他一手撑空从床上掉下来，"哇"的一声哭了。

雷振军就是在那时爆发的。

"你能不能动动？"他冲着沙发上沉溺在韩剧中的小西喊。

这下小西终于动了，她从沙发上站起来，瞬间像变了一个人。发如乱草，嘴眼暴突。

　　——说！说啊！你说啊！说你要和我离婚，不过了，这日子没法过了。

　　雷振军在心里祈祷着。他想起律师的话，"女方是可以提出离婚的！"他希望小西把这样的话讲出来。女人逼急了都这样冲男的喊。然后两人一起去办手续，孩子由他和母亲抚养，那样他就解脱了，但是小西却什么也没说。她的嘴唇哆嗦了一下。雷振军感到的是恐怖，根据经验，接下来应该有东西向他飞来或小西挥舞双手扑过来，他本能地观察了一下周围，看有什么安全地方可以躲避进去。

　　盘子掉地上了，发出碎裂的刺耳声，好像墙角的花盆也倒了，而孩子的哭声更大了。

　　小西快速地在地上转着，像焦急的鬣狗，她在寻找着，寻找有什么东西可以抓到手上摔出去，落到地上或雷振军身上什么地方都行，她只想释放，只有释放后才能归于平静，但她没找到可抓的东西，她的两只手举在空中无处可落。于是她改变方式，轻盈地跳上了窗台，快速打开窗户，把一条腿跨出去。外面是十二层的高楼，雷振军快速地冲过去，一把椅子被撞翻在地上。

　　"你说，我敢不敢跳？"

　　"你敢，你敢。"雷振军手抓住小西的胳膊，小声地回答着。这场战争他彻底输了。

　　雷振军把小西抱下来，像哄孩子一样安慰，很久，母子两人都安静了，又一起睡着。看着狼藉满地的客厅，雷振军后悔得要死。"忍忍！"朋友长辈律师医生他们都这么说，为什么不忍？你都忍了几年了，又不是不知道。"惹不起就别惹！"他在扫地的时候心里想，他认为自己做了件毫无意义的事，徒增了家务量，还要去街上补几样碗碟，玻璃茶几的一个角碎了，也要换一个，简直窝囊死了。

当当当、当当当。有人敲门。雷振军打开门，是铁路派出所的王警官，邻居报警了。

"大雷，怎么回事？"

"电视开大了！"

"哦！那就好。"

雷振军把王警官送到走廊，觉得自己麻烦了警察，心里很过意不去。王警官看着无助的大个子，爱莫能助，他曾不止一次地光顾火车司机的家，但警察没法介入婚姻事务，在走到电梯口时，他回过头来说，"电视机开大了——大雷，你会成为哲学家。"

"什么意思？"

"有一次苏格拉底的老婆把一桶水泼到苏格拉底头上，你猜他怎么说？响雷过后，必有暴雨！哈哈哈。"

"呵呵！"雷振军跟着笑。在跨入电梯时，王警官回过头，像只有对铁哥们儿那样说："离了算啦！"

一声长鸣，"和谐号"吐着白气进站了，人流像水一样从车厢涌出，迅速占满站台，很快又四散不见了。

雷振军肩头挎着写有"济南铁路"的旅行包，站在月台上茫然不知去向。他抬头看了下天，转身向西走去。深秋的太阳在铁轨上闪耀，他一步一个枕木地跨过去，很快就出了车站。两条铁轨无尽地伸向远方，越走越远，他知道哪怕走到天边，两条铁轨永远也不会相交重合，甚至有一点点的靠近，当然，它们相伴也不会远离。

他步行了十公里，太阳落山时到达了西站。张莲花埋头在库房门口清点工人送来的被缛和枕套，"47、48、49……"然后在本子上记下，那是刚从卧铺车上换下来的。她抬头，猛然间看见站在面前的雷振军。

"你忙，你忙。"雷振军怕打乱了张莲花，挥挥手，搬一把椅子在门口坐下来，张莲花就继续数起来，"52、53……"

张莲花的身材一点没变，雷振军心里有一丝安慰，觉得自己走了十公里的路是值的。他就那样一直坐着，看张莲花把最后一批包裹数完。然后，她过来坐在门口的另一张椅子上。那时已下班了，太阳落山，地上的寒气上来，两人你看看我，我看看你，都没有回家。雷振军觉得应该说点什么，清了下嗓子。

"昨天 NBA 那场，我在火车上？"

"哦！火箭输给了公牛。"张莲花说。

又沉默了，张莲花觉得雷振军有些心神不定，就说："一起到街上去吃点？"

"不去了。"雷振军摇摇头。

"那，去食堂？"

"不了。"

"她还是那样？"

"是，一急就发脾气，要死要活。"雷振军苦笑着说。

路灯亮起时，张莲花把雷振军送到公交车站，雷振军上了 3 路车，回过身向她招手再见。

五年前雷振军有一段婚姻，老婆是他铁路上的同事张莲花，是铁路特招的乘务员，其实是打篮球的。为了取得好成绩，总段从体校专门招来一批特长工。铁路系统篮球赛结束后转为乘务员。雷振军喜欢打篮球，张莲花有一米七八，亭亭玉立。一来二去两人就认识了，有一段时间还跑同一趟车。有一年的"五一"，两人跑到工会开了一张证明，又到民政部门办理登记手续，然后偷偷住到一起，这便合法了。两人一起布置新房，贴喜字，只等着举行仪式了。

一天，火车晚点两个小时，雷振军回到新房，看见还没举行仪式的新娘和一个人在他们新房的床上。那个人秃顶，戴着金丝眼镜，肚皮上的肉像山丘一样隆起。雷振军觉得这个陌生的人有些眼熟，仔细看原来是他们总段的段长。以前他常常在大会的主席台坐，现在却躺在他的床上。

雷振军捞起一把探轨的铁锤向段长砸去，张莲花却拼死拦住了他。两人扭到一起，段长穿起衣服仓皇而逃。

将要举行的婚礼取消，这在分局成了一个谜，有很多的人等着吃雷振军的喜糖，他和张莲花那是天作的一对啊！

有一天，雷振军去接班，去得早了，就一个人在角落里抽烟。他听见隔壁有两人说话。

"证也领了，要摆酒席了，黄了，真怪。"

"听说雷振军小子那方面不行。"

"不可能，他长那么高。"

"哈哈，这事与身高没关系……"

雷振军转进去，发现是勤务班那个叫"瘦猴"的，一起打过一两次球。他一进去，两人就不吭声了。雷振军什么话没说，一把，把"瘦猴"拎到了厕所，并要解开皮带。雷振军手劲大，衣领勒得"瘦猴"喘不上气来，他涨红着脸，说："雷哥，我错了！"却发现雷振军的眼里浸满泪水。

雷振军和张莲花又去了一趟民政局，红本换成绿本，一场没有形式的婚姻结束了。

"我只想问下，为什么？"从民政局出来，雷振军说。

"他说可以把我弟弟招进铁路。"张莲花低着头说。

雷振军大踏步向前走去，前面是他们的火车站，主楼高高耸起，拎着大包小包的旅客像沙丁鱼样涌入候车室。他分开人流走了进去，既没有出示证件，也没有向保安打招呼，甚至没向周围的人看一眼，但没人阻拦他。

一天晚上，总段家属院发生了一起案件。段长在家属楼下被人暴打，四根肋骨骨折。铁路公安处调取了监控视频，并拿到医院病房让段长看，光线虽然有些不清，但大家似乎猜到那个高个子黑影是谁。

段长摆摆手，"算了吧，也看不清。"

第二年段长悄然退休回了北京。

雷振军一直单身着，介绍对象的很多，但他从不相亲。奇怪的是张莲花也没有再嫁。这样过了几年。一天，雷振军退休多年的母亲来到他的公寓说："我就要死了，你让我怎样去见你爸？总不能让雷家断了香火！"雷振军看见母亲的头发全白了，他对父亲没什么印象，甚至没见过几次面。他的记忆里父亲就是桌子上那个在镜框里时常默默看着他们的人。母亲说那个人在修成昆铁路时出事故死了，现在他必须对那个人家的香火负责。

"雷子，妈身体还可以，你们生了孩子妈帮你们带。"

"好吧！"雷振军看着母亲近乎乞求的眼神答应了。

很快，球友们看见雷振军打球时，场边有一个漂亮的女孩在看，雷振军每投进一个球她就兴奋地喊，而休息时，她会殷勤地把水杯递过去。不到半年，雷振军就给他的同事和球友发喜帖，女方就是在球场边鼓掌的那个女孩，雷振军说："叫小西。"一个球友开玩笑："老夫少妻，你小子艳福不浅。"雷振军咧着嘴笑了。小西羞得脸像块红布。

4

这一天突然就爆发了。过程跟先前差不多，先是摔了什么东西，然后孩子响亮地哭叫，雷振军已经见惯了，但这次他没有按原先的剧本走，他平静地说："是，我对你关心不够，那你和我离婚吧！"他想起律师说的，男方没权利提出离婚，但女方可以。"离婚！"小西嘴里念叨着，像是第一次听到这个词。她不知道如何应对，又习惯性地骑上了窗户。

"你说我敢不敢跳？"

雷振军麻木了，这次他不想说"你敢，你敢"，然后上前拉着手求她。他有些疲倦，懒得动，他说了句与往日相反的话："你不敢！"

雷振军的话让小西感到意外，他没有像以前一样快步跑过来抓住她，小西就一条腿跨在窗户上不知所措，她已经没有退路。

"你说我敢不敢跳啊？"她重复着，连她自己都感觉这样的喊叫空洞无力。

"你不敢！"而雷振军像是在赌气，"你不敢！"他又重复了一遍，但如果他知道接下来的结果，他肯定会后悔，可说出去的话真像泼出去的水收不回来了。

雷振军抬起头时突然感觉窗户上有个黑影掠过，接着眼前明亮了。他扑向窗户，试图抓住那个影子。只见小西向楼下快速降落，雷振军闭上了眼睛。那一刻他想起第一次和小西相见的一幕。他到理工大学去打球，休息的时候他和一个球友瞎聊，他给那个大四的男孩说："给哥介绍个美女。"自从答应母亲结婚后，他认真起来。有一天那个男生就把小西领到雷振军面前。小西高高的身材，留着长长的头发，看见雷振军时羞涩地低下了头。她正是雷振军想要的那种女孩。他们这样就认识了。记不清是哪一天，两人住到了一起。雷振军发现小西什么都不会，甚至煮面条这样的事，可这有什么关系呢？"你是我的女儿。"他对小西说，"我会照顾你一生。"从此，雷振军下班时，小西总是到火车站来接他，他便和那些旅客一样，有一种回家的感觉。开始，小西的父亲反对两人的婚姻，年龄差距太大，但当他们见了雷振军后，发现他老实可靠还有固定的工作，就默许了两人的关系。那年七月，小西毕业后，两人就举办了婚礼，婚礼在总段引起了不大不小的轰动。王老五雷振军终于结婚，新娘像公主一样漂亮。婚后，小西在一家公司做销售，第一个月没完成业绩，不等主管提出，她自己就辞职了。雷振军的工资高，又有房子，小西有无工作无所谓，而她很快怀孕，就再也没有工作了。

楼下的监控显示，小西的身体从十二楼掉下，"啪"的一声，像摔碎的西瓜落到三米开外的小区花坛旁。有几户开着窗户的人家赶紧关上窗户，不久就有救护车鸣叫着进了小区。

5

一天，一位满头白发的老太太怀里抱着个小孩来到我的办公室。那孩子还不会走路，他一手抓着嘴中的硅胶奶嘴，咿咿呀呀，一只手挥着，拼命地要挣开老人的怀抱。老人坐下后在自己的兜里掏啊掏，掏出一张名片递给我。

"哎，这不是我的吗？"我拿到手中看。

"我在他家的茶几上发现的，雷振军给我说起过你，我按这个地址找来了，律师，您看怎么办？"她眼泪下来了。

接受辩护后，我先去看守所会见了雷振军，两个多月不见，人反而胖了，但头发却白了，光头上新出的白发就像冬天煤堆上撒了一层薄雪。见他之前，我已经阅过卷宗，对案情知悉，对于案子我俩没过多谈起。我对他说孩子和他母亲挺好，让他放心。雷振军连声说谢谢。聊了一会儿，我说："那你还有什么要求呢？"

他摇摇头，"没什么要求，我愿意接受法庭的任何判决！"

从看守所出来，我想起雷振军第一次到律师事务所的情形，他身上的那些疤痕。如果法律没有规定怀孕和哺乳期内男方不能提出离婚的规定，雷振军和小西离了婚，那后面的悲剧还会发生吗？

打听到案子的公诉检察官，我想探探他的口气。人们常常看到律师和公诉人在法庭上唇枪舌剑。在做律师这么多年后，我觉得提前和公诉人见见面，谈谈双方的观点及对案件的看法，有时效果反而更好。我认为雷振军不涉嫌犯罪，小西是跳楼自杀。

检察官摇摇头，"他的身份是丈夫，看到妻子要跳楼，他有义务阻止。他却没有。"

"他阻止了。"我说。

"你看看那几份笔录，被告人不但没有阻止，还说，你跳啊跳啊！使受害人受到一定的刺激。"

他完全可以不这么说，我想。"我们要重证据而轻口供。"我说。我给他讲了雷振军和小西的吵架，派出所曾多次出警，小西也不是第一次要跳楼。

"这个我知道，但这是另一回事，可作为减轻和从轻的情节。"

从检察院出来，我改变了为雷振军无罪辩护的观点。起诉书指控雷振军涉嫌过失致人死亡罪。根据刑法，量刑范围在三年以上七年以下。情节较轻的可判处三年以下。我决定给他进行罪轻的辩护。我认为小西有抑郁症，即便被害人有过错，在法律上可以减轻对加害人的处罚。两人经常吵架，邻居都知道，我请他们出具了证言，他们说大雷很好，就是媳妇太刁蛮，开庭时他们甚至愿意出庭作证。我又到铁路派出所复印了两人吵架时报警的出警记录。我还去了省城，找到了为小西看病的医生。请医生出具一个小西就诊的经过和症状。医生听到小西的死亡非常震惊，他不认为小西有什么病。我给他讲了案件的发生经过并让他看了案卷复印材料和邻居的证言，医生好像恍然大悟，"啊，我想起来了，是不太正常，不爱说话。"但听到我让他出证明却死活不愿意。我拿出来小西的门诊病历，"你要是不愿意，这上面有你的签名，那就让法院来找你，任何人都有作证的义务。"他才惜墨如金，写了几句话，大意是患者不愿说话，初步断定有产后抑郁症等，然后签上自己的名字。

最关键的一关是取得被害人亲属的谅解，要想对被告人减轻处罚，取得谅解书至关重要。我对这个没有把握，一天下午，我试着拨通了小西父亲的电话，我说我是雷振军的律师，想见见他们。没想到他们痛快地答应了。我在四方区一个很旧的小区里七拐八拐才找到小西的父母。两人还沉浸在失去女儿的痛苦之中。对我提出的谅解意见，他们答应了，"一个已经不在了，孩子还要照顾呢！"他们在谅解书上签了字。

老太太给我倒了茶水，我边喝边问："你女儿究竟是个什么样的人呢？"

老头抽着烟说："自小宠坏了，心思不对就发脾气。批评几句就哭，后来就没人敢说。"

老太太插话："还不都是你惯的？"

老头低下头，"是我，是我不好。我以为女孩子家，只要学习好，将来嫁个好人家就行了，就什么也不让她干，要什么就满足什么，唉！其实是害了孩子！"老人再抬起头时，眼中浸满泪水。

"上大学时谈过一个对象，两人好了三年，后来分手了，也不知道是什么原因。"老太太补充说。

收到传票，我又给公诉人打电话，"我认为您的起诉罪名是对的。"他在那边很高兴，"本来就是嘛。"我说："那您建议法院量刑吗？"

他如果说三年以下，我想提议法官给雷振军判处缓刑。

"你问得太多了。"他警觉地说，然后挂了电话。

开庭时，我看到了雷振军的母亲，还有小西的父母。这是个不应该发生的案件。雷振军对当晚和小西的吵架经过叙述，没有任何隐瞒。法官说："看到她要跳楼，你为什么不去救呢？"

雷振军低下了头，沉默着，法庭上一下子变得很静。

我说："辩护人认为，他本来要去，可没来得及，而她跳楼也不是一次了。"法官就不再问。

举证质证阶段很快，双方都对对方的证据没有异议。检察官的控诉词很短，只强调雷振军作为丈夫，没有尽到施救的义务。我重点讲了家庭生活的不幸，甚至雷振军想离婚都没办法提出。我讲得连自己都有些感动，就更觉得他很不易。我向法庭上的人讲了从百度上下载的有关产后抑郁症的知识。我说："这是一种病，小西自己也控制不了自己。"最后，我建议法庭对雷振军判处缓刑。我说："孩子还要人抚养。"

一个月后，法庭判处雷振军有期徒刑三年，这大大出乎我的意料。我觉得判决有点重，但雷振军表示不上诉。

中秋节快到了，街上到处都是推销月饼的，我对这东西没兴趣。一天下午，我在办公室修改一份合同，雷振军的母亲来了，怀里抱着孩子，后面跟着一个女的，短发，高高的个头，手里拎着一份月饼。

"律师，我们来谢谢你，也想问下减刑和假释的事。"我赶紧收下月饼。

雷振军的母亲说她们去监狱看了雷振军，"他和莲花登记了。"她指着旁边高个女的说，那女的脸红了。

我说："至少要服刑一半，这个很麻烦，监狱报，法院批。"

"其实，扣了羁押期限，还有一年时间，我们只是想问下，当然越早越好。"

"他在里面怎么样？"我说。

"很好，我每月去看他一次，监狱还会给我们安排房子住一晚。他就是放心不下孩子。"张莲花说。

那孩子已经会跑了，他从奶奶的怀里挣扎着下到地上，跑到我身边，手抓着桌子抽屉上的铜扣玩。我伸出手指，刮了下他的小下巴，他笑了，露出上下四个乳牙。

"西西，别闹。"张莲花走过来抱起他。三个人出门而去。孩子爬在肩头挥手向我笑，我便记住了他的名字，"西西！"

我是你妈妈

少女周锦儿和一陌生男子发生一夜情，结果怀孕了。
姐姐因身有残疾生不了孩子，于是将计就计，认领了
周锦儿的孩子。于是，就有了说不清的故事。

NOTE 9

1

黑色的英菲尼迪 Q70L 终于擦干净了。我扔下手中的抹布，看见车玻璃上也有个我，一只手举在空中，茫然或欣喜——我想上去亲它一口，喜欢死这车了。

"很漂亮吧！"周锦儿在身后讨好地说。我不想理她，在西方，律师收费以小时计算，她这是第三次找我了。后保险杠左下方有一块泥点，我又捡起抹布，仔细地擦了擦。

"不过，不如一辆自行车！"

汽车怎么会不如自行车？我想问她个究竟，又猛然醒悟，这是激将法，她想和我聊起来，顺便谈起自己的事——不能上当，但买了新车的我实在心情好，就放松了警惕。

"哈哈，那你说说，汽车怎么就不如自行车？"

"你只要有钱就可以买到喜欢的车吧？"

"那是。"

"可当年，买自行车除了有钱还得有票，有了票才能买到车。在你这个岁数的时候，我已经拥有了一辆自己的自行车了。"

"嘻嘻，这样说来也是，那时的一辆自行车比现在的一辆汽车值钱！"我无意和周锦儿争辩。三十多年前的一辆自行车与现在的一辆汽车之间没有可比性，权当说值钱，让她高兴高兴。

见我笑了，周锦儿果然把话题引向她要咨询的法律问题上。

"你就当帮帮我呗！把我儿子的户口迁过来？"她的声音带着哭腔。

"你也不听我的。"我又发现一个泥点。

"这次听你的！"

"那就去法院告，你是原告，你儿子是被告。"

"难道再没有其他办法？"

"我是律师，只会打官司，还有，你没有跟我讲真话。"

这才是致命的一击，周锦儿哆嗦一下，像是被枪击中，在我面前缴了械。

"我说，我全说，你这个律师眼毒。"

周锦儿泪如雨下，打在印有"I can I play"的T恤上。今天她没有戴她的大白沿凉帽，头发有些散乱，阳光从树缝照下，刺激了她的视线，她双目眯起，眼角聚起细细的皱纹，但皮肤白皙，头发黑亮。要不是背有些驼——那是岁月给她的惩罚——你绝对想不到她是个六十三岁的老人。我想，这样一个人，如果时光倒退三十几年，也不失是个美人啊！我从Q70L后备厢取出两把钓鱼的折叠椅，将其中一把递给她。她泪眼婆娑地讲了起来。

2

那时，在遥远的东北牡丹江，二十二岁的周锦儿常常做一个梦。她梦见自己骑在一辆凤凰牌自行车上，白桦树一棵棵快速地向后退去，镀铬的自行车手把在阳光下发出耀眼的光，车铃丁零零地响起，她风一样穿过林间的便道。男职工停下手中的活儿，把目光投向她。

不单是周锦儿，林场的男人女人都怀有一个拥有一辆自行车的梦。秋天到来时，蘑菇像一个个水泡在地里冒出来。很多人捡蘑菇。晒干了，储存起来，作为冬天的菜，炖大肉炖鸡，味道鲜美。周锦儿把它们采来，让人带到海林的集市去卖。冬天，大雪封山时，她攒下了一百三十七元。她连自己都不相信，她的梦要实现了。她向场里申请购买自行车的票。票很紧张，每季度只批两张。因为是军属，周锦儿有幸得到了一张。

怀揣着一百二十元钱和一张方方的自行车票，周锦儿坐上北上的火车去海林。一路上想着骑上车子的美妙感觉。当她把钱和购车票兴冲冲递给那个售货员时，却听到一个沮丧的消息："卖完了！"

"不过，后天会到一批，是天津的飞鸽牌。"售货员说。

周锦儿走在海林的街道上，有些失望，但想到很快能骑上崭新的自行车，丁零零，车铃响着，从林间的小路上穿过，她又变得兴奋起来，"两天就两天！"可她马上陷入另一个难题：如果回去，两天后回来，来回要坐六七个小时的火车，还是先不回去了，但晚上住哪儿呢？不觉之中，她已经来到火车站。"就在这里对付两宿吧！"坐在候车室的长凳上，周锦儿给自己说。

几个穿戴着狗皮帽子的乘客从车站涌出，消失在街道上。海林是个小站，每天有四五班的慢车，到牡丹江的火车只停留几分钟。夜幕降临时，候车室里只有周锦儿一个人了。她坐在长凳上，四周寂静。眼前一个铁皮的火炉，死气沉沉，天慢慢地变冷。

"呀，你怎么不回家？"

周锦儿抬头，看见眼前一个人。他身上穿着蓝色的铁路大衣，身材挺拔，手里端着一簸箕煤要往炉子里加。在冬天，东北的男人都穿皮袄戴狗皮帽，眼前的这个男人很帅，身姿挺拔，像林间一棵松树。

"我晚上住这里了，还要住一天！我是来买自行车的，后天才到。"周锦儿怕这个人把她从候车室赶出去。

"哦，晚上太冷了，那怎么受得了！"那人把炉子捅旺，把煤加进去，火光映红他的脸，浓浓的眉毛，鼻子很高。周锦儿觉得身上一下子热了。

"把煤加满！"那人把候车室的门关上，走到二楼，回过头来对周锦儿说。

墙上的挂钟显示晚上的七点，秒针嚓嚓响着，天亮似乎是条遥远而漫长的路，看不到尽头。周锦儿把火炉捅旺，想起了一个人。一年前，林场里来了辆吉普车，下来几个当兵的。他们头戴雷锋的帽子，穿着黄色的军装，别提多威风了。其中一个他们称他为"教导员"，还上过朝鲜战场。他们给林场的工人讲了两天英雄事迹，听得坐在第一排的周锦儿她们眼泪直流。几天后，场长找到她，很神秘。"锦儿，教导员他看上你了，愿意不愿意嫁给他？"周锦儿脸红了，她从没想过这个问题。姐姐曾经说要给她介绍一个煤矿的工人。听了场长的话，她没说是也没有说不是，转身跑了。

有一天父亲回来说："那人叫董国栋，我们一起喝过酒了，年龄是有点大，但人不错，是关内的，还立过功。"一天晚上，吉普车停在周锦儿家门前。教导员从车上跳下来。指挥两个战士抬进门一袋大米，一条猪腿，又把两瓶酒，一条烟递给周锦儿的父亲。灯光下周锦儿看见董国栋的脸很黑，很粗。他看见周锦儿在看他，嘿嘿笑了。声音像是要把房顶的瓦片震下来。这事就定下了。

婚礼在林场里举行，喝了很多的苞米烧。蜜月没有度完，董国栋接到命令回部队了。他给周锦儿留下的牵挂是桌上穿着军装的一张两寸照片。她已经有一年多没见过他了。开始，当夜晚的风撼动树林哗啦作响时，她特别想那个人。渐渐地，那个人在她的头脑中模糊。只有看见桌子上的照片时，她才能想起那个人。她不知道他在哪里，有时也收到他的信，还给她寄过一次钱，周锦儿也向写着"963××部队016信箱"回信，但她真不知道他在那里。

皮鞋声又重重地响起，那个铁路上的工作人员又来给炉子加煤。他把火捅旺了说："还是到我的值班室去吧！那里暖和。"

周锦儿觉得有根绳子牵着自己到了二楼的值班室。屋子很干净，有一张三斗桌，一张单人床，墙上两幅伟大领袖的像。还有用大铁夹夹着，挂在墙上的文件。

"他给我倒了开水，还把自己值班的夜餐给我吃。我觉得像是在家里。"周锦儿讲到这里，脸上突然泛起一丝不易察觉的红晕。桌上的那个转盘电话响起过一次，周锦儿说，她听见他在电话中说："是，我是苏站长。"

"就是苏站长吧，至于，其他的，唉！实在想不起来了。"周锦儿摇摇头说。

"很浪漫啊！"我笑着说。

周锦儿脸红了，有些难为情，继续说。

两个人穿着厚厚的大衣，各坐在一把椅子上。夜渐深，床空着。被子一头，枕头一头。床像是祭祀的禁忌，无人敢触碰。

"你去睡吧！"一个声音有些犹疑，在黑暗中说。

"你去，我这样行。"周锦儿答道。

"你睡床，我坐凳子。"

"你去。"

"你去。"

两个人推辞了下，又沉默了。黑暗里，那个人的椅子动了下，在水泥地上吱嘎响了。这让周锦儿有些不安，她觉得有些热，想把皮大衣的领子解开，她动了下，想让自己放松，椅子也吱嘎响了下，反而让她更加紧张。虽然看不见，两人都有些尴尬。

"其实，挤一下，能躺两个人。"那个人说。

"嗯！"周锦儿的声音很低，像蚊子一样，她犹疑着是否向床走去。

一声汽笛长鸣，那人拎起桌上的马灯下楼去了。周锦儿觉得自己得救了，长出一口气。她在窗户上看见一辆火车鸣叫着从远方呼啸开来，那个人向着火车开来的方向，向上举了几下马灯。火车没有停，呼啸地开了过去。

等那人第二次进来时，周锦儿已经躺下了。她紧靠着墙的一侧，示意单人床还能睡一个人。那人脱了外套，在周锦儿身边躺下了。

昏黄的灯光下，那人穿着件黄色的绒衣，周锦儿想起丈夫也有这样的一件衣服。那人好像冷，上牙磕着下牙，嘴里呼哧呼哧地喘着。"你冷吗？"像是被传染，周锦儿说话的声音也颤抖了。"那，我抱着你，抱着就不冷了。"像是春天来临，周锦儿觉得冰雪融化，土地苏醒，活了，地下火热的岩浆奔流将他们融化。

"第二天，我在海林瞎转悠了一天，我盼望天黑，那天晚上我仍然住在苏站长的值班室，后来就怀上了周挺！"周锦儿说。

"那你们再没联系过，你也没找过他？"

周锦儿摇摇头，"他好像说起过，他是北京的，有一个儿子，还有一个女儿。"

周锦儿终于等到了梦寐以求的自行车，售货员接过早已点好的钱和"自行车票"，示意周锦儿把柜台前的一辆自行车推走。

从海林回来后的周锦儿心事重重，进入林场时人们看见她低着头。镀铬的自行车手把在阳光下发出耀眼的光，周锦儿没有骑着，她是推着走进来的。她把车子交给迎上来的父亲，转身进了自己的卧室。和衣躺在了床上。

后来职工也没有见周锦儿骑着车去上班，她仍然步行着去上班，穿过林场高高的桦树林。她的同事招娣说："锦儿，车子买回来是要骑的，不骑就放坏了。"他们经常看见周锦儿在阳光下把自行车推出来，一遍遍擦着，从车把手三脚架到轮毂。

有一天，她进到家门，听到父亲和母亲说话，母亲说："锦儿好像有心事？"父亲长叹一声说："嗯，可能是，我听说在部队营职就能随军了。"

周锦儿真的有了心事。晚上她总失眠，梦见火车轰隆隆开过。除了失眠，她发现有个东西在肚子里渐渐生长，隆起，只有她知道那是什么。周锦儿变得恐慌，出门时必须穿上棉衣。而春天就要来临，那时她再也不能穿着棉衣出门了。她常常去火车站，出神地看着火车鸣叫着开过去。她也想跳上火车，再去海林的火车站。

3

"五一"节，姐姐周宝儿回来了。周宝儿曾是林场的女民兵队长，一次投弹时受伤，右臂没有了。后来被特招到松甸煤矿。工人们下井时，她就在矿井旁，用左手把一盏盏矿灯递给他们。等他们回来时，又一盏盏收回。她一直单身。周锦儿有了说心事的人，她把在海林火车站发生的事情全部讲给了姐姐。"你胆子真大。"周宝儿用仅有的左手摸着周锦儿的肚子说，"几个月了？"

"应该有四个月了吧？怎么办？"

姐妹俩商量了一夜，第二天，周锦儿跟着姐姐去了远在敦化的煤矿。她们给父母和林场的人说："煤矿招工，锦儿要去当工人。"周锦儿随姐姐住进了煤矿的平房。五个月后，生下一个男孩。原想着送给别人，但一看孩子黑黑的眼睛，胖胖的身子，主意变了。周宝儿决定自己收养孩子，"我是个残疾人，没人要了，就当给我养老吧！"周锦儿"哇"的一声哭了。孩子随姐妹俩的姓，姓周，取名周挺。

那年底，董国栋探亲回来，他已经是边防某部的后勤处长。走的时候带走了周锦儿，她成了部队后勤招待所的一名服务员。第二年生下儿子董军。日子过得很快，儿子转眼三岁了。周锦儿有时也想起火车站的两夜，但最想的还是给了姐姐的儿子周挺。他比董军还大一岁。

一次，董国栋开会绕到黄甸的煤矿，回来时告诉周锦儿，"保姆回农村老家了，上班的时候周挺就被就反锁在屋里，每天吃扔在地上的馒头、面条，孩子脏得跟个泥猴样，还不及军儿高。"周锦儿听了难过得一夜没睡。第二天，她谁也没告诉，坐上火车去了煤矿。姐姐上班不在家，她打开门，孩子从房子的角落站起来，两眼直直地看着周锦儿，"他感觉我是他妈妈，不怕生，跑过来扑到我怀里。"周锦儿泪水长流，四岁的周挺身上穿着其他小孩的旧衣服，又瘦又小，严重营养不良。一个残疾人既要上班，还要带小孩，生活何其难哉！"这是我的儿子，我要把他带走。"周锦儿痛哭失声，抱起周挺就走。她在商店里给孩子买了新衣服，在旅馆里把周挺洗得干干净净。然后母子二人回到在部队的家。家人对新来的家庭成员很欢迎。董军对新来的哥哥很喜欢，终于有人陪他玩了。董国栋为妻子的爱心打动，他从没想过周挺是周锦儿所生，周锦儿也不说。周挺六岁时，周宝儿来过一次部队，她想把周挺接走，到煤矿上小学。"我是你妈妈啊——"周挺把头扭向一边，不看周宝儿。周宝儿掩面而泣，一个人出门回了煤矿。

1992 年董国栋退休，他们离开寒冷的东北，在青岛安家。周挺的户口仍然在黄甸的煤矿。从小学到初中，他只能借读，成绩一直不好。他主动放弃中考，到济南的蓝翔技校学了美发技艺。假期回来时，周挺用自己学的手艺给周锦儿做头发。周锦儿的头发油黑发亮。

"姨妈！你的头发真好！"周锦儿看见儿子比她还高。她无数次在心里说："我不是你的姨妈，而是你真正的妈妈啊！"但她总是没有勇气讲出来。她觉得当年在火车站既冲动又难堪。

"就叫妈，不要加那个姨字。"有一次，周锦儿讲了出来。周挺的眼神充满疑惑。周锦儿说："我带你这么多年了，其实也就是妈了。"

"是，妈。"周挺哭了。周锦儿也哭了。周锦儿曾劝周挺回东北一趟，想办法把户口迁过来。但周挺无法忘记小时的经历，死活不愿意再去煤矿一次。

2004 年，董国栋因患癌症去世，董军当兵留在了武警。周挺和同学去深圳打工，几年后开了自己的美发店。孤身一人的周锦儿想让周挺回来，也想在一个恰当的时候告诉周挺真正的身世。但周挺不愿意回来，他已经有了自己的事业，到青岛还有件麻烦事。他多次对周锦儿说："你要能把我的户口办到青岛，我就回来！"

于是周锦儿一次次往律师事务所跑。

"告诉她，你是他妈妈，你总是把简单的事情复杂化，自己背上包袱。几十年，害了别人，也害了自己。"我说。

"我怎么张口啊！饿死是小，失节事大，我没守妇道啊。"周锦儿痛苦地说。

"国外有个电影叫《廊桥遗梦》，那个女的经历和你差不多，只是没有孩子，他们的爱感动了很多人……"

"你说的是外国，我们是中国人。我也想过，老董会怎么说？周挺怎么看我，他会原谅我吗？我，我，我好不要脸啊！"周锦儿失声哭了。

"打电话，现在就打，告诉他，你是她妈妈。"

"……那能行吗？"

"有什么不行？你都隐瞒了二十多年，你的懦弱与自私不但压垮自己，也深深伤害了周挺。"

周锦儿没想到我这样对她说话，从没有人这样向她说过。她又悔恨又难过，哭着说："我罪孽深重，我自私，我懦弱，我打我打。"手却颤抖着无法找到周挺的电话。我抢过手机，找到周挺的号，拨通了递给她。我好像看见压抑多年的河堤决裂了。

"挺儿，我是你妈妈啊——"

我站起来走向远处，我想把这埋藏了二十多年独有的喜悦与悲伤留给母子单独品味。

半个小时后，我从事务所后面的树林散步过来，看见周锦儿一个人坐在小凳子上发呆。我说："怎么了？"周锦儿把手伸向我，一个红色的平板诺基亚手机横在手中。

"手机没电了。"

"那用我的吧？"我说。

"不用，周挺已经打车去机场了，他说要马上从深圳飞过来。下午我们就能见面了。"

"周挺说什么了？"

"我一个人说了，他光说，你说，妈你说。"

"那后来呢？"

"后来我的手机没电了。"

4

困扰周挺二十多年的户口问题因一句话解决得轻而易举。那一天周锦儿又来到我办公室聊天，她现在把我当成倾诉的对象。同事张律师进来讨茶吃，他听说了周锦儿的遭遇，用手中的水杯敲着我的桌面说："买房啊！买房落户啊！多简单的事。"一语惊醒梦中人。我到网上一查，果然有这项政策。根据青政发〔2007〕13号《青岛市人民政府关于进一步深化户籍制度改革的通知》第五条的规定："具有稳定经济收入或生活来源的外来人员，在市区（市内四区和三区）购买单套新建商品住宅建筑面积达到一百平方米以上，取得《房地产权证》，并实际居住的，本人及其配偶、未成年子女或成年未婚子女一次性迁入购房所在地落户。"周锦儿不放心，又亲自到公安局去询问，回来时手中拿着一张条，上面写着落户的条件与申请步骤。"我要把所有的积蓄拿出来给周挺买房子，让他回青岛！"周锦儿兴高采烈地说。思母心切的周挺出售了深圳的理发店在青岛买了房，如愿落了户。

一天，母子俩又找到我。"我还是不放心！"周锦儿对我说。"户口落回来了，可没法证明我是他妈妈，我想让他的户口落到我的本子上，将来房子也要给他。"

"这个好办，你只要立一个遗嘱，百年后房子就归周挺所有。"

"遗嘱？听着多不吉利啊！想想办法吧，律师，你总有办法，律师费不会少你的。"

我们向法院提起了一个特别程序的诉讼，请求依法确认申请人（周锦儿）与被申请人（周挺）之间为母子关系。法院受理案件后委托做司法鉴定。两人的 DNA 比对显示一致，最后法院判决书确认双方间为母子关系。依据判决书，周挺将户口迁至周锦儿的户口本上，困扰两人几十年的户口问题算是解决了。周挺将为了落户买的位于香榭丽景的房子又出售，在武夷山路上开了一家高档发廊。可惜那房子只当做一个落户的工具，在房产局做了两次变更。它的主人连进门看也没有看它一眼。理发店开业的那一天特意请了一家广告公司策划，热闹非凡，巨幅的彩条从空中垂下，还按照接待外国元首的待遇，鸣了二十一响礼炮。六十多岁的周锦儿穿着旗袍，容光焕发。我作为特邀嘉宾出席，并成了那家店的第一个客户，老板周挺亲自给我剪发。

　　周挺特意把自己的头发染成醒目的黄色，在头顶高高耸起，像个鸡冠那样。可能与从事的职业有关，他的皮肤又细又白，说话像女人，我有些不喜欢，"律师——好羡慕哥的职业噢！"然而手艺却相当精湛。我对他给我剪的板寸喜不自禁，站在镜子前，整个人好像年轻数岁，走出店门，我又自恋地站在茶色的玻璃墙前自我欣赏。周锦儿冷不丁从后边冒出来。

　　"律师，我不喜欢那女孩。"

　　"哪一个啊？"我用手按着左边的头发说。店里有五六个时尚的女孩，我不知道她说的是哪一个。

　　"周挺旁边的那个，你看，头发染得红红的。"

　　"哦！"

　　"可我还得答应！"周锦儿无尽沮丧地说。

　　"为什么呢？"

　　她压低声音，把嘴巴凑向我耳边，"肚子里有了——"

父子

二叔的前半生被前妻金学武耽误，后半生为儿子
操心，苦难深入骨髓……

NOTE 10

1

　　律师和委托人有时候会成为好朋友，我和刘军就是这样。照我看，我们成为朋友是基于两点：一是我给他办过一件业务，帮他要回了拖欠三年的一笔货款，他信任我；二是我们曾经都在青海待过很长时间，有共同的经历。刘军来青岛前在青海当兵，我还知道他娶了一位当地的土族姑娘为妻。不知什么时候起，我们就变得无话不谈。

　　一天，他找到我，想让我为他在青海涉嫌犯罪的一个亲戚辩护。听完后，我建议他不用聘请律师。因为那是个死刑案件。犯罪嫌疑人杀害了他继母的父亲，又是累犯，无论从法律还是道义，辩护价值不大，还要追进一笔不菲的律师费，请律师的意义不大。但刘军坚持要找个律师，并说这也是犯罪嫌疑人的父亲——吴振生——他二叔的意见。于是，在他的坚持下，我给他推荐了一名认识的当地律师。刘军平时话不多，那天他找我时带了两瓶青稞酒，那是一种产自高原的白酒，很烈。几杯下肚后，他的话就一发而不可收。那天下午，我听刘军讲他二叔父子两代人跨越三十多年的故事。有几次我们都流下了眼泪。我们干掉了两瓶五十二度的白酒，醉得不省人事。酒醒后，我怎么也不相信刘军讲的是真的。我怕自己忘记，就把它记了下来。

因为一些众所周知的原因，我做了一些调整。我把他的名字改了。把他生活工作过的铸造厂改成了水泥厂。故事还是那些故事，人还是那些人。我想你们看了他的故事，和我一起体会了"二叔"父子的悲伤和欢乐，这就足够了。在把这个故事公布出来时，我感受到前所未有的压力。我怕人们对号入座。因为故事中的一些人还生活在我们身边。

"我叔叔命苦！"

我记起刘军开始讲述时的神情，他喝了一大口酒，眼泪止不住下来了。

"其实，他不是我的亲叔叔。准确地说是我老婆的叔叔。"

"哦！"我点点头，把自己的酒一干而尽。

"我和老婆刚认识不久时，她就常给我讲起她二叔的故事。1999 年，我们两个结婚成家。我见到了吴振生本人。因姻亲的关系，自然，我也得叫他二叔。有十多年，我们生活在同一个城市，常常见面。"

刘军给我倒上酒，又把自己的满上，继续说：

"请你相信，十多年里，我不但见证——而且亲自参与了他们的生活。"

我说："我相信。"

下面就是刘军的讲述。为了叙述的方便，我是以他的口吻写的。

2

故事从很久以前发生——

1974年的青海阿旺盖，10月某日，二叔把拖拉机的火熄了。他走出驾驶室，远眺，晚霞在天边燃烧，山顶上的白雪熠熠生辉。草枯黄了，高原像铺了一张无边无际的大地毯，而被拖拉机开垦过的地方像人为打了一块补丁。

二叔从履带上跳下来，向场部走去，一路哼着：

"解放区的天是明朗的天，解放区的人民好喜欢。"

一进场部门，二叔被身后跳出的两个人按趴在桌子上。

"吴振生，是不是你干的？"

二叔动弹不得，脸贴在桌子上侧着看，是一张皱巴巴的毛主席语录。

第一条："备战备荒为人民。"

第二条："忙时吃干，闲时吃稀，平时干稀搭配，配以红薯芋头。"

二叔一脸茫然。

"翻过来看看！"翻过一看，二叔差点儿吐出来，这是一张别人上过厕所的纸。空气凝固了。

"不是我干的！"二叔极力争辩。

"还敢狡辩？"几个人噼里啪啦对二叔一阵打，然后把一本红皮《毛主席语录》扔到二叔眼前，"自己看看？"

二叔打开《语录》，扉页上盖着自己的章，吴振生三个篆体字是自己亲自刻的。他想起，那块暗红色的印章石还是他在一棵枸杞树下捡来的。《语录》中间缺了的一页正是上了厕所的那页。

"这是个阴谋，是别人撕的！"二叔脸都涨红了。

"哼，你的语录怎么会到别人手上？"

二叔有一百张嘴也说不清了，二叔被关在场部后面的一间房子里反省。那间房子原是个旧仓库的一角，门从里开，正面有一个两尺见方的窗户。两根竖着的栏杆把天空分成三块。二叔躺在床上，看见高原冬天的天空，湛蓝湛蓝。天空一暗，有人从窗户上探进头，胸脯也搁在了窗台上。

"吴振生，想好了吗？"

"想好了，金学武，我们俩不合适！"

"那就等着，破坏语录，反革命罪。"

金学武说完，扭着身子走了。

二叔心里不踏实了，上上下下地跳，他想：要判他反革命罪不是没有可能。是谁拿了自己的《语录》？又是谁要栽赃他呢？阿旺盖农场有一百多人，有百分之八十是刑满释放犯。"是特务分子搞破坏！"可这和她金学武有什么关系呢？他曾经明确地对她说"不喜欢"。他记得自己说这话时，咧开嘴朝她笑。其实，他想说："我不喜欢大胸脯，走到哪里，就像挂着两片肉；也不喜欢大屁股，把黄军装的裤子撑得鼓鼓的；更不喜欢女人在男人面前哈哈大笑，让别的男人把手伸进衣服里面。"

这些话二叔没有说，二叔喜欢李娟。李娟是北京来的知青，她很安静，总是规规矩矩的样子。想着李娟的时候，二叔就觉得心里很甜蜜，想着想着，他睡着了。

吃饭的时间到了。一个六岁的小女孩拎着个用毛巾包着的大搪瓷缸子。她爬上台阶，用手拍拍窗台：

"同志，开饭喽！"

二叔探出手，把缸子接进去，打开毛巾，缸子上一行红色的大字显出来：大海航行靠舵手！缸子里是萝卜炖白菜，肉当然是没有的，主食为玉米面饼子。小女孩在窗子前玩跳房子。二叔一边吃，一边从窗户里看小女孩跳房子：

"小薇，你又长高了。"

小女孩停下来，扯扯自己的碎花棉衣，"奶奶说短了，她休息了给我接。"

二叔吃完了饭，把大搪瓷缸子从窗户递出来，小女孩用手接住了，"二叔，你什么时候出来？"

"怎么，小薇，你不想给我送饭了？"

"不是，就是想问问。"

"唔——我想是 5 月，我要修拖拉机。"

"好，二叔，晚上见。"

小女孩送了半年的饭。来年 5 月，高原的春天到了，二叔真的出来了。迎接他的是两台需要保养的拖拉机、一台粉碎机，还有几台烧毁的电机。二叔还是原来的二叔。

"下巴多了一把大胡子"，他说。

二叔变得很小心，把哥哥寄来的黄军装收起来，每天把自己关在黑乎乎的库房里"摆弄铁块"。一天，金学武进来了，她一步三扭，胸前的肉上下晃动，走到二叔跟前，顺便把那根粗大辫子拉到前胸。

"哟，吴振生，关了小半年，出来变得有魅力了，像苏联人。"

二叔没有抬头，一股浓浓的雪花膏味盖过了机器上的柴油味。

"你——必——须——娶——我。"金学武咬着牙一个字一个字地说。

二叔还是没有抬头。农场里十七个女知青死去十六个，我考虑你。他用一把大号扳手把一个螺丝拧死，恶狠狠地在心里说。

"我告你强奸！"

金学武一声尖叫，二叔手中的扳手"咣当——"掉在了地上。他看见金学武已把裤子褪到小腿上：

两片白云，一片乌云。

二叔跳起来，用满是油污的手捂住金学武的嘴。

3

1975 年 7 月 1 日，我未来的二叔和金学武在青海阿旺盖，这个当时中国最大的劳改农场举行了一场轰轰烈烈的革命婚礼，证婚人是刘厂长。我曾经在岳父家见到一张他们的结婚照，两人穿着黄军装，每人手中拿着一本语录。二叔傻乎乎地笑着，金学武头高高地抬起。

那场婚礼二叔不满意，爷爷不满意，农场十七个女知青除了金学武外都不满意。最伤心的是李娟，那个随着刑满释放的"右派"父亲安置在农场的女青年，她真的只能做爷爷和奶奶的女儿了。她到爷爷家来，看见二叔来转身就走。我们的奶奶则弃权——既不反对，也没有赞成，只是说：

"结了，就好好过。"

第二年，轰轰烈烈的"文革"结束了。李娟和自己的父亲回了北京，她把二叔给她的那枚白瓷毛主席像章送到奶奶家。二叔追到农场的门口，李娟哭着叫了一声："哥——"卡车就开动了。年底爷爷奶奶退休回到西宁。

随着大批的犯人迁往新疆，阿旺盖农场的重要性和辉煌迅速结束。二叔他们的"改造"开始了。百十号人守着偌大的农场和几千亩土地，被破坏的生态已经难以恢复，西北风浩浩荡荡地在高原上肆虐。二叔住在窗户上封着塑料布的房子里，坚守着他们的农场。直到每年 5 月下旬，远处雪山上的冰雪融化，雪水蜿蜒流经农场，他们才给一种叫枸杞的植物剪枝浇水。枸杞成了农场唯一能生存下来的植物，它们顽强的生命像二叔他们。很多人通过关系调离农场，二叔还在农场，每年只到春节他才回西宁和家人团聚。

二十多年后，那个叫小薇的女孩成了我老婆。她跟着爷爷奶奶回西宁上学。她曾经不止一次地对我说起第一次见到我们二婶的情形。那年她十二岁，是一个小学五年级的学生，正是一生中记忆最好的时候。

"火车头帽子的两耳一左一右闪着。"

她怕我不明白，把两只手放在头上，手掌向下一动一动地说："像是猪八戒的耳朵。叫婶婶——她对我一说话，我转身就跑——她的牙是黄褐色的，而她的脸——"这时我老婆总会改说为唱，对我唱起那首著名的《在那遥远的地方》。这首歌因写自青海，当地的大人小孩都会唱。"她那粉红的笑脸就像红太阳——"

那时我和老婆还没结婚，我在部队，平时请不到假，每到周末，我们会在城西的一个公园见面，认识半年后，有天她坐在一条长凳上对我说。从老婆的歌声里，我并没有想象到一张美丽红润的脸庞，而是感受到因寒风和强紫外线造就的两团真实的"高原红"。唱完后她总会叹一口气，"农场里那么多的女知青喜欢着二叔。"

4

有些人的话还是传到了二叔的耳里。

一天，二叔目睹着我们的二婶晚饭后，锅也没刷，说了句"我去串门"，手里抓着一把瓜子，一摇一摆地出了门。二叔穿上军大衣，把火车头帽子压得低低的，远远地跟在二婶后面。他看见我们的二婶走过家属院的平房，又跨入场部大院，然后大模大样地进了刘厂长的办公室，灯熄了。

夜晚的高原很安静，二叔在一个废弃的砂轮上磨菜刀，"咔嚓、咔嚓"，磨一会儿他就把拇指放在刀刃上试一下，磨一会儿试一下。当他确信菜刀足够快时，就在黑暗里一支接一支地抽烟。那包"大前门"抽了有一半时，二婶回来了。

"解放区的天是明朗的天，解放区的人民好喜欢。"

一推门，二叔冰冷的菜刀及时地架到了二婶的脖子上。

"妈啊——"

二婶只喊叫了半句，当她确信是刀背而不是刀刃对着自己的脖子时，她一把推开二叔，以万分不屑的口气说："有本事你杀了我！那样我还当你是个男人。"说完，她脱了衣服，坦然地上床睡觉。

二叔手中的菜刀"哐"的一声掉在水泥地上，好不容易磨快的刀锋又钝了。

一年后，流言传到了千里之外的我岳父耳中。已从部队转业在水泥厂当书记的他坐不住了。他在党委会上说：

"现在是恢复生产时期，企业需要人才，这个人虽然是我的亲弟弟，但举贤不避亲，我们需要这样的人。"最后，党委成员一致同意书记的提议，引进吴振生。

一个星期后，二叔收到一张调令，他告别自己厮守了二十多年的农场和枸杞树，前往离西宁更近的水泥厂工作，成为一名工程师。二叔十几年里在农场自学的电学和机械维修派上了用场，他很快胜任了新的工作。他说："机器和拖拉机的原理其实一样。"

在他指挥工人把一套复杂的机器设备安装运转后，大家都佩服了，说"吴振生真是个人才"，厂里还发给他三百元技术奖金，灿烂的笑容重新回到二叔的脸上。

一个月后，二婶出现在水泥厂门口。她对门卫说，"我是吴振生的爱人。"那个找二叔修过收音机而无以为报的门卫很珍惜这个机会，他亲自把二婶带到了二叔办公室。

"你来干什么？"二叔正在埋头修着一台烧坏的电机，他和以前一样，头也没有抬。

"一日夫妻百日恩嘛！"二婶对二叔说出了一句自他们结婚以来最为温柔浪漫的话。

"不可能！你还是回阿旺盖去吧！"二叔坚决地说。

"这又是何必……"二婶讪讪地说。

"你心里清楚。"二叔不但没有抬头，反而把脸背到一边。

很久，两人都没有说话。

"哼！"二婶冷笑着，对我们的二叔又使出了她的"撒手锏"——脱衣服。只是这一次，她解开的是上衣，而不是裤子。她把手在自己的肚皮上拍得"啪啪"响，像宣示地说：

"你看着办吧，我有你孩子了。"她对着一脸茫然的二叔，进一步补充说，"三个月了。"

二叔很恍惚，"三个月前有过一次造孩子的行为吗？"他记不起来了，但他明确看见二婶肚子上隆起一座微微的"小山"。

二叔连续往我岳父的办公室跑了五趟。在第六次，当他听到我岳父拍着桌子骂："没骨头的东西"时，他知道，哥哥答应了。在出门时他不知道怎样感激自己的哥哥，只是谦卑地说："她会学好的！"那时正是"全党将工作重点由阶级斗争转向经济建设"的"整顿、恢复、提高"时期，各个工厂都在转入生产，引进人才。我岳父对二婶金学武的调令表没有把握，在"专长"一栏里，他犯难了，他把电话打到在化验室工作的我岳母。岳母在电话里想了很长时间，说出三个字：扭秧歌。我岳父思考良久，最后，在让他犯难的那一栏里写下两个字："文艺。"

二叔随金学武又回了一次让他终生难忘的阿旺盖，一辆拉水泥的解放车拉回了他们用过的床、三斗桌和被褥等。从此，两人成为水泥厂的正式职工。1979 年正月，我二婶没有辜负厂里对她的期望。她组织了一支五十人的工人秧歌队，在全县的春节文艺会演中获得了第一名的好成绩，为水泥厂争了大光，她用事实证明了我岳父引进的的确是一名人才。

二婶对我们的二叔也真的好了起来，第二年春天，孩子诞生。二叔给孩子取名小虎，他整天快乐地忙碌着，嘴里常常会高兴得不由自主地唱：

"解放区的天是明朗的天，解放区的人民好喜欢。"

只是这个孩子总是不停地尿床，起初大家没在意，小孩子，哪个不尿床呢？然而这个叫小虎的孩子长到五岁时还不停地尿床。二叔住的平房前挂满了大大小小五颜六色的尿布，工人们说"像联合国会员国的国旗"。他们拿着自己家用坏的收音机、闹钟到二叔家去修，不是说去吴振生家，而是说"到联合国总部去"。他们经常看见我二叔在中午的太阳下，把头伸进白色的泡沫里，洗着一大盆尿布。如果说尿床这事对于一个小孩子来说是平常事，那么当一个男孩总是蹲着尿时，就让人纳闷了。而二叔的小虎就是这样，在他会走、会跑时，仍然要蹲下来尿。这让我的二叔，甚至我的岳父都觉得很没面子。

"男人应当是站着尿的！"

二叔曾经不止一次地给自己的儿子"指导、示范"，教他如何像一个男人一样站着尿，但这个男孩却总是把尿撒到裤子上。水泥厂的人经常看见小虎的裤裆湿漉漉的。他的两只眼睛黑而明亮，头发则细而柔软，眉毛和发际间的距离很短，一点不像二叔宽阔明亮的额头。五六岁时他已经感受到了别人对他的歧视。他总是低着头走路，不愿意和人说话，但这并不表示他对世事的漠不关心——他的眼睛向上瞟着看人，警觉地注视着周围的一切。经过人群，他故意把两只脚重重地在路上拖，路边的尘土和水泥灰尘被搅得沸沸扬扬。他以实际行动，向那些嘲笑他的人表达不满。他给人的感觉是浑身充满了使不完的精力。他走到哪里，哪里总会跟来一团尘雾。工人见小虎过来，就会远远地躲开。当他从待烧的生石灰堆上一阵风般冲过，裆下总是黄色的。工人们说"小虎每天带走一袋水泥"，说完后他们就哈哈大笑，对着这个追风小孩的背影说：

"这小子哪点也不像他爸！"

5

我们的二婶真的学好了几年，但是随着全国的对外开放对内搞活，她也及时地开放搞活了，和厂里的保卫科科长住在了一起。她好像只对跳啊唱啊这样的事有兴趣。当厂里的文艺队解散后，她觉得自己失去了用武之地。她常常不回厂里，甚至也不回家。这让我的岳父很没面子。他回到家就冲我的岳母发脾气，"当时就不想调她来！"

二叔从厂里的旧仓库找出了一把当年民兵用过的半自动步枪，又从自己的一个工具箱里找出了两颗子弹，他像一个晨练老人手里搓动健身球一样，不停地搓动两颗子弹。他对遇见的工人说："给两个狗男女一人一颗。"工人们看见在中午的太阳下，二叔趴在水泥厂子弟学校的操场上，对着远处砖墙上一个用粉笔画的靶瞄着。当他确信能百发百中时，他扛着枪来到了我岳父家。那时正是午饭时间，他端着一碗我岳母盛来的米饭说："这一次我真的要崩了他俩。"说完，他不忘把那支立在饭桌旁边的步枪往自己跟前挪挪。我岳父发话了，他把饭碗重重地拍在桌子上，几粒没有吃完的米跳起半尺高。他用筷子指着二叔跟前的枪说："你把这个烧火棍给我收起来，你就不是那样的人！你不要脸，我还要活人。"

二叔趴在桌子上像个小孩一样委屈地哭了。我岳父生气地摔门上班去了。我的岳母不知道如何安慰一个伤心的成年人，她收拾了锅碗也去上班。二叔还在伤心地哭，当年那个给他送饭的小女孩如今长大了，她递给二叔一条毛巾：

"二叔，你别再哭了，你哭得我心里很难受，我眼泪下来了！"

二叔用毛巾擦着眼泪，"小薇！你信不信二叔会打死他们？"

"唔，二叔，你被抓了，我还给你送饭，像在阿旺盖时一样。"

二叔又哭了。

若干年后，二叔向我讲这件事，他说："小薇阻止了我，否则，我真不知道自己会犯下什么事。"

小虎在厂里疯一样地跑，从一个车间到另一个车间。一个工人走出来：

"小虎找谁呢？"小虎不理他，小脑袋向车间里探。工人堵住小虎，"叫爹，叫爹我告诉你妈妈去了哪里。"小虎一扭身从那个工人的胯下跑了。跑远了，他转过身对着堵他的工人噘起嘴喊，"我是你爹！"二叔出来了，他抱小虎，父子两人一起回家。

二叔以自己过硬的技术无可争议地当上了水泥厂的总工。他全身心地投入到工作中，好像这样才能减轻内心的痛苦。水泥生产的一项关键工序是破碎，粗大的石头经过高速飞转的机器打碎磨细后，变成制作水泥的原料。传送带的一头是一个高速飞转的电机，另一头是一个张着大嘴的粉碎机。粉碎机容易出现故障，那些石头在变成细末前，总会顽强地和机器抗争一下。二叔经常出现在粉碎车间。一天，他蹲在传送带上检查着发烫的电机，一个工人鬼使神差地合上了电闸，二叔一个跟头栽倒，两只脚还在传送带上。电机高速转了一圈，二叔的两只脚就被切了下来，随着传送的石料进了粉碎机，变成了制造水泥的原料。工人赶紧拉下电闸救人，所有见到二叔的人第一句话是："幸亏是电机的这一头而不是粉碎机的那一头啊！"好像我们的二叔捡了便宜。

一辆拉水泥的卡车及时地把二叔送往医院，车跑着，二叔的血流着，血注满了厚厚的海绵坐垫，又渗出来。这个县级医院血库仅有的八百毫升 AB 型血输入二叔的身体，就像一杯水倒进了沙漠。我岳父组织了三十多名年轻的工人到医院，从中选出了九名 AB 型血的为我二叔输血。二叔的命保住了，但两只脚没了。

第二天早上，我们的二婶出现在了医院。她哭喊着："我可怜的男人啊——"冲上楼梯，从楼上下来的我岳父二话没说，一脚把她踹了下来。她气急败坏地说："吴书记，我要让你身败名裂！"。

二婶对二叔做得最有情意的一件事就是，第二天，她把县供销社所有的半麻袋黑糖买下来，分成九份送给为二叔输血的九位工人。

两个月后，二叔出院了。他对问候自己的工友说："原先是一米八五，现在是一米七〇。"他拄着两个拐，走得很慢很慢，穿着一双特制的鞋子。

又三个月后，他扔掉了双拐，装上了假肢，可以独立行走了。只是不稳当，除了坐下后，他必须不停地动着，才不至于倒下。这个情形使我想起小时候农村的踩高跷，你不能停下来，那样会倒下，即使在原地，两只脚也得不停地动着。

二叔感觉自己能独立自如地行走后，他带小虎去了省医院。医生对这个小孩的生殖器实施了简单的手术，"小小的一刀"，他一下子变得和一个男人一样能站着尿了。那小小的一刀给小虎带来的变化是脱胎换骨的，就像是孙悟空去掉了紧箍咒，从此获得了新生和自由。他自由地往来在各个车间和厂房。有一次他走到我岳父的办公室，像个大人一样坐在沙发上，讨了一杯水喝，两个人交谈了很久。这个八岁的小男孩最后得出的结论是："吴振生这个人活得太窝囊！"我岳父吃惊得张大了嘴。一天，他对一个拉水泥的卡车司机说："我坐你的车去西宁一趟！"那位司机说："你是谁家的小孩？"小虎说："谁家的小孩你就不用管了，吴书记你知道吗？他是我伯父"。这个司机在狐疑中带着小虎去了西宁，晚上他回来了，手里还捧着一大包零食。有一次中午下班时，工人们看见小虎一个人爬上了三十多米高的大烟囱。他站在平台上，向下班的工人们挥手，喊叫！那是连专业的维修工也要靠安全带才能爬上去的地方啊！工人们说：

"这小子将来不得了！"

小虎可以自由地从一家的阳台进入另外一个工人家，为自己饥肠辘辘的肚子找点吃的东西，顺便拿走一些他认为喜欢的东西。那时候正流行着一部叫《草上飞》的电影，他自诩为"草上飞"。

6

接下来的几年是这个国营厂最为困难的时期。他们的窑里烧出的水泥是生的，水加进去不往一起黏就散了，不能用于建筑，而工厂里发给退休人员的工资比上班人员的工资还多。与此同时，在他们的周围一下子涌现出了四家乡镇水泥厂。他们的价格便宜，再也没有人到他们的厂里拉水泥了。差不多一年的时间这个工厂没有发过一分钱的工资。我岳母到姑姑所在的印刷厂里去糊装酒的纸盒，那是一种半成品，她糊一个纸盒才挣两分钱。她糊了一年多的纸盒，勉强养活了一家人。我和我老婆刚结婚的那两年，去她姑姑家的次数比她回娘家的次数还多，每次去要买一堆东西。她经常对我说，"人穷讲感情"，姑姑是她们全家的救命恩人。

穷途末路的工人盯上了周围农民地里的庄稼，豆子下来摘豆子，麦子下来摘麦子。工厂周围的砖墙拆出十几个大大小小的洞，以方便他们出入。而农民则手里拿着铁锹和木棍守在洞口，日夜捍卫着他们的"劳动果实"。县政府对工人和农民间的斗争很头痛，却也没有办法。在给省里上的报告里，他们认为工人与农民之间的矛盾是作为第一产业的工业与第二产业的农业之间的矛盾。那些平日里受工人歧视，在飞扬的水泥灰尘里生活了几十年的农民终于可以出一口气了。已经通过包产到户慢慢富裕的他们说："想不到领导阶级——工人也有今天！"

二叔的腿脚不利索，自然无法去窃取。他只能在农民收割过的地里捡麦穗，挖野菜。那是个细雨霏霏的秋日，我二叔在农民挖过的洋芋地里，仔细搜寻着个别"漏网之芋"，应该说他的运气不错，一上午他捡了有半篮子的小洋芋。他兴奋地盘算着，中午可以吃一顿炒土豆丝，晚上可以在炉子上烤了吃，既顶饿又省事。正当他走出地头，准备回家时，一个农妇及时地出来了，她一把夺过二叔手上的篮子，反手将二叔捡的小洋芋倒进了自家的猪圈，"宁肯让我们家的猪吃，也不让你吃。"那个农妇一年前死了丈夫，死因是肺癌。那个丈夫不抽烟不喝酒。医生认为，罪魁祸首可能是水泥厂烟囱里飞出的灰尘。二叔一屁股坐在地上再也站不起来，他特制的那两只鞋子上沾满了泥，没有了脚之后再也无法带起。他不知道自己脸上的是雨水还是泪水，伤心欲绝。在老婆把"绿帽子给他带成钢盔"，在哥哥骂他没有骨头，甚至在机器切掉了他的双脚时，都没有像那天一样令他伤心。他坐在马路边上，泪水和雨水一起流，他几次想把身子伸进一辆开过来的卡车下。但是他想起了那个叫"小虎"的男孩，又打消了念头。那天中午，二叔在泥泞的马路上，一步步爬向厂里。他的手和膝盖都磨破了，当他爬到厂门口时，再也没有力气了。有个工人发现了他，把他背到了家里。

二婶是什么时候离开水泥厂的，人们不得而知，只是觉得好长时间没有见她了。有一次，一个在西宁办事的工人偶然与她相遇，两个人很亲切，在马路边上谈了很久。她告诉那个工友，说自己和一个"心里有铁疙瘩的人"（心脏起搏器）生活在一起。"老是老了，可是他有退休工资，我能吃饱。"那个工友没有像以前一样嘲笑她，反而以非常羡慕的口气说："还是你有办法。"

二叔在昏暗的灯泡下发呆，他盯着自己两条没有脚的腿一动不动。他回头看了一下身边的小虎，这个充满了活力的小孩被饥饿折磨得没有一丝力气，他喝了一肚子的凉水睡着了。

第二天，二叔搭乘一辆拉水泥的车来到西宁最为繁华的西大街，他把一个纸盒往眼前一放，犹豫了很长时间，才把两只残疾的腿"光荣"地伸出去。他把那件旧黄军大衣的领子高高地竖起来，怕有人认识他。有人向他面前的纸盒扔钱，有一角两角的，也有一元两元的。一个小女孩把一元钱亲自递到二叔的手里，然后转身对她的妈妈说："一个人没有脚怎么走路呢？"听得二叔眼泪直流。晚上点了一下：二十四元七角六分！他吓了一跳，这么多？这不是不劳而获吗？他的内心惴惴不安。以后，人们看见这个乞讨的残疾人与众不同，在他的纸盒前用粉笔写着这样一句话：

"我还会修收音机和闹钟，有需要修的人可以拿来。"

一天深夜，我岳父全家都睡下了，一阵重重的敲门声把他们惊醒。岳母打开门，见二叔艰难地把一袋面粉扛进来。岳父吃惊地问，"你从哪里弄来的白面？"二叔把他在西宁乞讨的事情讲了，听得岳父一家潸然泪下。"真是沾了这双残腿的光！"二叔无比自豪地摸着自己的两条腿说。

二叔在西宁的大街上不安地乞讨，小虎就像一缕自由的风在厂里飘荡。饿了，他也懒得再去到别的工人家去"取"，因为大多数人家也没有什么可吃的东西。每当吃饭时，他总会准时地出现在我岳父家，后来干脆住在了我岳父家。我老婆一点不喜欢自己的这个弟弟。有几次她专门把开饭的时间提前或推后，但小虎总会准时坐在饭桌前。他们两个经常为一点小事吵架，我老婆曾对他说："请你离开我们家，你不是我家的人。"这个男孩以一个主人的口吻对我老婆说："你才不是呢！你是个女孩，将来要嫁人，大伯大妈没有男孩，去世后，由我摔瓦盆，我才是这个家的主人。"我老婆气得大哭了一场。

有一段时间，我岳父家里总是丢东西，莫名其妙。有一次，我岳母在自家的阳台上晒被子，她看见小虎拿着我岳父在"文革"中收藏的一包毛主席像章和一个农民换了十个鸡蛋。我岳父后来又花了十元钱从那个农民手里赎回来。我老婆储存在一个陶瓷小猪肚子里的八十七个硬币也被小虎分多次偷完。每天早上他把一个军用挂包往肩上一挂，说："大妈，我上学去了。"然后出门就不见了，他不是去学校的路上，而是从工厂围墙的一个洞口出去。

有一天，两个警察到我岳父的办公室，他们之前就认识，在一起说了很长时间的话，然后他们送给我岳父一纸《通知书》，说小虎被拘留了。罪行是抢了一个老头的一件棉衣和两元五角钱。

"这下好了，家里少了一个吃闲饭的"，我老婆高兴得差一点跳了起来。我岳母挥手就给了她一个耳光。我岳父托了几个人想把小虎放出来，说"不就是一件棉衣和两元五角钱吗？"然而小虎还是被判了七年。法院的人对我岳父解释说："吴书记，抢劫罪与数额多少没有关系。"说完后他们也惋惜地说，"唉！赶上了，现在是严打时期，他十四岁了，够《刑法》上负刑事责任的年龄。"

我岳父带着厂里的一百多名工人把省政府的大门堵了，工人里还有老人和孩子。"一个不准进出！"他们整整堵了一天，"麻雀也没有飞过一个"。然而就是没人理他们。晚上他们在电视里看见省领导和往日一样，开会的开会，剪彩的剪彩，他们纳闷了。第二天他们静坐时多了个心眼，发现了省政府还有个后门，于是兵分两路把两个门都堵上。这一次还真管用，马上就有人找厂里的代表谈话。信访办的人对我岳父说："你也是个老党员了，怎么能干这样的事呢？"我岳父说："我始终和党中央站在一起，可是要吃饭啊！厂里的工人一年多没发工资了。"

省里派了个工作组来调查，半个月后给厂里拨了两百万元扶贫款，他们把一半用来给工人发了工资，把另一半用来投资重新组织生产，总之，这个厂活了过来。

7

时间过得很快，1999 年，我经人介绍和我现在的老婆认识。在她家，我第一次见到了我们的二叔。他给我的感觉是话很多，问了我很多事情，连我老婆都有点不高兴了。当他得知我来自农村时，情不自禁地脱口而出，"农民好啊！好、好。"弄得我非常紧张，我不知道他的这句话是出于羡慕还是讽刺。当他接着说："农民起码有地，可以种点东西，不至于饿肚子，不像我们工人，发不了工资就什么都没有了。"那时我才明白他说的是真心话，也第一次作为一个农民的后代自豪了起来。

　　第二年，我岳父他们拉了几个私人老板，投资改造落后的水泥生产线，想借着建材市场上涨的行情大干一场。然而，省里通知破产，说这是落实国企三年脱困的指示。年产三十万吨以下的小水泥厂一律关停。职工做一次性的安置，工作每满一年，补偿八百元。工人们叫"买断"，即用你的过去把你的将来买下，以后怎么干就看自己的了。二叔工作三十多年，补偿了两万多元，一辈子从没有见过这么多钱，高兴得不得了。

　　我听见岳父在电话里对二叔一阵大骂，"你没有见过钱吗？"二叔又把其中的两万元拿了回来，岳父交到社保上，给二叔办了退休，从此每月可以领六百五十元的退休金，少是少了点，但每个月总归可以领上些。

　　二叔的腿发炎了，他又住进了医院。我和老婆去看他，他呵呵地笑着说："又锯了半截。"看着他的样子，我们有些心酸，却和他一起笑，呵呵、呵呵！

　　二十多天后的一个下午，我们去接二叔出院，然而他身后却跟着个女的，怀里抱着二叔住院用的东西。老婆指着她问二叔，"这位是？"二叔嘻嘻地说："你将来的二婶。"然后回头又对我说，"住一个月的院，拐来一个媳妇。"老婆不便说什么，我仔细看二叔身后的那个女人，她有个四十多岁，长得还算端庄，只是像一只受到过惊吓的兔子，警惕地看着我们。从医院出来，他们搭乘一辆出租车，把我们扔在马路边径直走了。

　　我老婆在第一时间把这个惊天的消息告诉了父母。岳母立即把电话打到了同一医院工作的小姨那里。两人在电话里聊了不下二十分钟，她扣下电话对我们说："那个女的叫刘玉，年轻的时候是省医院最漂亮的护士，后来离婚了，受到了很大的刺激，有时候疯疯癫癫的，护士干不了了，怕给病人打错针，医院里就安排她打扫卫生。"

我听见岳父在电话里对二叔又是一阵大骂，"她是个神经病啊！"

我们在不安中度过了两个星期。每次吃饭时岳父会说："这个振生，怎么能干这事？"吃完饭有时还会长吁短叹地对我说："我这个弟弟，一辈子太窝囊！"

一个星期天，岳母买了点礼物，在医院家属院的旧楼间走来走去，她先后打听了三四个人，最后才找到二叔的新家。

回来后，岳母对我们说："她一直抓着你二叔的手，两个人好的就像谈对象的中学生，振生去一趟厨房她都要跟上。"

岳父唉声叹气，"怎么能和这样的一个人过日子啊！"

在几次家庭聚会上，我们也见到了二婶，她话不多，你看她时，她会冲你一笑，然后埋下头。二叔不停地给她夹菜，她很能吃，对那些大鱼大肉，来者不拒。等她吃得差不多了，二叔又劝她"你有糖尿病，少吃点吧！"

有一天我正在上班，二叔却把电话打到了我的办公室，问我借五百元钱，我把钱送到单位门口。

我说："您不是有退休金？我二婶医院的工资高啊。"

他说："你二婶对我不放心，她从不让我动她的一分钱，我那点退休金只够我们俩吃饭。"

我说："那你和她还过什么？"

二叔嘿嘿地笑着说："她给了我一个家啊！"

临走他对我说："你的钱我会尽快还的——我重操旧业了。"

我想起了他上街乞讨的事，就说："二叔，你别去西大街。"二叔听了哈哈大笑，"我是说还想去干点水电维修之类的活儿。我能自食其力，你的钱我是用来买工具的。"

　　二叔非凡的手艺是无意中被人发现的。那天物业上的几个人为一个电表箱里的故障无计可施，当时正赶上晚饭时间。我们青海的电便宜，大家都用电灶。没法做饭的人们围在电线杆下，看着物业人员忙了半天，电还是没有。我二叔站在下面就发现了问题所在，他对一个工人说："你下来。"他接过那个工人手上的工具顺梯子爬上去，于是下面的人看见二叔像一个巧媳妇穿针引线那样，不到十分钟就把电接通了。家家屋里亮了，大伙一阵欢呼，对着物业的人说："看看人家是什么手艺。"

　　从此，小区的人们也就认识了这个走路不稳当，两只手却了不得的人。谁家水龙头坏了，暖气不热了，都愿意找二叔给他们看看。二叔手艺好，心又实，干活儿踏实仔细。干活后他从不说钱的事。只是说："这点小事，邻居吗，收什么钱？材料又是你们自己的钱买的。"住户们过意不去，给二叔一条烟或一瓶酒，有的硬塞给他五十、一百，还说这比外面和物业公司干得好多了。而物业的人更是把二叔当他们的师傅，有什么不懂的就来问。有时候连物业费也让二叔去收，二叔总能收回来。当业主说自家的什么有问题时，二叔二话不说就开始动手修。1号楼501室住着个老太太，儿女们在内地，一个人退休在家，据说每年的取暖费不交。物业的主任对二叔说："老吴，你如果能把王老太太的取暖费收回来，你的我们就免了。"二叔真的去了，他进门转一圈走了，来到门口的五金商店花一块钱买了两个换气阀装上，冰冷了几年的屋子变得温暖了。老太太激动地泪流满面，"几年了啊，我的屋子第一次热了，取暖费我交！"去年夏天，一个医院的医生把二叔带到了她父亲所在的单位。二叔给这个退休的教授家改装了一组暖气，卫生间吊了顶，换了窗户上的玻璃。二叔干活儿好，但是慢，二十天后才把活儿干完，不过教授全家人都满意，给了二叔两千元，一条烟两瓶酒。二叔兴奋地举着两个指头对我说："二十天两千元，如果按工资算，也是高工资了。"我说："那是，比我的高多了。"那时小叔的儿子刚考上西安的大学，二叔立即抽出一千元给了小叔。岳父气呼呼地对岳母说："他都给了一千，我们还不得给两千？"

那年春节我回老家，老婆带着儿子回娘家了。一个多星期没用，家里的热水器坏了，出不来热水。老婆给二叔打了电话，一直到正月初八的下午五点多二叔才来。一进门他就把个大纸盒放到地上，"小李，给你拜年的。"我说："哪里有老的给小的拜年的？""一个电磁炉，给别人干活儿时送的，我太忙了，院子里的人都叫我干活儿啊！"他说完话就进卫生间修热水器。

我老婆把饭菜摆好在桌子上，二叔就出来了，他收拾着工具说："修好了，有个地方电源接触不好，没事了，不行再打电话"。我老婆说，"吃完再走？"二叔嘻嘻地笑着说："不了，回去还要给你二婶做饭。"说着他已经出门了，下楼时还哼着：

"解放区的天是明朗的天，解放区的人民好喜欢。"

我和老婆趴在阳台上，看着二叔的身影消失在楼房的拐角不见了。

我说："唉！二叔这一辈子！"

老婆说，"好着啦！他比我爸强多了，我爸现在晚上总是睡不着。"

我说，"谁说不是？你听他唱得多开心！"

刘军起来上了一趟厕所，那酒已经所剩不多，其实大部分是被他喝的。他讲一阵子，就仰起脖子，"吱——"一下喝干。

我就给他倒上。喝酒一定要喝出响声，这是青海人的说法。他们喜欢喝青稞酒，青稞是生长在高原特有植物，耐寒，用它酿的酒非常烈。青海人常常自豪地对人说："世界上有两个最能喝酒的城市，第一是莫斯科，第二就是我们西宁了。"刘军讲的水泥厂我知道，从西宁向北走三十公里即到。

刘军从厕所出来，晃了下酒瓶，自己给自己倒上一杯。他要给我倒，我制止了。

"再喝就醉了。人生有很多的不幸啊！有时候想想我们还是很幸运。"

"是啊！二叔是个非常好的人，对谁的事都很热情，还很会做饭。当年在农场，会开、会修拖拉机、电机。也很孝顺，我岳父与小叔都跑去当兵，只有他留下来照顾爷爷奶奶，但他的结果却最不好！"

"金学武为什么一定要嫁给二叔，还有那张被撕了的语录？"

"农场里的职工大部分是刑满释放的犯人，二叔是少数留下来根正苗红的，他人长得帅，又会很多技术，自然……那年月的事，说不清楚。"

我突然想起一件事，"小虎后来怎么样了？"

刘军把酒杯里的酒喝干，"你听我说，我给你这个律师主要讲他的事。"

8

从此，二叔过上了还算平静的生活。但这样的日子只持续了一年就被打破——小虎回来了。

儿子的归来让二叔很开心，他带着小虎先去小叔家看望自己的父亲。我们已经九十岁的爷爷握着小虎的手泪流满面。他说没想到死之前还能见到自己的孙子。其实他的眼睛已经看不清，他用颤抖的手在小虎的脸上摸着，而小虎面无表情。七年不见，当年的少年长大成人了。

10月，爷爷九十岁的寿诞，宴席上我第一次见到小虎。二叔热情地给我做了介绍，说："你姐夫，部队上的。"他只是冷漠地点了下头。我老婆给他的盘子夹了一块肉说："小虎，你没变啊！"他嘿嘿笑了。两个自小斗到大的人，一笑泯恩仇！我们坐同一张桌子，我想和他说说话，但他不愿意搭理大家，埋头吃了些东西，宴席没有结束就走了。

有一天，我在岳父家见到二叔，二叔很兴奋，向我们讲起小虎。他说街道办推荐小虎去一家"美容美发学校"学习了两个月，刚刚毕业，正在一家发廊里做学徒，并对我老婆说，"小薇，哪天我带你去做头发，一个直板烫二百元，让他给你便宜些。"

我说："这个行业不错，让他好好干，手艺学好了，不愁没饭吃！"

二叔说："是啊，他说将来干好了，开一间自己的发廊。"

我们想，二叔辛苦了一辈子，现在他有家了，儿子也走上正路，但愿他有一个幸福的晚年。

春节过后不久刚上班，二叔找到了我。他说我手头要是宽余，借他点钱！小虎想把那个店盘下来，自己干。我想帮帮二叔，我老婆从小跟爷爷奶奶一起生活，她和二叔感情很深。我们的新房装修时，二叔天天守在那里，事无巨细。有时更是亲自动手，去市场上买材料，一颗螺钉也不放过。他觉得房子的电路不可靠，主动给走了新线路。小虎想自己干，是个好事。

我在大学里修的是犯罪学，对于小虎这样身份的人，让他回归社会，有一个好的工作，获得社会的正面评价最为重要。

我说："要多少钱？"

二叔说："十万！包括房子的转让和三个月房租。"

那时我们刚买了新房，装修完手上已经没有多少钱，不过我们还是凑了五千元给二叔。但要盘下整个店，只能说是杯水车薪。

我说："我们暂时只有这么多。"

二叔很开心，也很感激我们，他说："我知道，你们手头紧。我再找亲戚朋友们借借。"

春节后的高原，天还很冷。二叔不辞辛苦地走在筹钱的路上。他拖着自己行动不便的脚，从一家出来，又到另一家。大家像我们一样，觉得欠二叔人情，想帮帮他。谁家有点事，只要一个电话，二叔都会第一时间赶到。给漏水的水龙头换上新的，给不热的电灶接上炉丝。但一圈跑下来，二叔才借了一万多块钱，其中一半还是我们给的。

我岳父发表了他的看法："倒不是不借给他，但十万元，不是个小数啊！"然后他说，"刚刚学了半年，就要当老板，这事靠谱吗？"

我把岳父的担忧告诉二叔，二叔沉默半晌。他说："我也想过，不过我没什么事，每天到店里帮他盯着。"瞬间，我体会到了那种爱子心切的深刻感觉。二叔的头发已经全白了，一笑，脸上的皱纹密密麻麻。那年他才五十八岁，按说不会那么老，但岁月太无情，苦难更无情。为了省下钱，有时候他连坐公交车的一块钱也不想花，拖着两只行动不便的脚，在马路上走很远的路，还说远足对身体好。可他是个无足之人。我想起岳父的担忧，二叔不是没想到，但小虎是他儿子，他说："我觉得欠娃太多！"

　　没有借到足够的钱，二叔和小虎去了一个有钱人家——二叔的岳父，刘老先生家。他是退休的老中医，妻子去世后一个人生活，住在政府分的专家楼里，有很高的退休工资，还享受着省政府的特殊津贴。他年过七十，早不出诊了。但他就像个国宝，人们想让他在死之前继续发挥余热，便总能打听到他的住址与电话。找他看病的人很多，有些还是托领导关系来的。看着病人期待的眼神和手中的条子，老中医觉得没有理由把他们拒之门外，他笑眯眯地让他们进门，把手伸到胳膊上号脉。他最缺的就是钱。开完处方后，他挥挥手，让患者去抓药，从不提收费的事。但找他看病的人却不这么想，他们把高昂的礼品和红包放在医生家的桌子上。好像不收，他们的病就不会好。老中医呵呵地笑了。退休后他挣的钱比上班时发的工资还多。过一段时间，他会打电话让二叔去一趟，把那些礼品拿回去。逢年过节，还会给二叔一个红包。二叔对自己的这位岳父非常自豪，"省领导都找他看病。"然后他嘻嘻笑着对我说，"拿回来了三盒脑白金，还有两条中华烟。"老中医将自己保养得很好，几年来，他目睹了二叔对他女儿无微不至的关爱。他慷慨地给二叔两万元，父子两人觉得太少，但他们不能再张口了，因为医生大方地说：

　　"不用还啦！"

　　不久，我去新疆参加一次规模很大的演习，这一去就是三个月。不知道二叔和小虎的店怎么样了。演习回来后，我想起了这个事，问我老婆，她说："小虎不在那儿干了。"

　　"为什么？他们不是还要盘下那店？"

"我也不太清楚，有一天我想做头发，突然想起小虎，就给二叔打电话，二叔说不干了。"

"那他现在干什么？"

"不太清楚——你好像对他比对我还关心？"

"也不是，就是想问问。"

"他就不是个做事的料，从小到大，我早看清了。"

我不想和老婆争。犯罪社会学派认为，一个人之所以犯罪，与他所处的社会环境有很大的关系，并不全是他本人的错。

有一天，我见到二叔，又问起小虎。二叔说小虎正在学驾驶，打算包个出租车干干。

"男孩做头发，终究怪怪的。"他说。

我就不便再问什么。

9

我们的爷爷住在一楼，多年来他养成了在外面晒太阳的习惯，小叔和婶子上班后，他总会扶着墙来到楼门口，那里有一把绑着海绵坐垫的旧椅子。他常常坐在那里，有时好像是睡着了。有一天，他又昏昏欲睡，突然有人把手伸进了他的内衣口袋，那里面有八百元钱，是儿女们平时给的。他看不清来人，他试图抓住那只手，但他的力气太小了，那个人用一只手抓住他的手，另一只手轻松地掏走了钱。

"我感觉是小虎。"爷爷后来说。

小叔和二叔吵了起来，小叔说："就不应该把一个释放犯带到家来？"

二叔说："凭什么说是小虎？他怎么会抢自己的爷爷？"

最后，大家认为是爷爷错了，我岳父从自己的皮夹里拿出八百元给自己的父亲说："看不清就不要乱说啊！"

一天，二叔打来电话说想带小虎到岳父家来，认识一下自己的大伯父。岳父立即拒绝了。已经搬离了水泥厂，在市里买了房子的岳父说："我们没有时间，以后吧。"

放下电话后，他对我们说，"千万别让二叔带小虎到你们家。"

那时我们虽然买了新房，但我还住在部队家属院，开水、暖气都不收钱，很方便。我老婆说："我们院子有站岗的，他进不来。"

有很长一段时间，二叔不再提起小虎。我们也不便问，他本来是个无关紧要的人，在大家的生活中消失了很久，释放回来，只是暂时搅乱大家的平静。有一次偶然说起，二叔说："他现在在银川。"

有一天，我正在上班，二叔打来电话说："小刘，你能不能来一下？"

我觉得二叔的声音有点不对，赶紧到二叔的家里。小虎坐在客厅的沙发上，他跷着二郎腿，手指间夹着烟，我进去后，连个招呼也没打。茶几上的烟灰缸里全是烟头。

二叔哭丧着脸说："这一年多，你拿走了近三万块啊。"

小虎黑着脸说："我在里面七年，七年啊！三万块钱算什么？"

二叔说："可我现在哪里还有钱？我就那么点退休金！"

小虎低着头，不看二叔，"你有钱，我知道。"

二叔像是被人冤枉，他看着我说："我哪里有嘛，还借了你姐夫的五千元没还。"

我说："二叔，提那干什么，以后再说。"

小虎把头转向一边，"那是你借的，不是我借的。"

二叔说："还不是为了你，给你盘店借的？你说你能干什么？学理发就三个月，学开车，驾照都考不出，三万多块钱，不到一年就撒完了。"

小虎提高了声音，"那还不是因为你，要不是你，我会这个样？"

二叔哭了，"造孽啊！我前世不知道做了什么亏心事，弄出你这么个东西来。"

那时候，我还年轻，我想站起来去揍小虎，但理智告诉我，不能那样做。

我说："你已经二十三岁了，是个成年人了，父母没有再抚养你的义务。"

小虎不接我的话，他转过脸对二叔说："就一万块钱，你给我一万块钱，我和你断绝父子关系，以后不再找你。"

二叔："我哪里有嘛，这一年来，亲戚能借的都借遍了，我张不开嘴了。"

小虎一口一声，像逼供一样，质问着自己的父亲："你有，你有。"

二叔双手在自己两只残疾的腿上拍打着，无可奈何地笑了，"我有，我有，我是印钞票的？你觉得自己冤，进去七年，是我的错，可我的冤呢？你看我的这腿，我找谁去诉呢？"

我觉得事情难以收场了，就给自己一个在派出所工作的朋友打电话。很快他就到了，我在电话里已经跟他说了是怎么回事，他进门时穿着警服，对着坐在客厅的小虎吼起来：

"你怎么回事？你这是勒索！我要把你抓起来！"

刚才还不可一世的小虎一下老实起来，站起来，冲着警察点头，讨好地笑。

"赶紧走，你是成年人了，父母没有义务再抚养你，反过来，你还要赡养他呢。"

小虎讪讪地向门外走去，要下楼梯了，二叔冲出去，"你回来！"

二叔从衣服里掏出仅有的几百元钱塞进小虎的手里，有几张还是零票，"没有了，再也没有了，就这点，你全拿走吧！"

可怜天下父母心，看得我心里很不是滋味，小虎一甩手，接过钱下楼了。

我的警察朋友说："照我看，你就不应该给他，让他走！这样的我们见多了。"

二叔一脸惭愧，对我们说："从小就这样，也怪我，宠坏了。唉！"

10

2009 年的一天，小虎突然回来了。穿着笔挺的西服，手里握着当年流行的诺基亚 N70 手机，肩背着圣大保罗牌子的皮包。更让大家震惊的是，在他身边有一个操四川口音的女孩，头发染成了褐色。她身材虽然娇小，但皮肤白而细腻，和我们说话时，她的脸就红了，脖子上的静脉，像蚯蚓一样明晰可见。4月，我们西宁的天还很冷，她穿一件黑色的羊毛包臀长裙，腰间束条皮带，以显示与我们高原人的不同。

"娜娜。"小虎给我们介绍说。

女孩主动上前和我们拉手，叫姐夫、姐姐。

"小虎，衣锦还乡啊！"我老婆还是没改变与小虎一见就掐的习惯，不看那女孩，对小虎说，"发大财了？"

"哪里啊哪里啊！"小虎谦虚地笑，给人感觉是他真的很有钱，那样说只是显示他的低调。他要请大家吃饭，像个有身份的人那样说："一起坐坐，一起坐坐。"

那几天最开心的是二叔了。他几乎去了所有的亲戚家，手里拿着一沓小虎和那女孩的照片，给大家看。说女孩子家里条件不错，在四川有个工厂，家里就这一个女儿。言下之意，小虎将来会拥有不菲的财产。

一个周末，我在家休息，二叔来了。他又向我们讲起小虎和娜娜。

我说："那结婚证领了吗？"

"没有，女孩的父亲还在考察中，"二叔说，他感觉到了我的疑虑，补充道，"迟早的事。"说到这里，二叔突然降低声音，怕被人听见，悄悄地说，"都住到一起啦。"又觉得不好意思，红着脸说。

"现在都这样吧！"

我也笑了。

二叔说小虎和娜娜本来住在宾馆，但他觉得花费大，就叫到了家里来。"省省，"他说，"给他们也买了新的被子和床单。""就这个牌子——水晶家纺！刘嘉玲做的广告。"二叔指着正在播放广告的电视说。接下来他大夸娜娜如何贤惠，收拾屋子，洗衣服，叮嘱患有高血压的婶子按时吃药。

"厨艺真好！就是太辣，我们不习惯。"

我说："浪子回头金不换！但愿小虎这次真的学好。"

二叔说："会的！有家就有责任了。"

一天，二叔郑重地在电话里通知我岳父："我有重要的事要和你谈谈。"

"好吧！"我岳父觉得自己再也不能像上次一样，拒绝他们了。岳父是家中的长子，在社会上做过事，见多识广，兄弟姐妹有事都要和他商量一下，请他拿主意，也显示出对他的尊重。

周末的时候，二叔和小虎、娜娜来了。手里拎着刚买的水果和脑白金礼盒。

三个人在门口换拖鞋，二叔拍着脑白金的外壳对岳父说："这个有助于睡眠。"

小虎和娜娜客气地叫："伯父、伯母。"

岳父招呼我们倒水，递水果。

三人坐下后，二叔说："我今天来就是想商量下，把孩子们的事办了。"

岳父坐在客厅的侧面，手拍着沙发的扶手说："好事啊！"然后脸转向娜娜，"女方的父母同意吗？"

娜娜脸红了，两只手绞到一起，她低下头说："会同意的，我爹妈听我的。"

岳父点点头，"同意就好，那是按四川的风俗呢还是青海的呢？"

二叔说："在我们这边办，按我们这边的吧！"

岳父问："女方的父母来吗？"

这是个严肃的问题，毕竟是婚姻大事，双方的父母应当出席。大家都把目光投向娜娜，她和身边的小虎对视一眼，看来两人已经达成一致。

"因为吴东（小虎）过去有那么一段，我们怕爸妈不同意，就不给他们说，等结了婚，他们也不好说什么了。"

女方的父母不能来，大家略觉遗憾，但谁都知道小虎的过去。他这样的人，有人嫁就不错了，作为男方一边，还提什么条件！同时，我对娜娜愈加钦佩起来。我和老婆一直担心娜娜是小虎骗来的，看来对小虎的过去，娜娜是知道的。我们也就放心了。娜娜的话让我感到爱情真伟大。一个人爱上另一个人，真可以奋不顾身，不要说父母不知道，即便反对也算不上什么。

"嗯！有道理。"岳父点点头，"那怎么操办呢？"

这时候二叔说话了。

"女方家不来，有些礼仪就省了，但规矩还是要讲一下。我已经和姐姐那边说了，到时让娜娜住她那儿，作为娘家，迎亲的人去她那里。"

"那日子呢？"

"下周六，4月18，农历三月二十二，是个吉日，成双成对。"

"房子呢？"

"我们把自己的房子倒给他们，我和刘玉先住他父亲那里，时间不长，他们会去四川。"

"看来你们早就定好了。"岳父说。

二叔嘿嘿地笑着，对儿子的婚事，他早已经谋划好了。接下来，他给我们谈了很多，事无巨细，包括酒席在什么地方摆，摆几桌，都请谁。迎娶新娘的路线如何走，路不能走重复，还要有桥有水。

我们部队每年都有几十天的假期，那时我刚好休假在家，就帮二叔和小虎忙他们的婚礼大事。一起布置新房，到市场上采购东西，联系娶亲的车辆和司仪。二叔忙得每天只睡四五个小时，但他很快乐。有时候不由自主地唱起来：

"解放区的天是明朗的天，解放区的人民好喜欢。"

一天下午，我们两个一起分喜糖，我说："二叔，你这几天真开心啊！"

"是啊！"二叔一脸的幸福，他剥了一颗糖含在嘴里说，"给娃娃一个交代，我也就没什么心事了。"

我说："下一步就等着抱孙子啦！"

二叔笑了，降低声音说："嘻嘻，其实已经有了。娜娜说两个月了，我要做爷爷了。"

我很吃惊，没想到一句玩笑话竟说中了，只是二叔这个当公公的人又是怎么知道这个事的？仔细一想，也不觉得奇怪，两个人早睡在一起了，有孩子是正常的事。

娶亲的前一天晚上，大家早早聚集在二叔家。按青海的风俗，必须是天不亮就要把新娘取进家门。二叔人缘好，院子里很多认识的人来帮忙，屋子里挤满了人。大家聚在一起喝酒打牌，二叔连日来辛苦，在沙发上和衣睡着了，两只没脚的腿从毛毯下露出来。我走过去给他盖上，他喝了不少酒，呼呼睡着，全然不知。我也喝了不少，高原的青稞酒很烈，靠在沙发的一角，什么时候睡着了也不知道。

早上五点钟，还在梦里，就听见二叔喊："都醒醒！都醒醒！洗洗准备出发了。"

我们迷迷糊糊地爬起来，发现二叔已经做好了早餐，每人胡乱吃了些就去姑姑家迎娶新娘。

天没亮，路上不见行人和车辆，六辆一色的奥迪 A6 贴着彩色的气球和大红喜字，在黑暗里悄然行走着，像隐藏着一个极大的秘密。而车停到姑姑家楼下，两挂一千响的炮仗响起，真相大白了。小虎从车上下来，穿着笔挺的西服，打着红色的领带，头发梳得一丝不乱。他手里捧着鲜花，向楼上走去。我们跟在后面，冲上楼梯，把姑姑家的门拍得山响。大声地喊，"开门、开门！"

里面的人说："开门，你们有钥匙吗？"

小虎从兜里掏出一个红包，从门底下塞了进去。里面的人说："钥匙太小了，门打不开！"

那个红包里只有二十元钱。小虎又掏出一个更大的红包塞进去，这次是五十元的，里面的人还不满意。"还小，小了。"他塞进去一个一百元的，里面的人还不满意。我们拼命地拍门，喊："妈啊！开门吧！"那门要被砸破了，只听一个声音说："好了，可以了，要笑的，不可太过了"，然后门开了。

娶亲的人一拥而入。又被堵在门廊处喝"拦门酒"，每人喝了三大杯青稞酒，这才被允许进入新娘的卧室。我老婆，还有叔叔、姑姑家的几个表姐表妹都在那里。娜娜精心化了妆，穿着白色的婚纱坐在床上，美丽极了。

我们赶紧寻找新娘的鞋子，找不见不让接走新娘。柜子里翻了，没有。床底下看了，没有。又到隔壁的房间，储藏室找，把能想到的地方都找了。后来在门口的吊柜里找到一只，是一只红色的漆皮高跟鞋，还差一只。实在不知道藏哪了，一起来娶亲的一个年轻人对姑姑说：

"妈啊！你告诉我们在哪儿吧。你忍心自己的姑娘光着脚出去？"

姑姑呵呵笑着说："你们找啊，你们找不到就别把姑娘娶走。"

藏一个东西很容易，找起来就太难了。我们没耐心了，等着几个娶亲的长辈们喝酒。酒席快结束了，天不亮必须把新娘娶进婆家的门。还有一只鞋子没找见。我们又开始找。

姑姑家的表妹看着墙上的镜框说："你们想想，还有哪里没找的？"

一个人搬了张凳子，踩在上面，从镜框后面找出了另一只红色高跟鞋。

那个人给娜娜把鞋子穿上，顺便在新娘的腿上摸了一把。小虎抱起他的新娘，我们跟着就出了门。

回去的时候，就像凯旋，各种大张旗鼓。车刚一进医院家属院的门，鞭炮就炸了起来，一路上就炸到了二叔住的 5 号楼下。车停稳，我们下车，等待炮仗响完。喧嚣后面，我转身，看见二叔在门后的一棵树下，双目紧闭，虔诚祈祷，嘴里大声地说：

"主啊，万能的主，请您保佑我儿子，还有我儿媳妇，两位新人幸福，长长久久，永永远远。"

没人注意到门后的二叔，嘈杂的声音淹没了他的声音。

炮仗响完，小虎背着娜娜上楼了。

酒席安排在昆仑大饭店，人不是很多，但亲戚和二叔的同事朋友加起来，也摆了六桌。

按照我们青海的风俗，取乐的对象主要是公公和婆婆。二叔坐在大厅，任由人们把他的脸用墨涂成黑色，头上顶着一个用酒盒做成的帽子。模样十分滑稽，他咧着嘴笑，把人们敬的酒一饮而尽。司仪问："你开心吗？"

二叔说："开心！"

"儿媳妇漂亮吗？"

二叔回答："漂亮。"

二叔喝了不少，像一摊泥，扶不起来。后来，酒席没结束，姑姑家的两个表弟把他送走了。

婚礼上的份子钱收了一万多元。亲戚们的红包都不少，他们都觉得欠二叔的，想在儿子的婚礼上补给二叔。在酒席上他们谈论更多的不是新郎新娘，而是二叔，他们说："振生，这算是有个交代了。"

11

那年年底，我从部队转业了，携妻带子离开了青海，来到美丽的海滨城市青岛创业。这一走就是五六年。我们和青海的亲人常联系着，每到周末，还要在网上视频。

二叔的岳父刘老医生独自一人生活。有一天，一个患有肝病、久治不愈的人手持写有专家家庭地址的条，找到他住的楼。他连续按门铃，没人接。给他看过病的医生说："西医已经没办法了！硬化指标 20。去看看中医吧！"这等于已经判他死刑了。他想退休的专家可能不愿意给人看病。但求生的欲望促使他一遍遍按门铃，最后专家还是没有出来。

第二天，那个病人又去了，医者父母心！他想他会感动专家的。他一遍遍按门铃，又是敲门，医生还是没给他开门。不过他等到了照顾医生生活的保姆。保姆每隔两天，来医生家里打扫卫生，收拾家，她掏出钥匙开门，看见坐在门口等待专家开门的病人。

"您找谁？"

"我快要死了，我想找刘大夫看看，可他不给我开门。"

"怎么会呢？他不是那样的人。"说话的时候，她已经打开了门，病人紧跟着保姆进了门。两个人却同时惊叫起来，他们看见离门不远的客厅，老专家趴在血泊中，血已经凝固，看来已经死亡很久。

两人赶紧报警。警察勘验后发现，客厅里有打斗过的痕迹，地毯一角卷起。老专家是被人杀死的，胸脯被戳了七刀。家里东西被翻动过，书房的地上有一个包装虫草的盒子，里面的虫草不知去向。柜子和桌子的锁被撬，凶手显然是为了谋财。

警察调取了小区内的监控录像，发现在前一日晚9点，有一个黑影从窗户翻进了老专家住的二楼。9点30分离开，因为是晚上，监控又较远，无法看清凶手的长相。

二叔和婶子是下午赶来的，患有高血压的二婶一听到警察的话，当场晕了过去。警察又用警车将二婶送进了医院。二叔一边料理岳父的后事，一边照料住院的婶子。

警察认为凶手可能是熟悉老专家的人。他们挨个排查与老专家关系亲密的人。他们调出画面模糊的视频，让二叔辨认！

"是不是吴东？"

二叔使劲地摇头否认，人却一屁股瘫坐在地上，脸色瞬间蜡黄，汗水从额头渗出。

公安发出了A级通缉令，一个星期后，小虎在城北的一个小旅馆里被捕。

意识到周围没有人给他借钱后，小虎想到了退休在家的老专家，父亲的岳父。据他后来交代，他是不止一次找老专家借过钱。开始，老专家很客气，还真的借给他几次，但后来态度就变得很冷漠，还和他争吵过。从此不再给他开门。于是，有天晚上，小虎从窗户翻进去，他决定亲自到专家的抽屉去拿。

老专家发现后，两人厮打起来，小虎用手中的刀向拽着他衣服不放的老专家连刺了数刀才得以脱手。

二叔在高高的昆仑桥上走过来走过去，他觉得再也没勇气活下去。他爬上了高高的铁架，在那里坐了一上午，他想起了自己的一生，也想起了小虎的成长经历——从他的出生直到现在。后来，他想从那里跳下去。桥下围着一大群人，还有警察。

不知什么时候，二婶出现在桥下，她抬头对二叔说："是你杀人了吗？"

"不是。"

"那你为什么要死呢？"

"我没脸再活下去了。"

"觉得对不起爸爸？"

"是！"

"那你死了谁照顾他女儿？"

二婶说到这里的时候，她哭了，二叔从高架桥上爬了下来。

一个晚上，岳母突然从青海打来电话说："你们看，晚上卫视节目《法治在线》，关于小虎的。"

电话是长途，岳母没说什么就把电话挂了。那天晚上，儿子早早睡了，我和妻子守在电视前。

九点半到了，我们坐在沙发上，广告过后，《法治在线》专题节目的音乐响起。老婆紧紧地抓住了我的手，我们不知道电视里将出现什么，害怕与电视里的人相遇。好在节目开始后，主持人播了几则法治新闻。我们长舒一口气。节目过了一半后，主持人说："两个月前，我市某高档小区发生命案。犯罪嫌疑人刺死了自己的姥爷，下面是记者对他的采访。他的话或许我们每个人都应该有所思考，特别是做父母的。"

　　小虎出现了，穿着橘黄色的囚服，头发被剃光了，和几年前相比，变化不大。隔着铁栏杆，他与记者侃侃而谈，像说着与自己无干的事。他应记者的要求，谈了自己的成长经历，谈了自己的父母。但他没谈起娜娜。最后，记者问：

　　"为什么要针对一个老者？"

　　"报复！"

　　"报复谁？那是个和你没关系的人啊。"

　　"我父亲，吴振生！我恨他。"

　　小虎的话让我们震惊，主持人谈着家庭与犯罪的关系，都是些教科书上的内容，我们一句话没听进去。我老婆指着电视上的小虎说："他胡说八道！二叔就差没有把心挵出来给他。"说完了，她还觉得不解气，继续骂道，"一只狼，白眼狼，白养了，还不如没这个儿子！"我看见她眼里全是泪水，她还想说什么，节目结束了。

12

　　刘军讲完了他二叔父子间的故事，让我震惊不已，世间真有此等事？刘军泪流满面，我相信他说的每一句话都是真的。我不知道如何安慰他。我想给他倒杯酒，却发现酒瓶空了。不知不觉间，我们两个喝掉了两瓶。

　　后来我从自己推荐的律师那里知道的消息是，小虎被判处死刑。他做的最有意义的一件事是，在死刑执行前，签署了遗体捐赠书，把他的心脏、角膜、肾等器官捐给了那些需要的人。

　　我和刘军好久没见了。我每天忙碌着一些案子上的事，去年8月的一个星期天。刘军突然给我打来电话，"在家吗？我回青海了，给你带了些特产，有你喜欢的手抓羊肉。"

半小时后，刘军就到了我家。我们两个在客厅里聊起青海，突然间，我想起了他二叔，问他怎么样？

"他胖了！胖得很厉害。"刘军说。

"过得怎么样？"

刘军说——

我儿子今年中考，考完后，我决定回青海住一段时间，我在那里生活了近十年，那里有我们的亲人，我们经常在梦里梦见。在火车站，我们见到了前来接站的岳父岳母，不知道二叔怎么知道了，他也来了。他的头发全白了，拉着我老婆的手，叫了一声，"小薇！"眼泪就下来了，看得我心里非常难受。

二叔和我们一起回到岳父家。我们怕提到小虎，不知道怎么说，倒是二叔自己主动说起了。他喝着我岳父倒的一杯水，吹着水面的茶叶对我说："父子是冤家！"

对他的话我不置可否，我想起年迈的父母，他们生活在农村，只有逢年过节，我才抽时间去看看他们。不能陪伴在他们身边，作为儿女，我觉得欠他们很多。

二叔见我不解，就说："上帝说，他来到这世上，就是要父子不成为父子，兄弟不成为兄弟，婆媳不成为婆媳（见《圣经·新约》）。"

对二叔的话我似懂非懂，猛然想起城西的批发市场后有一座基督教堂。我们有时候集中去买些蔬菜和水果，那里的价格比其他地方能便宜三块五块的。远远地看见高楼间，红色的十字架，高高竖起。有唱诗的声音，越过市场嘈杂的声音传来。几年前二叔就接受了洗礼，成了一名基督徒。从医院的家属院出来，穿过一条小巷就到了教堂。每个星期天他和婶子都要去做礼拜，他还劝我和妻子也去。

二叔说："我给你讲个故事，说有两个人合伙去做生意，赚了钱，回来时，路过太湖，坐船，他趁那人不注意，将他推下船，说是不慎落水，独吞了银子。回到家他就大兴土木建楼，在主梁落成行礼时，他恍惚见自己的伙伴从门里进来。这时家人来报说，他的妻子生了，是个儿子。大家齐向他祝贺，他长叹一声说，索债的来了。那个儿子长大后果然是个孽子，将家败得一贫如洗。"

讲完后，二叔对我说："上辈子，我可能欠小虎的，让我这辈子来还。"

犯罪

官员张军贪污受贿，却不敢花，因此一直没人告发。
一场台风，刮倒了楼房，也揭露了张军的真面目。

NOTE 11

1

我的心情沉痛且复杂，独自驱车七十公里，赶到市郊外的看守所，去会见因涉嫌贪污受贿罪的被告人。海边初冬的天气潮湿而阴冷，恍然中，眼前又出现二十年前在法学院里的一幕：

年逾古稀的老教授侧身站在讲台上，倒背了双手，双目微闭，缀满银丝的头四十五度向上抬起……

"这个犯罪嘛，一种是因为贫穷，一种是因为贪婪。"

下课的铃声已经响过，楼道里传来急急的脚步声。有人收拾书包，夸张地制造着响声。我的肚子咕咕地叫了一声，而来自南食堂厨房的红烧茄子味，一点一点越过操场，飘进教室——教授仍然没有要下课的意思。

张军站起来，"那么，老师，考试的时候，我们就不按课本上讲的，什么贝卡利亚的刑罚论，龙勃罗梭天生犯罪论，费尔巴哈社会学论，就写，"他故意把声音拉长了，模仿着教授的陕西口音，"这个犯罪嘛——一种是因为贫穷，一种是因为贪婪。"

课堂上轰地笑了，饭盒敲击桌子的声音更加猛烈。

教授醒悟过来，脸红了，颤巍巍抬起手指，远远地，隔着空气戳向张军，"哼！你娃——下课。"我们嗷地叫一声，奔向食堂。

2

二十年前，我们来自祖国不同省份的七个少年，在西北的某法学院相遇，开始为期四年的大学生活。张军的年龄最小，是我们宿舍的"老七"，住在我下铺。二十年前的大学，学习没有现在这么紧张，也没有今天这么多的成功学。上学还不收学费，毕业包分配，走到社会上，人们叫我们"天之骄子"。像我们这种学法的，毕业最差也会分配到县级公检法。

我们冲进食堂，一般会买两份菜，一荤一素，外加二两米饭或两个馒头，这些加起来大抵一元钱左右。同宿舍的几个人凑在食堂的圆桌上，边吃边聊，顺便把筷子伸向别人的菜碟。只有张军打一份两毛钱的清汤面，端到宿舍吃。等我们吃完饭回到宿舍时，他已经在刷碗。我们问："张军，你怎么不吃菜？"他脸很快涨红了，粗着脖子说："我们北方人喜欢面食。"

希腊人说，人不能隐瞒三样东西：咳嗽、贫穷和恋情。我们很快发现了张军为什么不吃菜。他穿的中山装洗得发白发蓝，上面还打着补丁。晚上睡觉，脱下外裤，露出用碎布头缝制的花裤头。初入大学的张军很腼腆，在宿舍里的话很少。每到周末，我们这些外省的同学商量着到陕西的什么古迹去玩，而张军总不和我们同行。"有个刑法上的问题我还没搞清楚。"他背起书包去教室，孤独的背影消失在周末热闹的操场上。其实，我们知道他在躲避着什么。他不和我们出去玩，悄无声息地来往于宿舍和教室之间。早晨早早去，晚上很晚回来，只有睡觉时我才见到这个下铺的兄弟。

有一天晚上，踢完球很累，我早早睡了。半夜醒来听见有人哭，那声音很小很压抑，起初我以为自己在做梦，后来听到那声音真切地从下铺而来，也不像梦呓。"张军，你怎么啦？"我趴在床边悄悄地问，他翻了个身又睡着了。第二天早晨问起，他红着眼睛说："做了个梦。"我觉得这个小兄弟，有些我不懂的地方。

后来，我们从辅导员那里知道，张军的父亲很早去世了，有个姐姐出嫁早，只有他和母亲相依为命。以后的日子，宿舍聚会，一起吃饭，我们会主动把他拉上，并把他的那份钱主动给免了。慢慢地，张军和我们融入一起，他学习依然很努力，对宿舍的其他人都非常客气。他始终笑眯眯的，亲切地叫我们每个人"哥"。他会主动地把宿舍的开水瓶打满水。

除了学习，张军偶尔会下一盘象棋。他在宿舍，甚至班上罕遇对手。我和他下五盘，最多赢一盘。他的成绩在班上一枝独秀，他高高瘦瘦，还带着一丝忧郁。那个样子是最吸引女生的，一段时间，班里的女学习委员贾玲玲，常来宿舍和张军讨论犯罪与控制这样深奥的问题。学政法的女生本来就少，漂亮的就更不多。同学戏言，"师大无才女，政法无美女。"我们班只有七个女生，贾玲玲穿着蓝色的连衣裙，走进教室，男生的眼光投过去，像针碰见磁铁。我们羡慕张军艳福不浅，但是后来我发现，他主动躲着女学习委员，只到熄灯时才回宿舍，失望的贾玲玲一次次扑空。

大二时，我们喜欢在自己的床铺上围一圈布帘，给自己创造一个隐秘的空间。要么在里面悄悄看书，要么和女朋友窃窃私语。我常常逃课，一个人偷偷躲在围帘里看武侠小说。有一次，张军提前回到了宿舍，他没有发现布帘后面的我。他在宿舍里背着手走来走去，像在思考什么，又拿起桌子上的梳子，反复梳头，顺手把同舍"小广东"的西服穿在身上，长久地在镜子前欣赏自己。我悄悄地观察他，心想这家伙是不是恋爱了。我打算大喊一声，吓他一跳。楼道传来同学们下课的脚步声。他赶紧脱下西服，坐在桌子前看起了书。

第二天是个周末，大家睡到很晚才起床，"小广东"穿上西服，准备到师大去见老乡，突然失口喊道："哎呀，我口袋里的钱不见了。"

一时间人人自危，每个人都成了嫌疑人。我说："你记错了吧？这事再别问了，学法的人要讲证据。"我是宿舍老大，说话他们还听。

"小广东"嘟囔着："昨天刚破开的一张一百元，还剩下八十，现在一分没有了。"他把衣服的口袋翻开了露在外面，那样子像说，你们看，你们看。大家面面相觑，张军平静地背起书包去了教室。

这事就过去了，但张军在镜子前独自试穿西服的样子，多年后我一直记着。

一条路笔直向前延伸，走了四年，突然出现了分岔，毕业季到了。我因儿时的一个梦，到祖国的北方当兵，张军南下至海边的城市当了一名检察官。散伙饭上，他喝了很多的酒，搂着我的肩膀，泪眼婆娑地说："哥，苟富贵，勿相忘。"宿舍里就我们俩来自农村，又上下铺四年，我和张军感情最深。我也流下了眼泪，我觉得他就像我的弟弟。

3

去了部队的我和张军失去了联系。一次，偶尔和一位当律师的同学相见。他说，张军还保持着大学里的勤奋本色，四季穿着检察官制服，经常加班至深夜。他把母亲接到身边，仍单身，"我负担重啊，谁会看上我呢！"然而，有一双眼睛却始终默默地观察着他。在他眼里，张军谦虚、刻苦，把母亲带在身边，这不是负担，这是"孝"啊！在考察了三年后，张军做了检察长的乘龙快婿。为了避嫌，他辞去检察官，成了区党委办公室的一名秘书。"现在变化可大了！"我的那位律师同学说。

2000年，分别五周年的我们又在母校相聚，毕业后第一次见到张军。我大吃一惊，他一身笔挺的西服，仍然笑眯眯的，像明星那样帅气逼人。他亲切地和我握手，我却感到前所未有的陌生。吃饭的时候，同学们要么喝白酒，要么喝啤酒，只有他喝红酒，且每次只喝一口。诉说离别之情，怀念大学时光，几杯酒下肚，我们回归本色，又开起玩笑、互相打闹，只有张军临危不乱，像领导接见下属那样挨个和同学碰杯，"有什么事说啊！"我想第二天单独和他聊聊，他却坐着飞机匆匆离去，抱歉地说："身不由己啊！"我觉得张军苦尽甘来，前途无量，他所得到的一切都是自己奋斗而来，真心为这个弟兄高兴。

人生无常，又一个五年而过。我从部队转业，来到张军所在的这个城市做起了律师，从起点回到起点，而他已经是区国土资源管理局的局长。

大法官霍姆斯说，法律的生命是经验而非逻辑。重操旧业的我，从头学起，从办理"离婚、伤害加讨债"这样的小案件开始。我努力做一个合法律师，有事从不去打扰张军，我知道他的不易。他偶尔会在某个中午和我一起吃个便饭，要碗面或一盘饺子，从不排场浪费。除正式场合，常年穿件灰色的旧夹克。我曾到他家里去，他还和母亲住在当年单位分的旧房子里，简朴得让人难以置信。我想像张军这样的官员，是我们的希望。

4

　　一夜间，台风"榴梿"肆虐我们这个海滨城市。狂风暴雨，像是世界末日到了，两个小时降水七十毫米，城市的排水系统几近瘫痪。区保障房项目工地上一栋在建的楼，像位年逾古稀的老人那样，在大水里歪倒了。三个在楼中临时居住的农民工不幸遇难。这一场自然灾害也彻底改变了张军的命运。

　　事故调查组发现楼的地基存在偷工减料之嫌，工地负责人被控制，他交代向保障房领导小组负责人、区国土资源局局长张军行贿两百万元。

　　张军被市纪委"双规"，在规定的时间和规定的地点交代自己的受贿事项。张军坚决否认自己受贿。在纪委设在玉山的办案点，张军被关在没有窗户的房间里，墙上包着海绵，办案人员二十四小时监督他。房顶一盏一千瓦的灯日夜亮着，不知道白天和黑夜从何开始。他不停地练习蹲马步的姿势，手中端着一盆水，还历经"苏秦背剑""鸭儿凫水"等动作，但他坚持说："我是经得起考验的。"

　　很多官员是在都纪委一出面，还没有宣布调查事项之时，就诚恳地交代了"自己的问题"，痛哭流涕地忏悔辜负了党和组织的培养。然而二十多天过去，张军还没有交代，以至于连办案人员都认为他是清白的。经查，他和母亲及配偶名下没有任何房产和存款。他们还派工作人员远赴他农村的姐姐家中调查。那个农村妇女仍然住在黄土筑成的窑洞里，靠养猪勉强供养两个上中学的孩子。她对办案人员说："钱？我没见过他的一分钱，小时候白带他了，我没有这个弟弟。"

　　张军被解除了"双规"。工作组认为，事故的发生张军负领导责任，但没有直接责任，只是给了他党内警告处分。

　　一个晚上，张军打电话给我说："一起坐坐。"我们俩在海边的一个渔家乐相见，他没有让司机开车送，而是自己打车来的。我看见他瘦得厉害，像经历了一场大病，心里非常难过。

　　"我的事你可能听说了？"他坐下后说。

　　"我相信你。"我双手紧紧抓着他的手，眼泪差一点儿下来。

　　"这不是没事了吗？"我安慰他。

　　张军一言不发，仰起脖子，把我倒给他的酒一杯杯干了。我明白他的难处，别人看到他风光的一面，我看到他艰难的一面。

　　"哥，我可能走错路了。"他突然把酒杯在桌子上一蹾说。"我要是继续做我的检察官或像你一样，做名律师，可能不会有今天。"

　　"哪里，你有今天，是因为优秀，你不知道，有多少人羡慕你。"

　　"哈哈哈！"张军笑了，笑得我莫名其妙，接下来就一言不发。我们两人默默地喝着酒，后来他喝得吐了，吐得一塌糊涂。衣服上、桌子上、地上到处都是。"你不能再喝了。"我拼命劝他。他拽着酒瓶还要喝。好容易我把他劝住了。在送他回家的出租车上，他醒过来，"哥，跟你说个事，万一我进去了，你给我辩护！"

　　"胡说什么呢？已经证明你没事了。"

　　"不，我给你写个书面授权。"

　　"你醉啦。"

　　"我没有。那现在贪污受贿多少判死刑呢？"

"按《刑法》第 382 条，贪污受贿十万元即可判处死刑，但是经济案件很少有判决死刑的，高院新出的意见是一亿以上，才可判处死刑。"

"哦。"张军摇晃着进了单元门。我守在楼下，在黑暗里，看着他家的灯亮了，才转身离开。

张军没想到，纪委解除对他的"双规"只是一种策略。办案人员通过跟踪发现，张军定期会去一处海边偏远的小区。一天晚上，他们发现张军又去了那套公寓。里面许久没有声音，他们敲门，不见开门。于是请来开锁公司的人，打开房门。所有的人大吃一惊。他们看见房间灯光黑暗，窗帘是拉上的。借着窗外微弱的灯光，张军坐在一沓一沓人民币堆成的地板上，像一座雕像一样。灯光在纸币的水银上，反射出熠熠的蓝光。

"你们来了？我知道你们会来的。"他喃喃地说。

办案人员从张军这间住处搜出人民币一千零八十二万元，美元三十二万元，欧元十四万元，港币二十二万元。搜出以假身份证办理的房产证十一处，还有古玩字画若干。

张军因涉嫌贪污罪和巨额财产来源不明罪，被移送司法机关处理。

5

我在市第一看守所的会见室见到了张军。他穿着橘红色的囚服，头发被剃得精光，人看上去反而比那时胖了，精神状况比我想象得好。

我不知道如何开口，我承认我无法读懂这个人的心，就像二十年前在法学院，第一次和他相见时那样。虽然看上去我们很亲，但我始终没法走近他。

"那些——一千多万元，还有房子，都是真的？"

"是。"张军头低着，像个犯了错的小学生。我无法把眼前这个囚犯和一起相处四年，相识二十多年的兄弟联系在一起。

"从什么时候开始的？"

张军把头抬起来，不看我，注视着房顶，像是回忆一件久远的事。

"五十元。你记得吗？ 1996年《刑事诉讼法》第一次修改时，取消了一项制度，免于起诉。"

"知道，这是检察院的一项权利。被告人或犯罪嫌疑人涉嫌犯罪，但因为罪行较轻而免于起诉。"

"对。一个人是否有罪，应当经过法院的审理，犯罪却又免于起诉，这显然违反了刑法原则。因此，后来修法时取消了。"

"这与你有什么关系呢？"

"那时候，我办了第一起免于起诉案件，有人涉嫌盗窃。我对他宣布了免于起诉书后，收了五十元钱。那是我利用权力所获得的第一笔钱，我至今记得。"

"害怕过吗？"

"害怕过啊，几天几夜心神不宁。那个人科长认识，只要他的屋里电话响起，我就把耳朵竖起听，我怕他问，为什么要收人家五十元呢？"

"后来就不怕了？"

"是。慢慢就坦然了。给他们办了事，收钱是理所当然的。"

"唉！老七，你太贪了。"我说。

"哥，你尝过贫穷的滋味吗？"

我摇摇头，不知如何回答他。

"当我一个人躲在宿舍里吱溜吱溜地吸面条，你们不停地问我，张军你为什么不吃菜？就像晋惠帝问大臣，那些饿死的百姓为什么不喝肉粥？难道你们真的看不出我没钱？"

"其实，老七……"我心里很难过，我想说，我们没有恶意。

"你们的眼睛像狼一样盯着学习委员贾玲玲，可当她扑到我怀里时，我却拒绝了，知道为什么吗？"

"为什么？"

"因为贫穷没有爱情啊！还有，'小广东'西服里的钱是我拿了。我拿了那八十元钱，在学校门外的小馆里要了两盘肉，一盘饺子，一瓶啤酒。我一边吃，一边流眼泪，哥，我半年没吃过肉了。我感激你，没有让这件事在宿舍查下去。"

"为面包偷不是偷。可是后来你偷了一千多万，十一套房！你应该争取自首，纪委'双规'的时候，你为什么不坦白呢？"

"我傻啊！上学时老师怎么讲的？坦白从宽，牢底坐穿，抗拒从严，回家过年。我扛了差不多一个月，瘦了三十斤。纪委的人说，没有见过我这样的。"

"可你有没有想过，你拿了两百万后，那楼里的钢筋和水泥就少了两百万，那楼还安全吗？"

"安全？可我心里不安全啊！我经常在夜里做噩梦，梦见到处寻找吃的，胃里像有一把小勺在挖，难受得要命。醒来，心里空荡荡的，像是被飓风刮过。我知道那些钱拿了不安全，收了也不敢花，那间房不能常去，可看不到钱，我睡不着。我整夜整夜地失眠，只有见到那些钱，把它们抱在怀里，躺在上面，我才踏实睡去。唉！该死的台风，该死的雨啊！"

张军突然号啕大哭起来，脸深深蒙进戴着手铐的双手里。

看守第三次走进会见室，像催命一样地喊，"走吧，走吧，是时候了！"

我依依不舍地站起来，像是从此要永别了。张军挥动戴着手铐的双手向我道别，"哥，你还要来看我。"我点点头，眼泪扑簌簌而下。目送着他走入铁门，脚镣撞击着地面，发出叮嚓、叮嚓的瘆人声，橘黄色的囚服渐渐消失在走廊尽头不见了。

看守所外的阳光猛烈，我身上却阵阵发冷，钻进车中，给自己点上一支烟，烟雾朦胧中，又回到二十多年前的法学院。年逾古稀的老教授侧身站在讲台上，倒背了双手，双目微闭，缀满银丝的头四十五度向上抬起……

"这个犯罪嘛，一种是因为贫穷，一种是因为贪婪。"

手记十二

神秘的女尸

小明对很多人都很温和，但对这个男人却很凶，不知
道为什么。

NOTE 12

1

下午五点半，冬天的天已经黑了。我下班回家，看见先我到家的妻子手上戴着橡胶手套，正低头刷中午留下的碗，"你说让你刷个锅又怎么了？"她认为我比她晚半小时上班，就有刷锅的义务。我无话可说，表面上一副不屑和女人争辩的样子。

家里的门突然"咚"的一声推开了，儿子满头大汗地冲进来。"你怀里是什么？"妻子首先看见了。

"小狗！"儿子兴奋得声音都变了。

我看见他怀里抱着一只脏兮兮的小狗，有半尺长，毛发杂乱，见了生人，怯怯地往儿子怀里钻。

"哪里来的？"

"垃圾桶边捡的！"

"天啦！你怎么什么都往家里拿啊——说不定还有病！"

妻子摘下手套，转过身，冲着我发起火来，"看你儿子！"

只要小儿子在外面惹了事，她都说："你儿子。"但当儿子受到老师和他人的表扬，她就搂在怀里，又亲又喊，"我儿子！"我知道她的生气里有一半是对着我的。

我走过去，蹲下去，摸摸儿子的头，又看看他怀中的小狗说："你要是喜欢，爸爸给你买一只，只是这种流浪狗……怕也活不长，把它送回去好吗？"

儿子懂事地点点头，放下书包，抱着小狗出去了。他六岁学音乐，每天练琴一个小时，是个性情非常温和的孩子。

我换了衣服，赶紧把米饭蒸上，又讨好地去摘菜洗菜，妻子的脸逐渐变得平展。菜切好后，我系上围裙，准备下锅炒，还不见儿子回来。

"我出去看看。"妻子说。我不放心，解下围裙，跟在她后面出门。见楼道里，儿子孤单地坐在楼梯上，怀中抱着那只小狗，泪流满面，小狗在他怀里瑟瑟发抖。我心里突然一阵难过，好像看见两个被遗弃了的孤儿。

"抱进来吧！"妻子默默地说。

我们用热水给它洗澡，又用电吹风把它的毛发一根根吹干。身子变暖后，小狗一下子站了起来。它通体雪白，尾巴上翘，两耳下叠，两只眼睛无限信任地看着我们全家人。我们一下子喜欢上了，只是不知道它是一只什么狗。

我把它的照片传到网上，一网友立马回复：中华田园犬，也叫京巴串，说白了就是只土狗。我有些失望，到网上查了下，说这种狗聪明，通人性，能长到二尺长，一尺高。

我们给它喂吃的，到超市买狗粮，又带它打防疫针，到社区里上狗户口。总之，它成了我们家的第四位家庭成员。

唯一困难的是给它起个名，儿子在作业本上写下了满满一页：狮子、闪电、阿虎、捡来、baby……都觉得不合适。

有一天晚上，他写作业，小狗就趴在他的腿上。突然他哈哈大笑起来，把手中的铅笔往桌子上一投，"有了，就叫小明——作业里的孩子都叫小明，叫它小明吧！"

有了小明后，最开心的是儿子，带着它在客厅里疯跑，教它跳跃，捡东西，还给它大声朗读《格林童话》，小明蹲在沙发上，眼睛盯着儿子，像个认真听课的学生，一动不动。

晚上七点是儿子练琴的时间，只要他没练，小明就蹲在钢琴前汪汪叫，逼着他去练。我还发现小明能听懂音乐，只要钢琴声响起，它嘴里就发出一种奇怪的呜呜声，但是当音阶和琶音弹完，它立即转身离开，反而是那些能打动人心的优美乐曲，让它觉得索然寡味。

有一天晚上我们睡下了，小明在客厅里汪汪叫，我起来去看，风吹动着窗帘微微颤动，原来我们忘记了关窗户，我赶紧关上。

在儿子的精心照料下，小明长得很快，半年后已经有一尺高，两尺长，奔跑有力，叫起来声音响亮，俨然一只大狗了。

儿子上学后，我们一直在学校边租房住。这样的好处是省去了接送的不便，孩子也能比其他孩子多睡半小时，私下还认为这半小时会转化成分数，体现在成绩上。

只是这样的好日子即将到头，下个月他就升初中了。我想如法炮制，在新学校近旁寻找一个合适的房子。然而，时过境迁，和几年前相比，租金上涨了数倍，还难有好房子。

整个暑假里，我都跟着中介看房，不是觉得户型不好，就是嫌房租贵。那种心情就像"剩女"，一方面急着要嫁出去，一方面又觉得还有更好的，再等等，在等待里，还有一个星期就开学了。

一天，我开完庭，无意间说起此事。

"我在阳光小区有套房子，那儿离学校很近，你要是不嫌弃就住吧！"说此话的人叫刘涛，我是他的法律顾问。

刘涛生产一种复合接地装置，供货对象是电信和石化行业。

看上去产品是一些钢管和三角铁，但上面喷涂了一种他们公司研发的特殊涂料，埋在地里四十年不锈蚀。秘密全在涂料里，公开的专利说明书上说，是碳粒子和树脂，但我知道里面还有一种成分，就是专利说明书上也没有。祖国北方的黑土地，南方的红酸土，都埋有他们的产品。石油和电信，有的是钱，在我看来，刘涛赚钱就跟捡似的。

他有很多房产，现住在海边的一栋别墅里。五年前就办理了移民，老婆和孩子在加拿大。

想不到困扰我的房子问题，不经意间解决了。

2

一个周末，我决定搬家，妻子反对，"我查了下，今日不宜搬家。"我从来不相信这些东西，执意要搬。我平时很忙，只有周末有时间，再说马上要开学了。那天早晨，天阴着，空中布满阴云，像是某种不祥之兆。妻子坐在副驾驶上不说话，到了新家后，果然发生了一件奇怪的事：小明拒绝进入我们的新家。

它站在门口，两条前爪搭在门槛上汪汪叫着。"小明进来。"儿子在里面热情地唤它，它就是站着不进门。

"狗不嫌家贫，它在怀念我们原来的家。"妻子说。儿子把它抱进来，它从一个房间到另一个房间，焦躁地跑来跑去，不时叫两声。

我默默看着小明，动物有些我们人类没有的功能。比如，地震来临前，狗和猫等会变得焦躁不安，这已成为共识。难道我们的新家有什么不对？我打量这个新家，装修还是20世纪的风格，格调暗红，客厅、卧室、厨房做了过多的柜子，要么吊在墙上，要么在屋角一隅，而每个柜子都隐藏一个秘密。房子里散发着一股沉沉的霉味。我走过去，打开窗户，让新鲜的空气吹进来。

忙了整整一天，算是把新家收拾好。晚饭后，我们到小区里散步，小明跟在后面。我们沿着广场花坛边的小路慢慢走着，我对经过的居民们笑脸相迎，他们是我们的新邻居，我们将在这里生活三年直到儿子考取高中。

突然，小明对着在花坛边坐着的一个男子凶狠地叫起来，小区居民的目光都被吸引了过来。我看男子三十出头，肤色蜡黄，年纪轻轻却已经谢顶。

"小明！"我走过去，挡在它和男子之间，想阻止它，但这畜生不依不饶，尖牙外露，反而叫得更厉害了。男子尴尬之极，站起来走了，小明对着他的背影仍然叫个不停。

"安静，你这家伙！"儿子跺着脚赶小明。搬了一天的家，那天晚上我很累，躺下后很快睡着了。半夜，妻子突然叫着坐起来，我也醒了，听见小明在客厅中狂叫，"怎么了？"

"客厅里一个长发女人，走来走去！"

"瞎说，你做噩梦了！"

"那小明为什么叫呢？"

"换个地方总有些不适，睡吧！"

妻子躺下又睡着了。这一折腾，我再也睡不着，两只眼睛睁着，直到天亮，我也觉得新房的阴气太重。

第二天晚上，我们带着小明到广场散步，在花坛边又见到那男子，他态度很好，对着小明笑，还给它饼干吃，小明仍然对他叫个不停。小明对很多人都很温和，但对这个男子却很凶，不知道为什么。

3

一个周末，妻子带着儿子去上钢琴课。我独自在家看一场NBA。快到中午时去厨房弄饭，却发现不知为何，卫生间的下水堵了，脏水溢了一地。

我第一想到的是找个铁丝或什么细的东西去捅一下，到哪里去找呢？我不由自主地想起了地下室。

我带上钥匙，出门，小明先我冲了出去。它最喜欢在院子里玩。来到地下室。楼道里堆满杂物，也不知道灯在哪里。我打开手机，借着屏幕微弱的光，慢慢向里走，楼道拐来拐去，像座迷宫。

我向前又走了一段，眼前突然出现一个装着高级防盗门的房间：402。显得与众不同，这不是我们家对应的地下室吗？

我把眼贴近了，想观察下这间不同寻常的地下室。像是有人声传来，还轻微咳嗽了下。突然，我的手机"吱——"响了下，没电了，周围一片黑暗。我非常紧张，发现周围都是墙，想转身出来，却看不清脚下的路。

"汪汪！汪汪！"突然小明在前面叫起来，眼前好像慢慢变亮。我循着它的叫声，跌跌撞撞，一步步走出地下室。

从地下室出来，我惊魂未定，坐在花坛边喘息，却看到一个巨蛆似的身体蠕动着从地下室上来，哎！那不是刘涛吗？他没看见我，走到自己的车前，跨进去启动开走了。他跑到地下室干什么？

4

这一天我正在上班，刘涛来到办公室，"您能不能帮我一个忙？借我五十万应一个急。"

"这，你先说发生了什么事？"

"唉！订单减少后，我闲着没事，就把公司账户上的两千万转出来炒期货，两个月不到，全赔了进去，马上过年了，工人的工资也发不出来！"

"这样啊！"

"还有一个办法，现在住的房子你买了，算是帮帮我，你也不用担心我还不起。"

"我相信您，刘总，但我得回去和妻子商量下！"

"我是公司的罪人，我不知道如何对公司的其他股东说。"刘涛说着眼里浸满泪水。

我感到无比震惊，在我认识的人里，刘涛是最有钱的，想不到说破产就破产了。我盘算了下自己的积蓄，交了首付，再从银行贷些款可以把那房子买下来，就算是帮他吧。我把自己的想法对妻子讲了，"行，就当投资，把房租当按揭，这是学区房，将来价格会涨的。"她说。

我把钱给了刘涛，并请他吃饭，他却心灰意懒。

"我给工人说年后暂时不用来上班了，没有订单，我不想干了。"

"别灰心，你的客户都是国企，石油和电信，有的是钱赚，过了这一阵会好的。"

他摇摇头，伤感地说："中石油现在产能过剩，未来几年不会有大的投资，加上国际油价长期走低，我赚钱的时代已经过去了。"

两天后的一个晚上，我吃完晚饭正在家看电视，刘涛敲门，"我把地下室的钥匙给你？"

"刘总，进来坐？"

"不用，我带你去看看，我们算是正式交接。"

我随刘涛到地下室，到了一楼，他在墙上按一下，楼道亮了，原来地下室有灯。我想起了那天的奇异经历，疑虑地跟着往里走，像是又有人声传来，仔细听原来是头顶中水管里的声音。我长出一口气。刘涛打开402室的门，一股霉气扑来，地下室阴气逼人。

这是一间四十平方米大的房子，呈长方形，最里面有个一尺见方的窗户，上面装着铁栏杆，透过窗户边的杂草，小区的大门和进出人流尽入眼底。

"创业时我曾经在这里住过，那个制剂的配方就是在这里研发出来的。"刘涛环顾房子四周无限依恋地说，"这个柱子你千万不能动！"他用戴着手套的手拍着地下室东南角的一根柱子说，"里面有下水还有自来水管道，当年PVC管道冻裂，水流一地，实在没办法，就用水泥浇筑了，千万不要动它！"我说，"不会。"

送走刘涛，我又转回到地下室，反复打量着，用它做什么好呢？要是车库就好了。可惜以前的房子都是这种设计，那时的人可能没想到有一天汽车会进入普通百姓人家。突然，我乐了，我想起了单位库房里的一张旧乒乓球桌，放在这里是一个天然的乒乓球室。

我是个业余乒乓球爱好者，打了十多年，儿子上学后，为了保护他的视力，我也带着他打，但外面的场地都很贵，一个小时在三十元左右，且不方便，有了这个乒乓球室后，我们再也不用花钱了，想什么时候打就什么时候打。

说干就干，拖干净地，换了灯，乒乓球台运回来后，一间简易的乒乓球室诞生了。我把儿子喊来，我们两个打几个回合，相当不错，稍微不便的是那根柱子，占去了房子的一个角，影响击球，不过只能凑合用了。

有了这间乒乓球室，每天晚饭后，我都要和儿子打上几十分钟，每周星期天下午，我们还会加练两个小时。打球成了我们雷打不动的运动项目。

5

这一天，我到地下室拖地，抹球台，等儿子上完钢琴课练球，等了很长时间，往日练球的时间早过了，儿子还没有回来。

我无聊地坐在屋角一张捡来的旧单人沙发上，不知不觉中睡着了。恍然中，就见眼前立着一个女的，长发掩面，赤裸身体，从胸腔到小腹，内脏全被掏空了，像是一件没有系扣的衣服，打开着，里面空无一物。

我心头一紧，大声喊："你是谁——"然后就醒了，眼前的人影倏然消失。几乎同时，小明从地面跳起来汪汪狂叫，窗户上一个黑影一闪不见了。

我从沙发上站起来，浑身是汗，原来是做了一个梦。

地下室阴森森的，安静得出奇。我有些害怕，就从地下室出来。地面上，凉风习习，太阳正在西下，在楼缝里露出个圆圆的红脸庞。

儿子上课还没有回来。

　　我还想着刚才的惊魂一幕，是我做梦了，还是窗户上真的有什么黑影？想到这里，我就转到楼后，想看个究竟，走到楼后，只见一个人影拐过楼角不见了，小明尖叫着冲过去。

　　"回来——"我向小明喊了下，小狗立住了脚步，还不忘对着消失的人影叫着。这说明我在窗户上看见的的确是一个人，那么他是谁？

　　我向小区门口人多处走去，心里不禁有些后悔买下这房子。这时，我看见妻子和儿子正往小区的大门里进，小明看见了，跳起来向两人冲去。

　　"怎么这么长的时间？"我迎上去问。

　　"后面那个孩子没来，老师临时加课。"

　　"哦！"

　　下午我们没有打球。晚上我把闹钟定在凌晨两点半，喝下一罐啤酒后，就在沙发上早早睡了。我是个球迷，欧洲冠军杯决赛就在当晚，巴萨对尤文，我准备半夜起来看球。半夜时分，我醒了，看了下表，才一点半，距球赛开始还有一个小时。

　　我起身去上厕所，走过客厅，听见门外面"咔嚓"响了一下，又没了。我想可能是外面的风吹动了什么，上完厕所又躺到沙发上。即将开始的球赛让我兴奋难眠。我躺在沙发上猜测是尤文胜巴萨，还是巴萨胜尤文。

　　"咔嚓、咔嚓"那声音又响了两下，这一次我听清楚了。有人在捅我家的防盗门。我还看见门的拉手上下晃动了下。一直在地上熟睡的小明也听见了。从地上跳起来，两个耳朵支起听着。我摸摸它的头，它又躺下。

　　我站起来，没穿鞋，蹑手蹑脚走到门口，从猫眼向外看，想知道是谁在捅我家的门，门外一片漆黑。

上大学时刑侦老师讲过，晚上家里的防盗门一定要反锁，锁上后在里面插一把锁匙，这样外人很难捅开门，多年来我一直记着老师的嘱咐，并身体力行，无论妻子，还是儿子，我们都养成了这一习惯。

捅门的声音越来越大，门把手上下晃动，捅门的人是谁？和地下室那个窗户上的人有无关系？我得罪了谁？是谁盯上了我？是否与我平时代理的案件有关？要不要拨打110？

我在心里快速问了几个为什么，门咚的响了一下。小明从地上跳起来，叫着冲向门口。楼道里的灯亮了，我从猫眼向外看，门外空无一人。一个脚步声咚咚、咚咚地下楼而去。

"谁啊——"妻子醒了，在卧室里喊。

"哦，是小明叫！"我应一声，打开电视，球赛已经开始，眼前一片花，主持人口若莲花，谈论两支球队的战绩与赔率，我一句话听不进去，呆呆地坐到天亮。

6

又是周末，我如约和儿子到地下室打球，他四比一干脆利落地赢了我。"爸爸让你的！再来一局。"嘴上这样说，我心里却一百个不服输。

现在想想，我那天输糊涂了，犯了很多大人常犯的错误，认为输给孩子是很没面子的。接下来的一局拼得更凶，奋力奔跑，大力扣杀。儿子打得很聪明，他总是把球送到我的反手，反手旁就是那根大柱子，空间小，严重限制了我的发挥，儿子一个球扣过了，我扑上去救，一头撞在柱子上。眼前冒起金花，我放下球拍，用手捂住额头。

"爸爸，你没事吧！"儿子跑过来，关切地看我的伤。还好，起个了包，没出血。

这一撞把我撞清醒了，没必要和一个孩子较真，他进步我应该高兴才是啊，我说："没事！爸爸今天输给你啦！下周咱们再战。"

律师是自由工作者。第二天，我没有上班，在家看 NBA，为了保护球员，NBA 的篮球架都用厚厚的海绵包起来。突然受到启发，我可以把地下室的那根大柱子用海绵包起来啊！那样就不怕撞伤了。

我从五金商店买来海绵和钢钉，像穿衣服那样把柱子包起来，然后用钢钉钉死。"啪！啪啪！"钉子没受到多大阻力，轻松地钉进柱子。

原想着水泥柱，钉钉子不容易，所以我买的都是那种大号的钢钉，谁知钉起来这么容易。

我又捡起一枚，钉起来，"啪——"柱子上一块水泥块掉到地上。那是什么？一只干瘦的人手赫然出现在我眼前！五指紧紧地抓住水管。我的头发唰地一下竖了起来，这是一只人手还是一具整尸呢？

我抡起手中的铁锤一阵猛砸，柱子上的水泥像古代武士身上的铠甲，哗啦哗啦掉在地上。在下水和暖气管中间，一具完整的尸体卡在中间，两手抱柱，头侧向一边，长发上结着一块水泥，垂下来，晃动着。她的肚子全被剖空了，紧紧地卡在水管上，那样子像全身心拥抱自己的情人。

小明跳起来对着柱子里的女尸汪汪狂叫，我扔下手中的铁锤，逃出了地下室。

我所做的第一件事就是报警，"110 吗？我在地下室里发现了一具女尸！"

"哪里？报假警会受治安处罚的！"

"是真的，阳光小区4号楼。"

十分钟后，一辆警车开进小区，停到我家楼前，两名警察从车上下来。我迎着他们走过去，"我是报警人！"

走在前面的那个高个警察打量着我，不相信地说："真的还是假的？"

"你们看看就知道了。"我带着他们向地下室走去，女尸完整地卡在水管中。有了警察，我不再害怕了，上法医课时，也接触过尸体。我走近了仔细地看，那女尸有一米六高，身上肌肉干瘪萎缩，像是一具木乃伊。

两位警察也对眼前的景象吃惊不已，连忙拿出电话汇报，又过了一会儿，一下子来了六七名警察，手中拎着箱子，个个严肃紧张，4号楼的周围也拉起了黄色的警戒线。

警察们对着女尸拍照，取样，最后，他们用塑料布把女尸包起来，装进一个大号的编织袋。她的头发上结了很大的一块水泥，法医用手中的锤子把水泥敲碎了才收进去。那时我才看清了她的脸，风干了的肌肉紧贴在骨头上，眼、鼻、嘴变成几个黑洞，唯有牙齿雪白完整！阴森森地，我为什么要看这张脸呢？我感到肚子里翻江倒海，顾不上人多，冲到屋子的一角吐了。

警察把尸体运上车，我被带到分局做笔录。我把如何发现女尸，又如何从刘涛手里买房的经过，一五一十地讲了。

"刘涛是谁？"

"一个生产复合接地的老板，我是他公司的法律顾问。"

"他人呢？"

"公司没订单后，他给工人放了假，现在在加拿大。"

警察在女尸身上检测出了含有碳粒子与树脂的防腐制剂成分，刘涛成了最大的嫌疑人，同时，一个抓捕他的方案也确定。

一个星期六的中午，我接到刘涛从加拿大打来的电话。

"我的生意来了，市电信局要和我签订一个很大的合同，周四你到机场接下我吧！"电话里他难掩兴奋。

我想说，你这个杀人犯，你等着来受审吧，你杀了人，把尸体砌在柱子里，又把房子卖给我，还叮嘱我不要动柱子！

我想知道那具女尸是谁。刘涛为什么要杀她，又为什么把她砌在水泥柱子里。我在头脑中拼命想刘涛的样子，印入脑海的是那个胖乎乎憨态可掬的人，无论如何也没法把他和一个杀人犯联系在一起，好在真相马上就要大白。

周四，在一帮便衣警察的陪同下，我去城阳机场接刘涛。飞机降落后不久，刘涛汇集在其他旅客中出来了，手中拉着行李箱，远远地，像领袖人物一样朝我挥手，还是那副胖胖的样子。

"大律师！"

两个便衣迎过去，一左一右把他夹在中间，"警察！"刘涛还没反应过来，一副手铐铐在了手上。警察簇拥着他，向外面的警车走去。他吃惊地回过头来看我。

"为什么抓我？"

"你做了什么你知道！"警察说。

瞬间，刘涛像被什么击中一样，身体软了，脚步踉跄着像要倒下。

"我说，我全说。"

"回去再说。"警察不理他。

我跟在他后面，看着这个我曾经服务了三年的企业家，被警察拖带着上了警车。

7

刘涛被直接带到市公安分局，铐在审讯室中央的铁椅子上，然后像是被遗忘了。夜晚来临，华灯初上，海边三十层高的公安大楼上，灯光闪烁。刘涛没心思欣赏夜景。他拍着椅子喊，"我要说，我要招供！"但就是没人理他。

后半夜，他好像睡着了，审讯室的灯突然开了，刺得他睁不开眼，他抬头，看见眼前坐着一个穿灰色夹克的人，年纪约有四十多岁，手中握着一个不锈钢水杯，旁边的电脑旁是一位穿制服的年轻警察。

"我给石化赵山项目部王海送了三十万，公司里还有他百分之十的股份；长海炼化厂的合同是隋兵帮我的，中标后我给他七十万；电信塔基接地线，那个合同三年，总额九百万……"

刘涛急于表白，有些语无伦次，在公司法制课上，他曾经问过我自首与认罪对量刑的影响，大概想起应该怎么做。哪知眼前穿灰夹克的人并不兴奋，他默然看了刘涛一眼，低下头，吹着杯子里的茶叶喝水，像那种地下工作者，等待刘涛供出更有价值的东西。

"我有一个本子，记着每次行贿的人。"刘涛急了。

"这些，你等着到检察院讲吧！"穿灰色夹克的人又低头喝水，然后，他把下巴扬了扬，旁边穿制服的年轻警察站起来，把两张照片扔到刘涛面前。

"看看这个！你原来房子地下室柱子里发现的，怎么回事！"

刘涛手中捧着照片，眼睛放大了，"不是我，我没杀过人！"

"你房子出租给什么人吗？"

"没有，从来没有。"

穿夹克的人站起来，背着手在屋子里走来走去，突然，他走到刘涛的跟前，刘涛抬起头，感觉有两道刀光射过来，寒气逼人，"那尸体上为什么有你公司研发的制剂，有碳粉和树脂？"

"这？"刘涛的嘴巴张大了，又低下头去看照片。

穿夹克的人收回目光中的刀子，端起他的水杯出门而去，到门口时他回过头来，声音突然温和地让刘涛感动，"你好好想想啊！现在说还有机会。"然后，又向年轻的警察扬扬下巴。

那警察走过来，把刘涛的胳膊绑到后面，也学着便衣警察的话："好好想想。"刘涛不知道这个动作叫"苏秦背剑"。几分钟后，他汗如雨下，感觉那两只胳膊不属于自己的了。

那个穿灰夹克的人又进来了，手中仍然端着他的不锈钢水杯。

"仔细想想，仔细想想！"

"真不是我干的。"

"地下室给人租过吗？别人住过吗？"

"我想想，我侄子在那里配过制剂，他叫刘兵兵。"

便衣警察重新坐回椅子，"把他的手解开。"他和颜悦色地像个父亲，刘涛体会到从未有过的信任，想哭！

"他是我大哥的儿子，大概是 2008 年，研究生毕业后暂时没找到工作，他在我的公司上班，职务是工程师，他是我最信任的人，我让他住在阳光小区的房子。后来，他辞职考公务员，还炒股，做期货投资，挣了些钱自己买了房。"

"那他现在在哪里？"

"我不太清楚，很久不联系了，这孩子性格有些怪。"

就这样，刘兵兵成了嫌犯。警察对他进行了抓捕，不可思议的是，抓捕刘兵兵一点没费劲，似乎是一下抓捕到的。

因涉嫌行贿，按管辖原则，刘涛被移送至检察院侦查，又因他主动交代问题，态度较好，被取保候审。有一天，他到律师事务所来找我，一个劲向我道歉，"真对不起，我不知道那房子。"

"我相信你，再说，人又不是你杀了砌在柱子里。"有关他侄子杀人藏尸柱子的新闻已经沸沸扬扬，我早听说了。

"你要是愿意，那房子我愿意回购，只是当下我的经济能力有限。"

"再说吧！"

"我今天来找你，还有一事相求。"

"什么事？"

"我想请你给刘兵兵辩护，他的事情发生后，我大哥病倒了，我觉得我没有带好这孩子！唉。"

我接受了刘涛的委托，签订了辩护合同，其实，我也想见见这个叫刘兵兵的嫌犯，他为什么杀人，又把尸体砌在柱子里，我想当面质问他。

第二天，我带上律师手续，赶往市第一看守所。刘兵兵被带来后，我大吃一惊！这不就是我们小区内，小明对着叫的那个黄脸男子吗？他也认出了我。他对自己杀人并把尸体砌进柱子的行为供认不讳。

"我们俩也算有缘分。"

"怎么讲？"

"不是你，我不会被逮捕，而我被逮捕了，又由你来为我辩护。"

"把经过讲下吧！"我从包里取出纸笔，摊在桌子上。

刘兵兵把手上的手铐调整了下，清清嗓子，"我毕业后在叔叔的厂里打工，他让我住在阳光小区的房子里，3号楼402，你家住的那户。坦诚说，叔叔对我非常好，那时候他已经赚了很多钱，正在办理移民。他想在适当的时候，把工厂交给我，连制剂的配方都告诉了我。但我对这些没兴趣！"

"为什么？"

"我想考公务员！一个人有再多的钱，也不如在党委政府机关里。"

"嗯，也不一定。"

"我叔叔算是有钱人了吧？"

"对，至少那时候。"

"可一个小科员到了厂里，叔叔都奉若神明，一个电话他得往机关跑，逢年过节，他得挨个打点，大小红包，还有卡，现金，鸡鸭鱼。"

"没这么严重吧？"

"这些我叔叔不会告诉你，你不知道，干企业太累了。"

"所以你想考公务员？"

"是，我是研究生文凭，我想如果考取了公务员，有叔叔撑着，我很快会混上去的，他开始也支持我考。"

"考得如何？"

"考得不错，但没法录取。"

"为什么？"我听说公务员的面试很复杂，光考得成绩好还不行，我所里一个女律师考了六年，每次成绩一、二名，总是面试通不过。

"体检通过不了，我是乙肝病毒携带者！"

"那又怎么样？卫生部早就下文，乙肝病毒携带者是可以录取为公务员，据说全国差不多有一亿的乙肝病毒携带者，程度不同，不影响工作、生活。"

"不是那么回事。"

"那后来呢？"

"后来我就治，去了全国很多著名的大医院，还买进口药，你知道这种病没法根治，当然也不影响生活，但只要体检，就是阳性，不录取。哪个单位愿意录取一个乙肝病携带者，食堂怎么吃饭呢？"

"也是。"

"后来我得到一个中医偏方，吃什么补什么。"

"所以你就？"我想起那具女尸的内脏是空的，突然有些恶心。

"对，可哪里有人肝呢？我想到了一个地方，在青山路后面一排排发廊酒吧，我以前常去，那里的女孩子陪过夜五百元一晚。我准备好了胶带、绳子、安眠药，还有酒。有天晚上，我去了青山路，我希望找一个体格各方面小一点的，我担心她剧烈反抗。"

刘兵兵平静地叙述，我的心不由得提了起来。

"在瑰玖发廊，我找到一个叫平平的女孩，她很瘦，最多二十岁，留着长长的头发，听口音是东北的。我给了她钱，她就跟我到了你现在住的房间。我问她叫什么名字，我想看她身份证，我想着将来设法补偿她家里一些钱，但她不告诉我，只说叫平平，她们这种女孩都用假名。"

"后来呢？"

"后来我们俩喝酒，我在她的酒里下了安眠药，她喝得烂醉如泥，躺在沙发上不动了。我把她拖到卫生间，我怕她醒来，用绳子把手脚绑了，又用胶带封住她的嘴。"

"然后呢？"

"我很害怕，但是我也喝了不少酒。就硬着头皮剥下她的衣服，她太瘦了，乳房平平，身上连一点多余的脂肪都没有。我用刀从她的胸前一直剖到腹部，就像剥鱼那样，我在冒着热气的内脏里找肝，摘下来，血流了一地，我打开水笼头，冲地上的血。"

"难道你就不怕吗？"

"怕，但是想不了那么多了。我想我得赌一次，我得治好我的病。我用床单把尸体裹了，趁晚上无人时搬到地下室。那时候是冬天，加上没有了内脏，尸体保持了很长时间。我原想在地下室里挖个坑埋掉，但是水泥地太坚硬了。有一天，我突然来了灵感，我把制造接地的防腐剂涂在尸体上，我想看看防腐剂的效力。尸体慢慢阴干，竟然没有腐烂。一天，我叔叔说想把制剂成分改变下，要来地下室做试验。我不知道把尸体藏在哪儿。情急之中，卡在水管后面。我推说水管漏水，找来水泥和沙，把尸体连同下水、暖气管一起砌在里面。"

"你的病好了吗？"我不想直接问刘兵兵，怎么吃人肝的。

他摇摇头，"没有，我很愚蠢，吃什么补什么，骗人的，我把那人肝加了很多调料和盐，在锅里卤了。"

我突然想呕吐，趴在桌子上，用手捂住嘴。

"其实……也没有什么，味道没什么异样，就像其他动物的内脏。"

"不要讲了——"我大声说，我不想再听他讲下去。我让自己平静下来，从包里找出一张纸巾，把手和嘴角擦干净。我想急于结束这次会见，"后来你搬出了402？"

"对。出了事后，那房间我也不想住了，我总看见那女孩在房间里走，可能是有鬼，也有可能是幻觉，还有可能是我内心的恐惧。你记得2008年股市有一次大涨，涨到六千多点，我赚了些钱，刚好小区里有人出售房子，我就买下了。我等着事发，公安找到我，但奇怪五六年过去了，没人来找我。直到今年9月，有一天，我发现402灯亮了，有人住。我没想到叔叔把那房子租了出去。我想知道是什么人租房子。"

"那么捅我家门的人是你？"

"对！"

"还有，地下室窗户上的人影也是你？"

"对！"

我沉默了，感觉有些恐惧，这个人曾经像个幽灵一样窥视我们一家。

"不知道为什么，我自信不会有人发现我杀人的秘密，但自从见了你们家的小明，一只小狗，我心里开始怕。它好像能看出我是杀人犯。"

"所以你要对它下手？"

"是，可惜没有机会，我往你家楼下、过道里撒过鼠药浸过的火腿肠，我还试着讨好它，不管用，你知道，它一见我就叫！"

"那你还有什么想法？"

"也没有，受害人是谁？你们查清楚了吗？"

"不知道，公安还在查。"

"我想把自己这几年股市、期货里的收益全给她父母，我也想通了，对做一名公务员不再那么渴望，但你知道，凡事无法重来，我犯了罪，杀了人，现在我只想求一死。"

从看守所出来，我心情非常沉重，那个一直窥视我们，半夜捅我家门的人，终于要受到法律的惩罚。不知道为什么，我没有一丝快慰之感。我是名律师，因工作原因，接触过很多犯罪嫌疑人，每当在看守所、监狱里见到他们，我深知他们犯下了无法挽回的罪行，但不知道为什么，我总觉得他们也是受害者，对他们的遭遇深表同情。他们毁灭别人，也毁灭了自己，这究竟是为什么呢？

我赶到家时，天已经黑了，小明跳出来迎接我，我把它紧紧抱进怀里。自从地下室发现了女尸，当晚妻子就带着小明和儿子住进酒店，她再也不愿意踏进阳光小区半步。如今我们又租了新的房子。只是我买的那房子却永远砸在了手里，听说发现了女尸，再也无人问津，租不出去，也售不出去，至今仍然空着。

复仇者

老板拖欠刘进工资，不懂法的刘进屡次讨要未果，愤
而剪掉老板五岁女儿的耳朵。

NOTE 13

　　我没有想到和刘进能第二次相遇，而相遇的地点是在看守所。

　　收到起诉书和法律援助中心的指派函后，我脑子里总是出现这样一幅画面：在某个漆黑的夜晚，一个黑影迅速潜入一栋别墅的窗户，不久传来凄厉的呼救声，接着就是警笛划过夜空的尖叫……如果我还愿意往下想，那个黑影的脸上蒙着面纱，手里有一把滴血的利刃。然而，当昨天下午在法院阅读完两册薄薄的案卷后，我不禁为自己的一厢情愿而羞愧。事实上被告人出奇的冷静，他利用先前为受害人家装修过浴室的那层关系，轻易地赢得了保姆的信任。保姆不但为他开了门，还把他让到沙发上倒了一杯水。被告人在动手前在主人的沙发上抽了一支烟，然后他从容地从口袋里掏出一把剪刀，走向正在地毯上玩耍的小女孩，像一名园艺工修剪花枝那样剪下了小女孩的左耳。案卷里没有记录，事实也没法记录，我想还应该有一声清脆的"咔嚓"声。

　　保姆被孩子满脸的鲜血和哭叫声吓得不知所措，后来是在被告人的提醒下报警，但是她无论如何也无法使自己的手指准确按向电话键盘上的数字，于是，被告人走过去，自己拨打了110的报警电话，然后他就等待着，直到警察出现。

　　看守所在郊区，进入10月后，我们这个海边的城市总是多雾，浓得化不开的白色大雾不断地从海面涌上来罩在汽车周围，这情景让我想起曾经做过的一个噩梦。

我们律师每年要办几件法律援助的案件，为那些涉嫌犯罪而又请不起律师的被告人辩护。这种指定的辩护让每个被告人获得辩护机会，从而保证把他们投进监狱时，有罪无罪、罪重罪轻、从重从轻、减轻或者免于处罚，都有法律依据，也直接决定他们是被无罪释放还是被剥夺生命限制自由一年两年三年直至数罪并罚二十年，略感遗憾的是这样的案件律师介入的时间太短，法院往往在开庭前几天才把起诉书和指定辩护函送到司法局，司法局又把指定函通过律师事务所转到承办律师手里，这时，距开庭已经没有多少时间了。

我是前天晚上收到指派函的，为一个涉嫌故意伤害儿童的被告辩护，昨天下午到法院阅了卷，明天开庭，我必须在今天见到被告人。从起诉书和指定函上看，那个被告人叫刘进。

车整整走了一个小时才到看守所，我把律师工作证递进窗口，一个年轻的武警认真地做了登记后，让我进了第一道大门。向前走一百米又是一道门，这次除了查看律师证外又看了律师事务所出具的会见函，我们算是进了真正的看守所。眼前一座类似古代城门的建筑，上面有荷枪巡逻的武警和铁丝网，然而最引人注目的不是这些，而是大门上用黄色油漆写的三行赫然大字：

你是什么人？

这是什么地方？

你为什么来到这里？

手续递上去后，我在会见室等候被告人。一个把凶器伸向五岁小孩的被告人应该长得什么样？我在想。当然人不可貌相，那个人说不定还很英俊，事实往往这样。不过我还是想到几个词语，如凶神恶煞、青面獠牙等。阅完卷后，我对案件的注意力已经由曲折的案情转移到受害人身上，而不是被告人。在把案卷交还给书记员后，我又专门拜见了承办此案的法官。她说："怎么，你们要赔偿？这是个不错的态度，可是被害人的父亲说，他不会签署谅解书，他要求对被告予以重判。"我说："不是，你知道这只是个指定辩护的案件，事实是被告也没有能力赔偿，我想问问那个小女孩现在怎么样了。"法官说："哦，恢复得不错，耳朵也没有剪下来，医生及时缝上了。不过心灵上的伤害就不好说啦，据说一见到剪刀就会尖叫着昏厥过去"。

　　刘进和我见过的其他被告人没有什么区别，剃得青光的脑壳，橘黄色的马甲囚服，只有偶尔闪过的那种眼神和说话时向下撇的嘴唇，让人感觉到他的个性。隔着会见室中间的栏杆打量他，我想这个人如何把一把剪刀叉开了又伸向孩子的耳朵，然后用力捏合。

　　五岁，那是一朵花啊！粉嘟嘟，捧在手里还怕碰痛了呢！他如何下手？我百思不得其解。以前也有所耳闻类似的案子，比如精神受过刺激的父母或有心理障碍的人，反而是亲属间这样的案多，可被告人仅仅是个局外人，他对一个小女孩为何有那么大的仇恨？我在想，作为他的指定辩护律师，要不要提起精神鉴定。

　　刘进先认出的我，"李律师吧——我，刘进。"

　　怎么会是他？

　　我想起来了，那应该是个上午，我刚从外面办事回来，我们的接待黄丽满脸堆笑地和一个人说话。她试图用自己的微笑让那个人掏出一百元的咨询费。

"我们是司法局和物价部门批准的，不是乱收费。"

"我真的没钱，老板扣着我的工资"，为了让黄丽相信他，他把自己的钱夹也打开，"你看，就一张五元的，要不欠着，我有了钱就还你们的？"

我们经常遇到这样的人，借口要委托律师，向律师获取法律上的信息与解决问题的方案，他们认为律师收取一百元的咨询费简直就是抢劫，不就是谈几句话嘛！他们常常会以委托授权为条件，换取律师的免费咨询，甚至一家挨一家的找律师事务所咨询，但在掌握足够的信息后，干脆自己去办理，律师不就是个代理人嘛。

我把他带到自己的办公室，我感觉他并不是那种不想掏咨询费的人。他手里拎着一个装着饭盒、刷牙杯子等东西的塑料兜。我示意他可以放在茶几上，让他讲要咨询的事。

"我把老板的车玻璃砸了，老板欠我工资"，我唔唔地答应着，让他继续往下说，"公安把我关了五天，今天早上刚出来"。

"哦，欠你多少工资啊？"

"以前的都给了，就是1月份我干了十六天，放假了老板没有发，我回来要，老板不认欠我的钱，一天八十元，总共是一千二百八元"。

"你这个做法不对啊，工资可以要，但不能砸人家的玻璃啊，你看，钱没要到，自己被关了五天，如果人家让你赔偿玻璃，你还得赔啊。"

"我知道，可是我没办法，老板根本不承认，我连工地的大门都进不去，我骂那些保安，我说你们就是老板的狗，有一天老板也会这样对付你们。我前后去了五六天，早上去中午去晚上去，他们就是不让我进，钱不多，总得讲个理吧……我蹲在门口不远处，看到老板的车过来，就把砖头扔了过去。"

"哦！"

"你说我的钱还能要回来吗？"

"关键是要看证据，如果没有工资条、欠条、劳动合同等，不好要"，我说。

他说："没有，老板叫来就干活儿了，什么都没有"，然后他沉默了，坐在沙发上一言不发，两只手不停地搓着。

我问："你今年多大了？"

他说："三十七岁，属鼠的。"

我说："要不算了吧，你这个岁数的人，也经历了一些世事，那个玻璃也挺贵的，他欠你的工资，你砸了他的玻璃，扯平了，人家老板又有钱，你掰不过他。"

"那五天呢？"他从沙发上坐起来。

"什么五天？"我说。

"我在里面关了的五天啊。"

"那与你的钱、工资没关系，是行政处罚！"

"工资我可以不要——我砸了他的玻璃，但他也必须进去蹲五天，否则就是没扯平。"

"你进去的这五天与钱、玻璃没关系，是治安处罚，就是对你破坏财物，砸了玻璃的处罚。"

"怎么没关系？他不欠我钱，我就不砸玻璃，不砸玻璃我就不会被关起来。"我一时不知道如何回答他，我这个律师被一个当事人问得哑口无言，不过瞬间我还是明白过来，他讲的不是法，只是一种情理。就像很多事可以从不同的角度解释一样，我们选择的是法，行为标准得以是否合法为准，也就是说，别人欠你的薪，你可以诉诸法律，但是不能使用非法律的手段或是其他的方式去追讨，比如砸车，否则就会受到另一种惩治，治安的或刑事的。人类用了数千年及无数代价才得出这样的选择，当然，这种选择并非是至善，正如两千多年前西方一位圣人所说的，法是第二好的，但我们别无选择。我试图告诉他这些，又觉得没必要。他停了一下说："你给我打官司，把他弄进去，我打工，打一年工挣律师费给你，我家还有房子，我说话算数。"

我不知如何对他说，这时一个熟悉的委托人来找我，于是我对他说："你的官司我接不了。"

他叹口气，"我知道你是嫌我没钱，不愿意接，我一定要要回我的工资。"

他站起身，找我要了一张名片，然后拎起他的塑料兜出门了。

我想起了眼前的这个人，当然那时并不知道他叫刘进。

"那后来呢，工资要回来了吗？"我问他。

"后来，我去了人大、政协，也去了法院，劳动仲裁，一年多什么事没干，工资也没要回来。"

刘进不知道，不要说他没有劳动合同、工资条、欠条等证据，单从程序来讲，他这样的案件，法院也不会直接立案，他必须首先提起劳动仲裁，而这个仲裁也不能请求返还工资，而是先确认与对方存在劳动关系。任何一方不服，才可向法院起诉。法院的一审结束还可能有二审，等劳动关系确认后，他才能提起第二个请求返还工资的仲裁，然后是和第一个诉讼相同的程序。一审简易程序三个月，普通程序六个月，假设有二审及延期审理等，不要说一年，官司打两三年都是正常的。

"你就因此把娃儿耳朵剪了？"我说。

他朝我点点头。

我想问他是为什么，但又放弃了：我说，"起诉书收到了吗？明天开庭。"他又点点头。

"那么我会被判几年？"他说。

我说："不好说，故意伤害，重伤，被害人又是个儿童，有加重情节，起刑点七年以上。"

刘进一下歪在凳子上，好像判决已经下达，整个人往下缩。

我说："不过你有自首的情节，可以减轻处罚，另外，起因也是因为他欠你工资，法官会考虑的，根据我的经验，八年左右！"

我让他在做好的笔录上签名按手印，末了。他对我说："谢谢你，律师。"

我说："别，要不是司法局的指派，会不会为你辩护还不好说，你心太狠，对五岁的娃儿下手。"这一次，迎着我的目光，他深深低下了头。律师因职业而为被告人辩护，但并不说明他们就站在了被告人的立场，我忽然对眼前的这个人充满了厌恶。"他人之恶非我恶之的理由"，欠你的工资怎么了？我起身准备离开会见室，但是刘进哭了，两行亮晶晶的泪水挂在脸上，那个曾经冷静得出奇的被告人哭了，这让我即将离开的脚步变得有些迟疑：那么他是对自己不理智的行为忏悔还是对失去了的自由深表后悔？因为即使是一个不懂法律的人也知道等待他的将是一个怎样的后果。总之，被告人哭了，进而声泪俱下，他还在说什么，我没有听清，我的脚步已经跨出了会见室。

晚上趴在电脑上写辩护词，仔细推敲我将要在法庭上讲的每一句话。对于这样一个性质的案件，作为辩护人，我知道应该怎么做，把有利于被告的辩护观点讲清楚，从而让法官做出一个较为客观公正的判决，是我义不容辞的职责，但我的态度，由此表现出来的语气、声音，乃至发言时是昂首还是平视他人都应细细拿捏。我要让受害人、公诉人、法官，以及旁听席上的每一个人对我有一个印象，这个印象会使他们认为：我仅仅是在履行职责，而不是在为一个坏人讲话。这实在是个两难的事，我想所有的辩护律师都碰到过这样的事。起诉书指控故意伤害的罪名无可置疑，量刑方面的观点有两个：一个法定的自首情节，即那个拨打 110 的行为；一个酌定情节，被告人的行为是由被害小孩的父亲拖欠工资引起，法庭在量刑时应该考虑。写完了，加上前面那些法律文书的固有格式，"受法律援助中心的指派，由我担任被告人刘进的辩护人，开庭前我阅了卷，会见了被告人，刚才又参加了法庭调查……"还不满一页纸，是否有点少了？但以一名专业律师的眼光看，这并不是一个复杂的案件，警方在取证和程序方面无可挑剔，本案的辩护要点也全部囊括，除这些外，寻求为被告人减轻判决的理由难上加难。

这一天仍然有雾，出门时接到主审法官的电话。她说："你把律师袍穿上，今天人大、政协，还有一个私立学校的学生来旁听，要营造一种威严的效果。"我听了无语，我以为对于法律更重要的是要根植于人心中，像宗教那样被虔诚地信仰并渗透到我们的日常生活，而不是以法袍、法槌，还有法院门前的石狮子等来体现。从事律师这么多年后，我总觉得我们这些所谓的"法器"有点虚张声势。

十点钟，我们准时在法庭就座。法庭正中央国徽高悬，法官、检察官、律师各就其位。有人说法庭就是一个舞台，只是角色固定，而演出的又是一个已经发生过的故事，现在又一场演出要开始了。

旁听席上端端正正坐着一帮学生，看上去像初中生，正是接受法制教育的年龄。第一排就坐的是人大和政协的代表，他们的神态印证我的判断不会错。我特意注意了坐在检察官旁边那个被刘进反复强调过的老板，他是受害女孩的父亲，以法定代理人身份出席法庭的审理。

刘进被带进来后，引起了法庭的一阵骚乱。那位愤怒的父亲想要冲上前去，但被身边的检察官按住了。由于被告人对犯罪事实供认不讳，法庭采用简易程序审理，公诉人宣读完起诉书后，开始举证。当出示物证——被告人行凶的那把剪刀时，法庭一下安静下来。女法官用戴着白色手套的手将装在塑料袋里的剪刀高高举起，我们看见那是一把普通的剪刀，和大多数家庭常用的剪刀没有什么两样，手柄上还有一个红色的塑料套——这太令人失望了，旁听席上的人显然和我有同样的感受，我们原以为那把剪刀应像一个武林高手的独门武器。

变化是那位受害女孩的父亲的发言。他情绪激动，嘴唇哆嗦地把一些词语扔向法庭，他时而愤怒时而委屈，后来趴到桌子上失声哭了。法庭上的人因他的愤怒而愤怒，因他的委屈而对他充满同情。后来我想起那些词语是：罪大恶极、灭绝人性、惨绝人寰等等，他把能想到的词几乎都想到了。

受害人的父亲情绪平静后，法官问刘进，"你愿意对受害人赔偿吗？这直接关系到对你的量刑，好好想想。"

"我们拒绝被告人的赔偿，我们不在乎钱，请法庭一定对被告人重判。"刘进还没有回答，受害人的父亲打断了法官的问话。

接下来是法庭辩论，检察官被刚才受害人父亲的发言所感染，发表了一篇更专业、措辞更严厉的控诉词。轮到我辩护发言时，我感觉法庭上的人已经完成了从悲痛到愤怒的转变，他们把目光一起投向我，我感觉到一种无形的压力。按照先前设计，我读了拟好的辩护词，省去那些客套话，可以概括为：我对受害人的遭遇深表同情，本案的被告有自首情节，鉴于案件的发生是由受害人的父亲拖欠被告人的工资引起，请法庭量刑时予以考虑。

最后是被告人自己辩护，一切似乎按部就班地要结束了。

刘进为自己的辩护引起了法庭的骚乱。他声音很高，"你们为什么不提他欠我工资呢？如果他不欠钱，我会剪娃儿的耳朵？你们怎么都不说？"刘进抬头迎向法官，又转过头向着检察官，最后，他提高了声音对着受害人的父亲高喊："你说，你欠不欠我的钱？我干了活儿，凭什么赖我工资？"

刘进没有为自己的行为深表悔恨，他应当像在看守所里我见到的那样痛哭流涕，以请求法庭的宽恕，但他没有，他的表现让我意外，也异乎于所有我见过的被告人。

我突然想起孟德斯鸠说过的一句话："如果刑罚并不能使人产生羞耻之心的话，那一定是暴政引起的结果。"但这已经超出了我这个辩护人的职责范围。

旁听席上的人开始大声议论案件。

"安静，安静！"法官拼命敲着法槌维持着法庭纪律，"被告人刘进，你说的拖欠工资和本案不是一个法律关系，你可以另案起诉，本案将择期宣判，现在休庭。"

"啪——"随着法槌的一声落下，庭审结束了。

　　刘进被法警带了出去。我脱下律师袍，拎着包穿过旁听席上长长的走廊向法庭外走去。我听见几个学生在辩论，其激烈程度不亚于法庭，但是没有规则。

　　"他是个法盲。"

　　"他不应该剪小孩的耳朵，而应剪她爸爸的耳朵。"

　　"总之，我们不能给陌生人开门。"后面这句显然是一个女生的声音。

　　法庭外雾正在一点点散去，我长长地出了一口气，仰视天空，原来苍白的太阳逐渐明亮，很快变得刺眼。

女儿红

我们改变方向，把目标对准喝酒的男子，说四个人喝
酒，独独两个男的没事，而女的一人死亡，一人抢救
后脱离危险，该如何解释？

NOTE 14

写在《民事起诉状》上的"事实与理由"部分过于简单，语言还有些生硬。相比较，我更喜欢"浮生若梦"老板娘的讲述。我记得在案发后不久的一个下午，天空下着霏霏细雨。在本人开的酒吧里，她泪眼婆娑地给我讲了四个小时。我俩总共喝完了整整一扎青啤"1903"。作为代理律师，我逐渐理清了案情的事实真相。

……

那个顾客每点一瓶酒，就会把手伸进刘丽的 T 恤下，一开始她本能地躲，后来就任那手游走而不加制止——那是行业惯例。每瓶酒她只喝一杯，但一路喝下来，仍喝了不少。其间，她去卫生间吐过一回，头痛得厉害，回来后继续喝，只要客人点酒，她就得喝。因为，喝酒是陪酒小姐的本职。

先是小瓶的江小白，后来是张裕解百纳，再后来是青啤"1903"。直到凌晨三点，双目通红，长着有猪首样的男人终于停止点酒。他的停止不是因为肚腹再容不下一瓶马尿，而是觉得酒饮多后，手掌反应麻木。此时，触摸让他怦然心动的女孩的胸部变得像沙一样没有感觉。于是便知，雕刻再精美的女神非石即木，终究没有温度。

老板娘从酒钱里抽出一张五十元的钞票作为陪酒的酬资。刘丽回到出租屋，缩在潮湿的被窝无法入睡。她想着天明要面

对的那个男人。虽然欺骗了她，要分手，竟有些不舍。那男人
在船上工作，每两周回来一次。她原以为两人都是打工的，可
以组成一个家。可就在上个月，男人告诉她，他有家，还有一
个三岁的儿子。刘丽抽那个男人一耳光，"你有家还骗老娘？"
男人跪下来，痛哭流涕，自己抽自己耳光，说："丽丽，我是爱
你的啊！"

男人说上午来找她，把她的东西送回来，其实也没有什么，
有一枚四克多的金戒指。认识的时候，男人很大方，酒量很好，
给刘丽的小费也很多，一来二去两人好上了。男人说没人愿意
等一个漂泊在海上的人，就一直单身着，而刘丽愿意等他。她
自豪地给远在东北的父母打电话，说在饭店打工，有男朋友了，
也把他介绍给自己的老乡。认识两个月后，她认为男人应该送
她一样东西，最好是戒指，谈朋友都这样。男人说他没钱，刘
丽就自己出钱，让男人给她买戒指。两人一起去的金店，因为
钱少，只买了一个四克多的。刘丽把新买的戒指戴在无名指上，
长时间打量，看着看着，忽而害羞，低下头紧紧抓住男人的胳
膊，从此便是私订了终身。往后陪客的时候，她不允许顾客醉
酒后把手伸进衣服下，她只为那个男人留着。

10 点的时候，门外传来钥匙插入锁孔的细碎声，刘丽的心
不像往日那样颤动。她知道来的不是深爱她的阿尔芒·迪瓦克，
自己也不是奢侈的玛格丽特（《茶花女》中的男女主角）。

进门的男人站在屋子中央，样子有些落魄，穿一件白色的
衬衫，下摆露在外面，头发有好长时间没理了，如乱草。那一
刻刘丽想起了海上的大风，心里忽然一软，她把身子往里面移
了一下。一直站在屋子中央，低头赎罪的男人像得到特赦，急
急脱了衣服钻进被窝。他在刘丽的脖子、脸上、身上狂吻，像

是表达自己的歉意，然后就像以前一样占有了她。因为是最后一次，所以时间特别地长。

疲惫的男人搂着刘丽的肩，表现得难舍难分，不像那些影视剧。剩下最后一个情节了，他决定一起吃顿饭！

刘丽默默地翻身下床，打扮化妆。她仔细地画了眉，又涂了口红。化好后，她在卫生间的镜子前站了很久，看见镜子里也有一个人，悲伤如她，看着看着，那人的眼里涌出两行泪。

如此重要的场合，应当有见证人。男人说要叫上张伟，刘丽就给冯婷婷打电话。四人最早相识，张伟和冯婷婷也同居。

十二点钟，四个人约好在庐山路上的巴蜀川菜馆见面。不知是有意无意，第一次吃饭好像也是在此，于是更增加了一丝分手的伤感。敲定了菜单，就喊老板上酒。酒店的老板自己用白酒和中药泡有秘制"女儿红"，实是红枣、枸杞、冰糖等物。酒的颜色呈暗红色，像琥珀，在青花的酒提里荡漾。酒一杯杯流入身体，仿佛有魔力，让人忘记痛苦。他们回忆起四人初次见面的情形，是在"浮生若梦"。他们唱了很多歌，很开心。后来他们哭，然后癫狂地笑，没怎么吃饭菜，酒却一杯接着一杯喝。一提"女儿红"二两，四个人总共喝了二十提。刘丽一人喝了有一半，时间很快就从十二点到了下午三点。

筵席终于结束，英雄扶着美姬退下，未出酒店的门，刘丽倒下。男人以为醉酒，拖着她上了出租车，行数十米，见怀中的美姬嘴唇发紫，瞳孔散光，赶紧让师傅改变方向，直接开往市第一人民医院。

医生翻起刘丽眼皮，用手电筒照她的眼睛，又开单子输液洗胃。未婚的女孩躺在手术台上，像一条新洗过的鱼，而她终没有醒来。美人香消玉殒。

　　听到消息，受到惊吓的张伟拉起熟睡的冯婷婷直奔医院。一阵折腾呕吐后，紧闭的嘴唇终于发出嘤嘤之声。忙活了两个小时的医生边摘下手上的橡皮手套，边说："这是喝了有多少啊！"

　　喝酒的男子被拘留，食药监部门叫来一辆小双排车，拉走了四大缸"女儿红"。女老板披头散发在地上打滚，表情冷漠的执法者在玻璃门上贴上封条走了。

　　一个星期后酒被原封不动送了回来，酒店重新开张，昔日顾客盈门的酒店变得冷冷清清。警察告诉悲伤的刘丽的父亲："排除他杀！民事案件，请律师去吧！"

　　刘丽的父亲找到律师所，由我们代理女儿死亡的索赔诉讼。我们之间签订的是风险代理合同，获得的赔偿越多，律师的分成自然就越多。因此，我们工作十分卖力。

　　对于这样的案件，查明女孩的死因是关键。我们首先怀疑酒里是否加了其他的药。第一件事就是去食药监部门。我找到当时执法的工作人员，询问酒的检验结果。一位身穿蓝色制服，身材有些发福的男工作人员说，酒没问题，乙醇的含量符合国家标准，排除因酒质量致死的可能。

　　这对我们来说是个坏消息。我有些不服气，说，中药遇酒后应当有反应，数样的中药会不会相克？

　　那个胖胖的工作人员摇摇头说，目前这方面没有标准。

　　失望之余，我们又去了区公安分局大楼，见到了解剖女孩尸体的法医。他说，这很明显，酒精中毒死亡。他指着检测报告对我们说，看，一人酒精含量百毫克三百八十五，另一人四百一十五。

　　这又是一个坏消息。我说："没有其他的原因吗？有的人能喝很多酒，甚至几样酒掺着喝也没事。"

经常与死人打交道的法医表情很冷漠。他说:"这我哪儿知道?"我们问多了,他有些不耐烦,扭动着屁股下的转椅,用中性笔敲打着报告说:"要尸检可以,除血和胃的样本,还需取心、脑组织,送省公安厅的检验室,结果也要数月之后才出来。"

没想到尸检如此复杂。看着那张阴冷的脸,我心里也寒冷起来,只好和同事走出公安大楼。

我询问了几个外地专业做过此种案件的律师,然后打长途电话咨询北京的一位专家。他的回答与区公安分局法医的答复基本相同:看来只有尸检一条路了。

我将这一消息告诉刘丽的父亲。他摇摇头,坚决拒绝。我理解他,除了不想让死了的女儿挨数刀去押不可靠的未来,他还无力预付八千元的尸检费。他住在每晚三十元一晚的小酒店里,身上穿的还是几年前缀有 2008 年奥运会标志的外套。

我觉得,这案件的第一步我们已经输了。

经过慎重考虑,我们把喝酒的男子和酒店老板列为共同被告。我们的诉讼请求是按人身损害赔偿的最高额。死亡赔偿金、丧葬费、被抚养人生活费、精神损失费等加起来总计一百多万元。这样的主张法庭当然不会全部支持。但我们还是提了出来,数字大,在法庭上比较主动,相反,如果你主张的标的小,自己就被动了。这也算长期执业的一种经验。而对我们来说只是多付一、两千元诉讼费的损失,就算将来败诉,大部分也会由对方承担。

开庭的那一天,我终于见到曾经和女孩好过的男子:个高,黑,面相老,像四十多岁的人。而照片上二十五岁的女孩,花一样,青春灿烂,这让我心里唏嘘不已。

酒店老板拒绝承担责任,她有法医的报告,有食品药监部门的检验单，底气很足。

我们说作为酒店的负责人，看到顾客喝那么多酒，有劝阻的义务。她强硬地说："他们要喝，我有什么办法？就是米饭吃多了也死人。"后来她在法庭上哭闹，说自己倒霉，碰上这样的事，现在没有人来吃饭，酒店要关张了。

我们改变方向，把目标对准喝酒的男子，说四个人喝酒，独独两个男的没事，而女的一人死亡，一人抢救后脱离危险，该如何解释？分明是要将女孩灌醉以达到不可告人的目的。

法庭上一直沉默不言的男子的律师忽然开口笑了，说："都睡半年了，有什么不可告人的？"那是一名我认识的很厉害的老律师，虽然没在法庭交过手，但其名声在外。这样的案子，他胜券在握。

法官问男子和女孩是什么关系？

男子低头想了一会儿说，是情人关系，两人同居有半年了。女孩抢着喝酒，他拦也拦不住。

庭开到这份上，我们有些气短。法谚说，法庭上只有证据而没有事实。被告拒绝承担责任，而有关酒的检测结果、法医的报告都对我们非常不利。

主审案件的法官我熟悉，在其手下办过七八起案件。原是学校的英语老师，后来招录考取法官。他把黑色的法袍袖子往上捋了捋，伸出右手两根指头说：

"本案实际上审理的是两个大写的英文字母 Q：酒的quantity（量）和 quality（质）。"

法官的总结十分精准，我心里很佩服。什么样的酒，多大的量会致人死亡？这些没有一个共同的标准，而个体差异又很大。这样的案子要形成判决的确很难。

"调解一下吧？"法官看看我们原告，又看看被告。

我说，原告愿意。或许调解是最好的结案方式，不用证明，不用论述，双方你情我愿。而且符合上级的要求和我们的文化传统，和为贵。法院每年也以调撤率考核法官的业绩。调解结案率越高，法官的考核成绩越高。这时的法官就像居委会的大妈，和事佬，但千万不要以为调解是件容易的事。原告和被告往往会漫天要价，倒不如判决那样省事，法不留情，文书一下，执行便是。

法官显然有丰富的调解经验，首先各来五十大板。他慢条斯理地说："原告不要期望值太高，被告也不要认为自己没有责任。"他让第一被告的男子到门外去，然后问我们，"原告，你们有什么意见？"

我知道，这时候的诉讼就是个议价过程，索赔一条人命和在市场上买棵白菜没本质区别。我们报一个价，而对方愿意以多少接受。

我说，最低为诉讼请求的百分之二十，也就是不到三十万。其实就这心里也没底。没证据，从法律上很难追究他们的责任。只能从道义上去讲，作为共同饮酒者，看到同伴饮酒过量，有义务劝阻。

法官对我们的意见没有表态。他转过去问另一方酒店的意见。女老板态度坚决，一分钱不出。她甚至说要反诉追究赔偿酒店的损失。

法官让门外的男子进来，批评他说，有家还在外面找女孩，如果她不是伤心过度，怎会喝那么多酒，怎么会死亡？

男子很悔恨，在法庭上流下了眼泪，他说愿意尽最大的能力赔偿女孩。

一直把耳朵贴在门上，偷听法庭审判的男子的妻子突然自法庭外冲入，她撕住丈夫的衣领，说："赔，你凭什么赔？她自己喝死了关你什么事？不要脸的小姐，她还要赔偿老娘呢！"

突然发生的一幕让法庭上的人很震惊。我们不知道门口有人在偷听。

"本案涉及个人隐私，不公开开庭，旁听人员出去！"书记员站起来把女的推了出去。

经这一闹，时间过去了，法官也没有当庭结案的意思。他知道，这样的案子先要冷却一阵，等到双方都没有了耐心，才能达成和解。于是，他敲响法槌：

"现在休庭，今天的庭审到此结束。请原被告双方核对笔录无误后签字，下次开庭时间另外通知。"

脱下法袍的法官走到法庭中间。他说："你们双方庭后商量一下，商量好了，给我一个答复，我制作调解书。各让一步，算是给死者家人一个安慰，争钱有什么意义呢？一个花季女孩不见了，有多少钱能抵得上一条人命呢？"

他这样一说，法庭上的人都沉默了。我们似乎才意识到，我们正在谈论着的是一个生命。

一个星期后，那个男子联系了我们，说他愿意赔偿女孩十万块钱。他想多赔些，但就这个能力了，并且让我们保密不要让他妻子知道。他把女孩的身份证等物品给了我们，说那个戒指他想留下，又主动多给了三千元钱。

我们向法庭提交了一份撤诉申请，依法律，撤诉可以退一半的诉讼费。

手记十五

故事会

因一本《故事会》，两个工友一死一刑。

NOTE 15

1

一本 2008 年的《故事会》，第七期或第八期，有一天突然不见了，这是命案的起源。

书的主人刘卫，男，汉族，东北人，逢同事就问：见到我的《故事会》了吗？一路问下去，就有人告诉他，周先上厕所时举着本书看。刘卫在物流仓库里找到了周先。周先自一堆大大小小的快递包裹里探出头说，是我拿了，但实在想不起放哪儿。刘卫于是天天追着周先要，早上、中午、晚上，逼急了，周先从书报亭里抱来一摞杂志摊到刘卫的面前，"够了吧？"杂志有《漫画家》《新体育》《笑话大全》，当然还有刘卫要的《故事会》。

刘卫把杂志归整后说："我要那本旧的，2008 年的。"

周先没办法了，从兜里抽出一张毛爷爷，"赔你行了吧？"2008 年的一期《故事会》定价两块五元，一百元能买四十本《故事会》。

刘卫摇了摇头，周先咬咬牙，又扔下一张毛爷爷。

刘卫仍然摇头，工友都看着他。出租屋内的空气有些闷，一个正在打牌的同事打破了这种尴尬，对刘卫说："脑子有毛病。"

这些新杂志刘卫也喜欢看，可不是他所要的。在那本他念念不忘的《故事会》的封三，有一则丰胸广告，一个女人迷人地笑着，在她漂亮的脸蛋、高耸的胸脯和修长的大腿上，有一组组的数字。从通化到青岛后，刘卫给自己办了一张新的中国移动卡，换卡前，他先从旧手机上把号码抄在一本《故事会》上，还没来得及把那些数字输入新手机，《故事会》就失踪了。

刘卫说："你再找找，我就要我的那一本。"

周先无奈地收起钱和杂志，像一个送礼的人被拒之门外，无限尴尬。他觉得刘卫已不是为了要一本旧杂志，又细想，两人也不是一个组，没什么过节。于是，答案只有一个——东北人。他想起圈子里，人们关于东北人的口碑。再听这种结尾向上飘的方言时，心里就别扭。出门时他怒吼一声，"别把老子逼急了！"声音大得出奇，周围的人吓了一跳，胸中的闷气出了，也好像挽回了一些颜面，但躺在床上时，他又泄气了。自己今年四十二岁，家里有种地的妻子，上初中的女儿，而刘卫十九岁岁，身高一米八三，独自一人。周先不上网，不看电视，下班后喜欢看书打发时间。那天他去同事的宿舍，几个年轻人在打扑克，周先看了一会儿，瞥见刘卫枕边的《故事会》，就顺手牵回来。那本《故事会》陪伴了他两天，两次把他送入梦乡，最后一次翻是在上厕所时，然后它消失了，消失得音信全无。

新书不要，赔钱也不行，想了一夜，周先想到一个主意。

第二天下班，两人在宿舍门口相遇，"周哥，书找到了吗？"

周先把双手一拍，"我拿了吗？谁能证明？左手还是右手？"

事件的性质因这一句话被改变。

刘卫一把揪住周先的衣领，他的脸因缺氧变得通红。周先眼中却充满轻蔑，事件还在被推进："有胆你动手？动手啊？动手我还当你是个男子汉。"说完这句话，周先觉得置身于一个无法转身的悬崖边上。

后来刘卫想不起来，像是为了证明什么，总之，他的拳头雨点般飞向了周先的面颊。

同事将两人拉开，周先什么话也没说，用手捂住自己的脸。

刘卫用一个自己熟悉的号码，去联系其他已经想不起来的号码，他发出一条信息，就会收到几条信息，后来那些写在丰胸女人身上的电话号码都找到了。

事情好像过去了，刘卫再也没找周先要他的《故事会》。有一天两人在公司门口相遇，刘卫想主动向周先打招呼，但他看了周先一眼就逃出了公司大门。周先的眼光里像有冰、有电，回到宿舍后，刘卫仍是浑身发抖。平静之后，刘卫从超市买了两瓶"老村长"，托人给周先送去，并且捎话，"周哥，我错了，改天请您吃饭。"同事却将酒原封不动地退了回来。

天气一日冷似一日，早上出门时，刘卫把从东北带回的皮衣晾在院子里，准备天冷时穿，晚上回来，他发现皮衣的后背被人用刀片划成了一条一条的细条，看上去像一件时髦女装上的装饰。

刘卫手中握着划破的衣服发呆，冬天提前到了。

2

周日，周先固定骑车回二十里外的家。他放心不下即将中考的女儿的学习、地里的庄稼，还有一件事，好像对他有魔力，他不便说，同事开玩笑，他却说："哪里哪里啊，都老夫老妻了。"

周先回公司时，是晚十点多。城乡结合地带的路灯，或有或无，昏黄中他像是骑进了一座鬼城。就在那时，他瞥见独自在巷口烧烤摊前喝酒的刘卫，好个千载难逢的机会！周先把车子放回宿舍，返身回到巷口。一个阴谋在黑暗中悄悄滋长。刘卫说"老板，再开一瓶"，周先心中窃喜，过了很久，周先快要睡着了，一个声音突然传来，是东北二人转：

"正月里来是新年啊，大年初一头一天。"

周先迅速地隐藏到灯柱后面，刘卫摇摇晃晃走来。周先像一张吃满了力的弓，从地面弹起，扑向刘卫。"少的给老的——"后半句唱词突然中断，像是被吞没了，接着，刘卫像一堵墙无声地倒了下去。昏暗的灯光下，周先手中一件物品反射出淡淡的光，那是一把电动车车锁。

周先以最快的速度将刘卫拖到出租屋。他有些不放心，又找来毛巾盖住刘卫的脖子，然后用双手死死卡住。那一刻他想起刘卫的拳头打在脸上的感觉，还有别人不知的一颗牙齿、血流进嘴里的味道，很咸，很咸，在怀念与体会中，刘卫的身体硬了。

第一步计划出奇地顺利，使周先对实施第二步同样充满信心。他用棉被把刘卫的身体裹了，架到自行车的后座上，完成这一步对他造成了一定的困难，刘卫一米八三，僵硬后的身体拒绝与周先配合，于是，他只好降低伪装的要求，把刘卫的尸体搭在三脚架上。

周先像推着一袋粮食，推着车向不远的上海路走去，那是国道，车辆昼夜川流不息。他只要把刘卫往路中间一扔，就会出现一起有人醉酒过马路酿成惨剧的车祸。可这看似简单的第三步给周先带了来很大麻烦。其时，东方已经泛白，那些追逐金钱的司机，急着出入不远的工业园区，来往的车辆不给周先哪怕走到路中扔下一具尸体的时间。周先总觉得自己往路中拖着刘卫走，一辆车正好过来，车前灯的强光照见了自己。有好几次路上没有了车，他正要拽起刘卫走向马路，一辆车呼啸而来，又打乱了他的计划。犹豫中，东边的天空越来越白。

万分紧急之下，周先修改了原来的计划，他拉开马路边上的一个绿化井盖，把刘卫推下去。

那应该是一口深不见底的水井，尸体落下时发出巨大的响声，水面剧烈地晃动一阵，复归平静，一切消失得无影无踪，周先只看见自己的影子在水面摇曳，绿化井勉强容得下刘卫一米八多的身体。计划不那么完美，但只能如此了，因为远处已经出现了晨跑的人。

周先推着车往回走，他感觉身体像是被掏空似的，虚得发慌，脚像踩在棉花上。他想只要绿化井给他一天的时间，第二个晚上，他会设计出更逼真的车祸。他这样走的时候，东方已经大亮，晨曦中，一些断断续续的血迹，从他住的出租屋一直滴到上海路，他视而不见。

回到屋后，周先一头栽倒在床上，他觉得自己有十多天没睡觉了，他是那样的渴望梦乡，他把床头妻子和女儿的照片揽在怀里，甜甜地睡了。周先的梦还没醒，一副冰冷的手铐套在了手上，他抬起头，正午的阳光从窗户照来，让他难以睁眼。

3

打听到本市最有名的律师，周妻带女儿天不亮就赶到律师所。因为没有提前预约，她们在长凳上坐了近三个小时，直到下午上班，才看到酒气熏天的律师从楼道另一头摇晃走来。刚进办公室，两人就扑通一声跪下，把一个黑色的塑料袋高高举过头顶。律师像是目中无物，没看见地上跪着的人，他把黑色的公文包往桌子上一放，然后喊助理进屋倒水，安排杂七杂八的事，又解开领带，把外套挂在衣帽钩上，在经过周妻的身边时，像有意又无意，用右手掂了下黑色的塑料袋。

终于，律师在宽大的板台前坐定，对着跪在面前的周妻与女儿发话："有何要求？"

周妻："保住一条命就行。"

律师沉吟良久："须答应一个条件？"

周妻："请讲。"

律师："凡事必听我的。"

周妻和女儿连忙叩首如捣蒜，说正是为此而来。

出门的时候，律师叫住娘儿俩，指着黑色的塑料袋说："二十万会分三份，一份赔偿被害人家属，一份打点法官，只有一份是律师费，事不成，律师费会全额退还。"周妻和女儿再次鞠躬退出。

4

一只乌鸦在头顶哇哇叫个不停，并跟着飞了有一百米，出门碰见个灾星，许云棠心中有些不祥，她转身吐了口水，乌鸦振振翅膀飞走了。许云棠却走不动了，她坐在二院门的石阶上，她想起了前天做的那个梦，右腹部开了个大洞却没疼痛感，一大块红色的肉滚出来，自己伸手去接，没有接住，那肉就落在了地下。她想不出这个梦有何预示，就放弃到镇上赶集，临时去十里外的火家屯，看望已经八十四岁的母亲。

　　许云棠是走在看望母亲的路上，接到女儿刘萍从青岛打来的电话，还没有说话，先传来哭声。许云棠没等女儿开口便说："活该！"

　　三年前在外打工的女儿领回来一个高个舌头大的山东人，看着老实，其实不善，她死活看不上，女儿却死活要嫁，婚后果然三天两头吃拳头，受委屈后，女儿就打来电话，向她哭诉。许云棠恨女儿不听她的话，后来又多了一个理由，把儿子从她身边带走，只留她一人在通化。

　　女儿没有像以前一样耐心听完母亲在电话里的斥责，打断她说："是刘卫。"

　　许云棠愣住了，"我儿？他怎么了？"

　　"你得亲自来青岛。"

　　"我从没出过远门，你是她姐，他冲你去的。"

　　"我说过，可公安说不行，我只是他姐，不是直系亲属。"

　　听到公安二字，许云棠不出声了，儿子从小惹事，十多年来，她不知道向老师同学和家长赔过多少不是，好不容易技校毕业工作了，还是不让她省心，这会儿又惊动了公安。

　　她问："严重吗？"

　　女儿说："你来就知道了。"然后嘱咐母亲去找舅舅买票，许云棠没有听出女儿电话里声音的异样。在市里，弟弟带她到代办点买了飞机票，她觉得自己应该坐火车，弟弟表情凝重，说现在是淡季，机票打折，和火车票差不多，许云棠就听弟弟的了。

　　许云棠是第一次坐飞机，那飞机像只大鸟，撑着两只长长的翅膀，只两个小时，大鸟就载着许云棠在青岛的流亭机场降落。女儿和一些陌生的人在机场接她。看见女儿臂上的黑纱和红肿的眼睛，许云棠才恍然大悟女儿在电话里的话。她想到了刘卫给她带来的任何一种麻烦，唯独没有想到此种结果，她眼前一黑，就倒在了女儿的怀里。醒来后，许云棠感觉汽车飞快地跑着，路两边的白杨树拼命把自己往后推。女儿断断续续讲了因一本《故事会》引起的冲突，说嫌犯已经被抓，在看守所里。许云棠稍感宽慰，她知道儿子的性格，从来都是他欺侮别人，这会儿被别人欺侮了，可能也是报应啊！

刘卫躺在医院的冰柜里，对母亲的远道而来无动于衷。许云棠看见儿子静静地躺在那里，像睡着了一样。公安不让她们接近，她只能远远看看，她不知道儿子究竟伤在哪里。她喊了一声，"小卫——"儿子像没有听见一般。许云棠撕心裂肺地喊，她要扑上去，却被人拉开了。那一刻她知道儿子已经永远离开了她。仿佛有一条无法逾越的河将母子从中间分开。

5

律师答应保住周先一条性命，源于和中院刑庭法官饭桌上的一次偶然聊天。忧郁的法官一杯酒下肚后说："这才10月份，就判死了十七个。"

判决犯罪嫌疑人死刑，除了犯罪行为特别残忍，后果特别严重外，有时候与一些莫名其妙的事有关。学者们废除死刑的呼声很高，说不人道，又好像对死感同身受，"都是些不怕死的家伙！奈何以死惧之？"接下来就是要接规。全世界一百九十多个国家，有三分之二没有死刑或实际不执行死刑。领导的压力很大，于是就有不成文的指示，对于此种案件，经过了赔偿，取得受害人家属谅解的，可不判决死刑。

　　律师知道，他最重要的工作不是在法庭之上，而在法庭下。在那家叫喜来登酒店二楼的贵宾厅，一桌酒店能摆出的最丰盛的饭菜已经发凉，可无人对它感兴趣。无论周家亲属说什么，许云棠只一个动作：摇头。

　　律师的态度很和善："十万元是他们家全部的家当了，农村人会有什么钱？这十万元也是东挪西凑的。"许云棠面无表情。

　　律师指着跪在地上的周妻和女儿说："妻子会成为寡妇，女孩也会成为孤儿，她们也是受害者。"许云棠低着头，表情严峻，像是思考人生。律师咳嗽了一声，周妻和女儿放声大哭。十五岁的女孩身上穿着校服，脸上一脸稚气，她心里只有爸爸而没有罪犯，现在只有眼前这个瘦老太婆能决定父亲的生死。可许云棠坐着像一尊童话里恐怖的女巫，神秘莫测。女孩向前跪一步，抱住了女巫的腿说："奶奶啊！您就签了字吧，我要爸爸，我考大学，毕业了打工给您挣钱。"女巫的眼神终于变得温柔，进而泪流满面。律师好像看到了希望，展开早已经准备好的《刑事谅解书》。许云棠却摇头，"不签，不能签！这不是钱的事。"

　　"判他死对你们来说有什么意义？多赔一些钱才是目的。您也年纪大了，如果他判死，你们一分钱得不到，人财两空！"律师改变了口气，软中有硬。

　　让法院判决吧！许云棠扔下那句话，起身离开。

　　第二天，第三天，同样的一幕在酒店上演，许云棠仍拒绝签字，她说得最多的一句话是：让法院判吧！

　　律师知道什么才能救下周先。他对周家的人说："其实，就是个手印，许云棠三个字上的手印。"几天来，他使尽了全部的办法，他的自信出了问题，律师为委托人服务。他答应过周家，就要兑现：保一条命。眼看承诺要落空，律师筋疲力尽，一筹莫展。

是周家的两个本家亲戚挽救了律师。

西斜的阳光从窗户照进来，软弱无力，像是预示又一天无果而终。两个年轻人站起，耳语一番，走到许云棠面前，像是缚着一只待毙的鸡，强按住许云棠的右手食指，使其伸进红色的印泥，在《刑事谅解书》"许云棠"三个字上按下去。许云棠和女儿号啕大哭，她觉得儿子被自己出卖了。周家的人留下十万元钱扬长而去。

6

犯罪嫌疑人周先故意杀人一案在市中院审理。法官召开庭前会议，许云棠把十万元赔偿款放在法官面前。周先的律师说，既然签字按手印了，就不能反悔。许云棠说那手印不是她情愿按的。法官表示很为难，他对许云棠说，被告的行为极其残忍，影响特别恶劣。就算许云棠收了那十万元钱，"仍然会判决他死刑。"这样说来，许云棠觉得没有理由不接收那十万元钱，她在女儿家住了半年，大舌头的女婿已经流露出不高兴，刘萍今后是她唯一的亲人了。这钱她许云棠不能要，刘萍可以，姐姐生前就非常爱弟弟。

2013年11月21日，案件在市中院最大的审判庭开庭审理。许云棠第一次见到周先，那个夺走儿子生命的人。他穿着橘色的囚服，戴着手铐，双目低垂，瘦得像个骨架，他似乎不愿意见人，两名法警一左一右架着，就像拎着一件物品。"还我儿子——"许云棠高喊着要扑过去，旁边的检察官把她按住了。许云棠失声痛哭。法庭上的灯光黯淡了。

　　许云棠进入自己的节奏后就无法停止，她不停拍着桌子喊，"枪毙他、枪毙他、立即枪毙他。"法官宣布开庭后，许云棠才止住哭声。她用书记员递来的纸巾擦眼泪，再仔细打量周先，他缩在被告席的栅栏里又可气又可怜，儿子似乎不应该栽在这样一个人手里。她还瞥见旁听席上曾跪在自己面前的母女，就想起律师曾说过的话：一个女人要失去丈夫，一个女儿要失去了父亲。她无法理解，无法理解这一切是为了什么。她还知是儿子先打人，打掉了人家的牙齿。可她又想，是借书的先不还。唉，一本旧书值多少钱嘛！非得动手吗？许云棠在法庭上浑浑噩噩地坐了一天，反复想着这样的事，觉得法庭上正在进行的一切已与自己关系不大。这个案件里没有谁是赢家。想着想着，就听到桌椅碰撞，人声骚动，法官公诉人旁听席上的人都站了起来，许云棠紧跟着站起。最后的时刻来临，法庭忽又变得安静，法官宣读了很长的话，把一个熟悉的过程又重复一遍，每个人耐心地听着，都是为了等待最后结果，法官抑扬顿挫的声音暂告一段，然后提高声音：

　　"判处被告人周先死刑，剥夺政治权利终身，"法官像是讲故事，故意卖了个关子，稍微停了下说："缓期两年执行。"

　　许云棠对法官前半句话是满意的，让她疑惑的是后面半句。她问身边的检察官，检察官收拾着手中的案卷说："就是判决死，但不执行，两年后改为无期徒刑。"他见许云棠还不明白就说："保了一条命。"那时许云棠明白了，血往上顶，她感觉有什么东西要在身体里爆炸，终于化作两个字从嘴里迸出，"冤枉——"

　　周先被法警押了出去，法官检察官退庭，旁听席上的人潮水样退出，没人理会拍打桌子喊叫的许云棠，女儿和女婿过来，扶起悲伤的母亲。

7

　　原以为一命换一命，许云棠能接受。事情没有按自己的预想发展。曾经在法庭上让她困惑的问题就变得简单：一个人拿了别人的书不还，还害了人家的性命，天理何在！她还觉得这里面有个骗局，对方强行让她按了手印，法官答应判决死刑，又没兑现诺言。最让她不解的是法律，为什么判决死刑，又缓期两年执行，最后又变成不执行。

　　许云棠坐上火车连夜去了省高院，省院的人倒是接待了她，但是告诉她案卷还没有送上来，他们不知道案子审得公正不公正。许云棠不再相信，她认为在山东地界法官都是相通的。她只能去一个地方——北京。在最高人民法院的门口，她看到人们手里都举着材料，举着他们的诉求。她觉得她也应该有材料，把发生在小巷的事情和审判经过写出来。她买了笔和纸，可什么也写不出来，她只读过两年的小学，那些字早还给了老师。她忽然想起了手中的手机，女儿有时给她发信息，她也略知一二。她想起一个字来，就在手机里翻找，开始很慢，后来却也顺利找出，一夜间，她眼睛花了，但也写出了事情的经过。她拿着自己写的"材料"去打印，那个小姑娘看到一些匪夷所思的文字，诸如："原枉、不工正"等。她让许云棠解释书写的"天书"。许云棠口述，小姑娘打，她用一夜完成的工作，小姑娘十分钟就完成了。许云棠加入排队行列，看着前面漫长的队伍，她好像看到了为儿子申冤之路的漫长，伤心地哭了。排在她前面的那个人就转身要她的材料看。那人连续上访八年，八年里，他把中国的法律学遍了，"就差把法条背下来！"他看了许云棠的"材料"后连连叹息，"方向错啦！"就根本不应该来北京。被害人及其亲属没有上诉权。按照《中华人民共和国刑事诉讼法》第一百八十二条的规定，被害人及亲属认为判决不公，在接到判决书后五日内向检察院提出抗诉。

"不是法院的事，找检察院。"

"那怎么办？"

那人掐指一算，当日已经是第四天，还有最后一天。赶紧催许云棠回青岛，许云棠恨不能长出翅膀，她赶上最后一班动车。第二天早上九点，她和女儿准时来到市检察院的门口。大门口一个值班的检察官不看她手中的判决书，却也知道她的意思。检法是一家，判决了一方就不应拆另一方的台。这样的事他们见多了，要求检察院抗诉的，基本不接受。许云棠只有一个办法了，闯！她冲进院子，两个保安冲上来把她拽出去，索性关上大门。许云棠爬上两米高的铁门，一条腿刚迈进去，保安又把她拉下来。硬的不行来软的，许云棠把长满白头发的脑袋在地上捣得咚咚响，又说儿子如何惨死，字字泣血，几个保安低头落泪，但就是不让她进。眼看快中午下班，只能智取了。许云棠和女儿兵分两路，女儿从后门佯攻，自己正面突破，她果然冲进去了，保安意识到上当后，许云棠已经冲到了办公楼的三层。这一次无论保安力量多大，她死死抱住楼梯一角不松手，就像一个溺水的人抱住一根漂浮的木头。然而水还在把她往下拖，许云棠像是受到死亡的威胁，大声哭泣，并把头在楼梯上磕出了血。

　　玻璃窗前，一直默默关注事态进展的检察长走了出来，挥挥手，让保安放开许云棠。

　　检察长左手擎着许云棠的材料看，又让公诉处送来判决书，秘书小声问要不要调案卷来？检察长摇头，事实简单，确实判得太轻，自己刚上任，急需一件案子立威，于是右手猛拍桌子喊：抗诉！

　　许云棠热泪盈眶，在检察长面前高呼青天老爷，长跪不起。

　　两个月后，省高级人民法院改判周先死刑，立即执行。又报最高法院核准，实际执行已是来年的3月。周先被允许和妻子女儿见最后一面。时间真是抚慰一切的良药。刑场上所有的人都平静、理性。法官问："被告人，你还有什么最后要说的？"周先摇头，"没有，没有，我要解脱了啊！要解脱了。"他长跪在地，双眼紧闭，等待子弹从脑后射来，结果却是被注射死刑的。

　　当晚，许云棠到殡仪馆给刘卫烧了一刀纸，连同盖有法院红章的判决书一起烧了，火光里她大声喊："儿子，娘把他送来了，那边的事你看着办！"黑暗里，唯有山风撼动松柏的声音，呜呜作响。

8

　　金秋十月，岛城最好的季节来了。宏达物流的员工统一搬到政府建设的物流工业园。此前租赁农民的平房都退了。这一天房东打扫房间，她埋头从屋子的深处扫出废报纸、旧衣服、破袜子，还有用过的安全套，秋风吹起，一本2008年的旧《故事会》在垃圾堆上呼啦呼啦翻动，它的封三是一则丰胸广告，一个女人迷人地笑着，在她漂亮的脸蛋、高耸的胸脯和修长的大腿上写着一组组密密麻麻的数字。